U0510635

本书为“全国高等院校古籍整理研究工作委员会”资助项目

本书由兰州文理学院出版基金资助

本书为兰州文理学院学术文库成果

历代崆峒诗文注解

马得瑜　注

中国社会科学出版社

图书在版编目（CIP）数据

历代崆峒诗文注解／马得瑜注．—北京：中国社会科学出版社，2019.12
ISBN 978－7－5203－5904－7

Ⅰ．①历…　Ⅱ．①马…　Ⅲ．①古典诗歌—注释—中国②古典散文—注释—中国　Ⅳ．①I211

中国版本图书馆 CIP 数据核字(2020)第 010853 号

出 版 人　赵剑英
责任编辑　顾世宝
责任校对　朱妍洁
责任印制　戴　宽

出　　版　中国社会科学出版社
社　　址　北京鼓楼西大街甲 158 号
邮　　编　100720
网　　址　http://www.csspw.cn
发 行 部　010－84083685
门 市 部　010－84029450
经　　销　新华书店及其他书店

印　　刷　北京明恒达印务有限公司
装　　订　廊坊市广阳区广增装订厂
版　　次　2019 年 12 月第 1 版
印　　次　2019 年 12 月第 1 次印刷

开　　本　710×1000　1/16
印　　张　24.25
字　　数　362 千字
定　　价　109.00 元

凡购买中国社会科学出版社图书，如有质量问题请与本社营销中心联系调换
电话：010－84083683

目　　录

前　　言

崆峒山，位于甘肃省平凉市城西 15 公里处。西接六盘山，东望秦川，南望太统，北负笄头，泾河与胭脂河南北环抱，是古丝绸之路西出关中之要塞，因黄帝于此处向广成子问道而成为道教名山。崆峒山既有雄奇秀丽的自然风光，又有历史悠久的人文景观。从传说中的黄帝到秦始皇、汉武帝都曾到崆峒问道，历代文人墨客来此寻道者更是络绎不绝。

崆峒山的自然环境和自然风光是令人向往的因素之一。崆峒山海拔为 1485—2123 米，是由上三叠系紫红色坚硬砾岩构成的丹霞地貌，植被丰富，阳光充足，空气清新，雨水充沛。崆峒山植被以落叶阔叶林为主，有茂盛的乔木、灌木，草木竞相生长。乔木有桧柏、刺柏、油松、地棉槭、辽东栎、卫茅等；灌木有虎棒子、山桃、樱桃、沙棘、荚蒾、五加、黄蔷薇、锦鸡儿等；藤本有三裂叶蛇葡萄、铁线莲、忍冬等；草本有菊科、毛茛科、百合科、豆科、唇形科、伞形科等。其中还有种类繁多的中草药，如党参、枸杞、甘草、牡丹、槲寄生、天南星、七叶一枝花、小花火烧兰、麻黄、灵芝等。

崆峒山既有北方山峰的雄奇峭拔，又有南方山峦的秀美明丽。崆峒山以峰为骨，以林为肉，山峰雄伟，林海浩瀚。山中四季分明，春赏繁花，夏观苍翠，秋赏红叶，冬观银装。登临之时可领略层峦叠嶂，怪石嶙峋，万峰峥嵘，幽径崎岖。木欣欣以向荣，泉涓涓而始流。自然风光经过历史的沉淀，被人们赋予美的称谓。主要胜景有八台、五洞、十四峰：即东台、西台、南台、北台、中台、灵龟台、香炉台、八仙台，玄鹤洞、朝阳洞、钻羊洞，归云洞、三教洞，蜡烛峰、侧屏峰、雷声峰、马鬃山、棋盘岭、仙人峰、老君峰、翠屏山、大象山、狮子岭、凤凰岭、苍松岭、天台山、卧虎岭。另外还有聚仙桥、浴丹泉、月石峡、朽木桥、鬼门关、马鞍桥、虎石崖、舍身崖、一线天、天池、太阳掌等。

悠久的历史文化积淀是令人向往的又一因素。崆峒山是道教名山，其源于黄帝向广成子问道。《庄子·在宥》篇中有详细而生动的记录。传说周穆王游崆峒时而得八骏，《封神演义》把崆峒山列为天下十二仙山之一，刻意描写。在道教典籍《太上老君八十一化》图集中，第十五化为《住崆峒》，前十四化都宣扬道法自然，化育混沌清浊日月三界的宏观宇宙，到《住崆峒》始开道法之源。相传远古时的许多高士曾隐居于此炼丹修道。如广成子、容成公、赤松子、韦震、随应子等。后来有唐代的钟离权、伍符，宋代的宋披云，元代的黄居士，明代的张三丰、王全真，清代的苗清阳等。

除道教之外，三教共居一地也是崆峒山的一大特征。魏晋南北朝之后，在中国思想界，三教趋向融合。在中国山川名胜中，唯有崆峒山展示了儒释道三家文化的合一。三教洞供奉释迦、老子、孔子于一室，使各派信徒来到崆峒都能找到自己的精神归宿。无论观光旅游，还是拜佛求仙，游客都能感到尽兴而归。崆峒山一年中庙会、节庆活动甚多，届时会有众多游人香客参加活动，热闹非凡。道教节庆有正月初一黄箓斋醮会，正月初九玉皇上帝圣诞会，正月十五上元天官圣诞，三月初三玄天上帝圣诞、王母圣诞，三月二十子孙娘娘圣诞，四月二十轩辕黄帝圣诞，六月十三天灵官圣诞，六月二十四斗母元君圣诞、九天雷声普化天尊圣诞，七月十五中原地官圣诞，九月十三关圣帝君圣诞，十月十五下元水官圣诞，十月十一太乙救苦天尊圣诞等。佛教节日有二月十九观世音菩萨圣诞，二月二十一普贤菩萨圣诞，三月十六准提菩萨圣诞，四月初八浴佛节，四月三十药师佛圣诞，十一月十七阿弥陀佛圣诞，腊月初八释迦如来成佛纪念日等。因此每天都有善男信女来往山中，崆峒山中人文景观和自然风光珠联璧合，融为一体。历代修建的琳宫梵刹，遍布山阿。道观僧院四十余处，楼阁殿宇六百五十多间，号称九观、八台、十二院。

道教建筑古朴典雅，表现为雷声峰建筑群；佛教建筑雍容大气，表现为塔院。其中最具代表性的建筑是隍城。院内有太和殿，无量祖师大殿（真武殿）、献殿、玉皇楼、黄箓殿、药王殿、太上老君楼、厢房、厨库等。问道宫是崆峒山又一宏伟建筑群，位于崆峒前峡，泾水北岸，依山傍水，碧翠优雅。问道宫修于唐前，清末遭兵燹，1989 年重建，现有黄帝问道大殿、混元阁、厢房等。王母宫是唐代所建，清末遭兵燹，1987 年重建，殿内有西王母坐像及仕女像。法轮禅寺是崆峒山佛教主寺。建筑宏伟壮丽，设施齐全完备，佛像庄严精妙。左右对称，前后错落。楼阁、殿堂、四廊古塔，浑然一体。宝塔寺在千佛院之西，宝塔凌空，其顶端有数棵松树，为佛塔中一奇景。宝塔院有宋代陀罗尼经幢，有仿明砖木结构法华经堂、天台宗宝灯法师纪念堂等建筑。香山寺是崆峒山又一规模宏大的寺院。原有大雄宝殿、观世音菩萨殿、送子观音殿以及客房、僧舍、经堂等建筑。清末康有为曾游崆峒山住香山寺。宝庆寺建于唐代，内塑大日如来、诸佛圣尊、菩萨佛母空行、天龙八部、十大明王。殿宇鳞次栉比，十分壮观。

雄奇秀丽的自然风光和历史悠久的人文景观，以及其所蕴含的深厚文化内涵，使崆峒山成为旅游及养生修身的胜地。自唐以来，崆峒山吸引了大量文人墨客探奇览胜，追寻至道。他们把崆峒山美丽的自然风光、美轮美奂的人文景观和山中修道的优雅生活通过优美的诗文留给后人，永为流传。这些诗文中有的描写崆峒山雄奇壮丽的风光，有的抒写游览崆峒的感想，有的阐发佛、道教义，有的记录游览经历。总之，这些诗文是先辈留给我们的宝贵精神财富。这些诗文大都文采卓绝，意蕴深邃。游人们在领略山中胜境的同时，再赏读历代咏崆峒的诗文，定有心旷神怡之感。这样才能真正领略崆峒山之美妙神奇、中华传统文化之博大精深。

继承和弘扬中华民族优秀传统文化是我们人文社会科学工作者义不容辞的责任，面对这些优秀的文化遗产，我们应该将其发扬光大，而不应将其束之高阁。为了能让更多的人读懂历代咏崆峒诗文，本书将《钦定古今图书集成·方舆汇编》、清代张伯魁编纂的《崆峒山志》和仇非先生主编的《新修崆峒山志》所收录诗文（其中诗 226 首，文 19 篇）进行详尽地注释，并加以简要解析，以帮助读者更深入地阅读和欣赏。自《庄子》《史记》面世，“崆峒”便成为一种文化象征，历代有关“崆峒”的诗文较为繁多，有的只是借用“崆峒”

这一概念抒情言志，而并非实写崆峒山，本书未将其收录。本书为“全国高等院校古籍整理研究工作委员会”资助项目，按项目要求将选录下限定为清代。

边庭落日

（唐）骆宾王[1]

紫塞流沙北[2]，黄图霸水东[3]。一朝辞俎豆[4]，万里逐沙蓬。
候月恒持满[5]，寻源屡凿空[6]。野昏边气合，峰回戍烟通。
膂力风尘倦[7]，疆场岁月穷。河流控积石[8]，山路远崆峒[9]。
壮志凌苍兕[10]，精诚贯长虹[11]。君恩如可报，龙剑有雌雄[12]。

【注释】

［1］骆宾王（约 640—约 684）：唐代婺州义乌（今浙江义乌）人。早年在道王李元庆府中供职，历任武功、长安两县主簿及侍御史，后得罪入狱，贬为临海县丞。睿宗光宅元年（684），参加徐敬业军队在扬州起义反对武则天，兵败不知所终。骆宾王少誉神童，擅长七言歌行，被誉为“初唐四杰”之一。代表作有《帝京篇》《在狱咏蝉》等，有《骆临海集》十卷。

［2］紫塞：指紫塞长城，大同以西，紫河以东，东连碣石，绵延千里。流沙：即居延，在今内蒙古自治区额济纳旗境内。

［3］黄图：指帝京。《元和郡县志》：“关内道京兆府万年县。”霸水：在万年县东二十里。

［4］俎豆：《论语 · 卫灵公》：“卫灵公问陈于孔子。孔子对曰：‘俎豆之事，则尝闻之矣；军旅之事，未之学也。’”俎载牲体，豆盛醢酱及诸濡物，皆为礼器。在此代指朝廷内部事务。

［5］典故出自《史记 · 匈奴列传》：“举事则候星月。月盛壮则攻战，月亏则退兵……冒顿围高帝于白登七日……高帝乃使使间厚遗阏

氏……乃解围一角。于是高帝令士皆持满，傅矢外乡，从解角直出，竟与大军合。而冒顿遂引兵而去。”

［6］典故出自《史记·大宛列传》：“然张骞凿空，其后使往者皆称博望侯。以为质于外国，外国由此信之。”《集解》苏林曰：“凿，开。空，通也。骞开通西域道。”又“太史公曰：‘《禹本纪》言“河出昆仑。昆仑其高二千五百余里，日月所相避隐为光明也。其上有醴泉，瑶池”。今自张骞使大夏之后也，穷河源，恶睹本纪所谓昆仑者乎。’”

［7］膂（lǚ）力：体力。《魏书·孝文帝纪》：“少而善射，有膂力，年十余岁，能以指弹碎羊膊骨。”风尘：比喻战乱；戎事。《后汉书·班固传下》：“设后北虏稍强，能为风尘，方复求为交通，将何所及？”

［8］积石：积石山。大积石，在青海南部。小积石，在甘肃临夏西北，即古唐述山。

［9］崆峒：即平凉崆峒山。

［10］苍兕：水兽。《史记·齐世家》：“文王崩，武王即位。九年，欲修文王业，东伐以观诸侯集否。师行，师尚父左杖黄钺，右把白旄以誓，曰：‘苍兕，苍兕，总尔众庶，与尔舟楫，后至者斩！’”《索隐》按马融曰：“苍兕，主舟楫官名。”又王充曰：“苍兕者，水兽，九头。”

［11］长虹：即白虹贯日。古人附会为精诚感天之兆。《史记·邹阳传》：“昔者荆轲慕燕丹之义，白虹贯日，太子畏之。”

［12］典故出自干宝《搜神记》：“干将莫邪为楚王作剑，三年乃成。王怒，欲杀之。剑有雌雄。”此诗句意为报君恩的意志坚定。

【解析】

这是一首边塞诗，体裁为五言排律。诗的开端便用对仗，第三、第四句是流水对，而前四句在文意上又形成扇面对，表达边庭与朝廷的关系。第五、第六句皆用典故，“恒”和“屡”用字奇特。第七、第八句写边塞特有之景。第九、第十句抒写边塞战争之苦。第十一、第十二句描写边塞特有之景——积石山和崆峒山。后四句抒发精诚报国的伟大志向，并用典故表达其意志之坚。全诗将叙事、抒情、议论、写景有机结合起来，初步显现出唐代近体诗的特征。

日暮望泾水[1]

（唐）徐　珩[2]

导源经陇阪[3]，属汭贯嬴都[4]。下濑波常急，回圻溜亦纡[5]。

毒流秦卒毙，泥粪汉田腴[6]。独有迷津客[7]，怀归轸暮途[8]。

【注释】

［1］此诗见于《全唐诗》卷四十四，张伯魁《崆峒山志》收录。

［2］作者生平事迹不详，《全唐诗》载为高宗时人，张伯魁误以徐珩为宋人。

［3］导源：发源。北魏·郦道元《水经注·渭水》："水导源东北陇山。"陇阪：即陇山。《文选》张衡《四愁诗》："我所思兮在汉阳，欲往从之陇阪长。"李善注："应劭曰：'天水有大阪，名曰陇阪。'"

［4］汭（ruì）：河流会合处。嬴都：即秦都，咸阳。

［5］圻（qí）：曲岸。纡：曲折。

［6］腴：肥沃。

［7］迷津：迷失津渡；迷路。

［8］轸：车。暮途：傍晚的路程。多比喻困境或晚年。

【解析】

这是一首五言律诗。前四句写泾水自发源到流经之地，水流湍急，蜿蜒曲折。后四句由写景过渡到抒情。先写泾水在历史上曾经起到军事防御和农业灌溉作用，再由东流的泾水联想到自己的漂泊并借此表达对故乡的思念之情。

古风其二十五

（唐）李　白[1]

世道日交丧[2]，浇风散淳源[3]。
不采芳桂枝[4]，反栖恶木根[5]。
所以桃李树，吐花竟不言[6]。
大运有兴没[7]，群动争飞奔。
归来广成子[8]，去入无穷门[9]。

【注释】

［1］李白（701—762）：字太白，号青莲居士。祖籍陇西成纪（今甘肃秦安），生于安西都护府之碎叶城（今吉尔吉斯斯坦境内），五岁随父迁居绵州昌隆县（今四川江油）青莲乡。青年时漫游，天宝初年经道士吴筠和贺知章等人推荐，被玄宗召见，供奉翰林。遭谗后赐金放还。安史之乱中，因参加永王李璘幕府，被流放夜郎，途中遇赦。晚年漂泊东南，病殁于当涂。李白性格豪迈，个性张扬，有强烈的功名心，但机遇不佳，最终未能在仕途上有所建树。诗歌伴随他的一生，他善于从民间汲取营养，想象奇特丰富，风格雄健奔放，色调瑰玮绚丽，语言清新自然。现存诗九百多首，有《李太白集》三十卷，以清人王琦注本较为详备。

［2］交丧：王琦注云："《庄子》：'世丧道矣，道丧世矣，世与道交相丧也。'"萧士赟补注云："世不知有道之可尊，是世丧道矣。有道者见世如此，遂亦无心用世焉，非所谓道丧世者欤！故曰交相丧也。"

［3］浇风、淳源：《文选》王中《头陀寺碑》："淳源上派，浇风

下黩。”

［4］芳桂：香桂。

［5］恶木：贱劣的树。《文选》陆机《猛虎行》：“渴不饮盗泉水，热不息恶木阴。”李善注：“《管子》曰：‘夫士怀耿介之心，不荫恶木之枝。恶木尚能耻之，况与恶人同处！’”

［6］汉·司马迁《史记·李将军列传论》：“太史公曰：传曰：‘其身正，不令而行；其身不正，虽令不从。’其李将军之谓也。余睹李将军，悛悛如鄙人，口不能道辞。及死之日，天下知与不知，皆为尽哀。彼其忠实心诚信于士大夫也。谚曰：‘桃李不言，下自成蹊。’此言虽小，可以谕大也。”

［7］大运：天运。

［8］广成子：《庄子·在宥》载：广成子居崆峒山石室之中，黄帝闻而造访曰：“闻吾子达于至道，敢问至道之要?”广成子曰：“尔治天下，云不待簇而雨，木不待黄而落，奚足以语至道哉!”黄帝退，筑特室，席白茅，闲居三月，复往见之，广成子南首而卧，黄帝从下风膝行而前，再拜请问治身奈何而可以长久?广成子蹷然起曰：“善哉问乎，至道之精，窈窈冥冥；至道之极，昏昏默默；无视无听，抱神以静，形将自正，必静必清。无劳汝形，无摇汝精，乃可以长生。慎内于外，多知为败。我守其一以处其和，故千二百岁矣吾形未尝衰。”晋·葛洪《抱朴子·登涉》记：黄帝欲登圆丘，其地多大蛇，“广成子教之佩雄黄，其蛇皆去”……广成子归大罗天，一说应劫转世，度化凡俗，为帝师、为老子等。又一说广成子居崆峒石室修仙，后驾鹤升天。有玄鹤翔空，则知广成子降临。

［9］无穷门：古代道家所称通往至道境界的门径。《庄子·在宥》：“广成子曰：‘得吾道者，上为皇，而下为王；失吾道者，上见光，而下为土。今夫百昌皆生于土，而反于土，故余将去女，入无穷之门，以游无极之野。’”

【解析】

这首诗是感慨时事而作。王夫之在《唐诗选评》中说：“大似庾子山入关后诗，杜以为纵横，抑以为清新，乃其不可及者正在绵密。”陈沆在

《诗比兴笺》中说："疾末世而思古人，鄙荣利而怀道德，骨气高奇，颇近射洪（陈子昂）、阮公（阮籍），世人读古风者，但取游仙飘逸之词，衷怀不系耳。"

古风其四十三

（唐）李　白

周穆八荒意[1]，汉皇万乘尊[2]。

淫乐心不极[3]，雄豪安足论[4]。

西海冥王母[5]，北宫邀上元[6]。

瑶水闻遗歌[7]，玉杯竟空言[8]。

灵迹成蔓草[9]，徒悲千载魂。

【注释】

［1］《列子》："周穆王肆意远游。命驾八骏之乘……驰驱千里，遂宾于西王母，觞于瑶池之上。西王母为王谣，王和之，其辞哀焉。"八荒：八方荒远的地方。《汉书·项籍传赞》："有并吞八荒之心。"颜师古注："八荒，八方荒忽极远之地也。"

［2］汉皇：即汉武帝。万乘：按周制，天子地方千里，出兵车万乘，诸侯地方百里，出兵车千乘。故以万乘称天子。《孟子·梁惠王上》："万乘之国，弑其君者，必千乘之家。"注："万乘，谓天子也。千乘，诸侯也。"也指帝位。

［3］淫乐：荒淫嬉乐。《左传·昭公二十年》："布常无艺，征敛无度，宫室日更，淫乐不违。"

［4］雄豪：雄壮豪放。《晋书·慕容翰载记》："性雄豪，多权略。"

［5］西海：传说中西方之神海。

［6］上元：古代神话传说中的仙女名，即"上元夫人"。事迹见《汉武帝内传》。

［7］瑶水：即瑶池。

［8］玉杯：《三辅黄图》庙记曰："神明台，武帝造，祭仙人处。上有承露盘，有铜仙人舒掌捧铜盘玉杯，以承云表之露，以露和玉屑服之，以求仙道。"

［9］灵迹：神灵的遗迹；圣贤的事迹。

【解析】

这首诗以神话传说中周穆王、汉武帝二位帝王向西王母寻求仙道之事为喻，讽刺现实中的帝王求仙之徒劳。陈沆在《诗比兴笺》中说："刺明皇荒淫，怠废政事也。若如萧注谓讥求仙，则不当有'淫乐心不极'之语。王母、上元皆喻女宠，瑶池玉杯盛陈宴乐，空言、徒迹，则叹万几旷废，朝政荒芜也。未知其指武惠妃欤，杨妃欤！斯谓主文而谲谏，言之者无罪。"

飞龙引

（唐）李　白

其一

黄帝铸鼎于荆山[1]，炼丹砂。
丹砂成黄金[2]，骑龙飞上太清家[3]。
云愁海思令人嗟，宫中彩女颜如花。
飘然挥手凌紫霞[4]，从风纵体登鸾车。
登鸾车，侍轩辕。
遨游青天中，其乐不可言。

其二

鼎湖流水清且闲[5]，轩辕去时有弓剑，古人传道留其间。
后宫婵娟多花颜，乘鸾飞烟亦不还，骑龙攀天造天关。
造天关，闻天语，长云河车载玉女[6]。
载玉女，过紫皇，紫皇乃赐白兔所捣之药方[7]，后天而老凋三光[8]。
下视瑶池见王母，蛾眉萧飒如秋霜[9]。

【注释】

［1］黄帝铸鼎：《史记·封禅书》：“黄帝采首山铜，铸鼎于荆山下。鼎既成，有龙垂胡髯下迎黄帝。黄帝上骑，群臣后宫从上者七十余人，龙乃上去。余小臣不得上，乃悉持龙髯，龙髯拔，堕，堕黄帝之弓。百姓仰望黄帝既上天，乃抱其弓与胡髯号，故后世因名其处曰鼎湖，其弓

曰乌号。”

［2］丹砂：即朱砂。矿物名。色深红，古代道教徒用以化汞炼丹，中医作药用，也可制作颜料。晋·葛洪《抱朴子·金丹》：“凡草木烧之即烬，而丹砂烧之成水银，积变又还成丹砂。”又指丹砂炼成的丹药。

［3］太清：道家所谓三清之一。《淮南子·道应》“太清问于无穷曰”注：“太清，元气之清者也，无穷，无形也。”

［4］紫霞：紫色云霞。道家谓神仙乘紫霞而行。

［5］鼎湖：黄帝升天之处。《通典》：弘农郡湖城县，故曰胡，汉武帝更为湖县。有荆山，黄帝铸鼎于荆山，其下曰鼎湖，即此也。《九域志》：陕州陕郡有鼎湖，黄帝采首山之铜，铸鼎于荆山之下，帝升天，因名其地。《史记正义》：《括地志》云：“湖水源出虢州湖城县南三十五里夸父山，北流入河，即鼎湖也。”闲：是水止而不动之意。

［6］长云：也作“屯云”。《列子》：“化人之宫出云雨之上，而不知下之据，望之若屯云焉。此言屯云河车，言车之多若屯云也。”玉女：《楚辞》：“建日月以为盖兮，载玉女于后车。”《吕氏春秋》：“身好玉女。”高诱注：“玉女，好女也。”仙传多称侍女为玉女，亦是此义，谓其美如玉也。

［7］紫皇：道教传说中最高的神仙。《太平御览》卷六五九引《秘要经》：“太清九宫，皆有僚属，其最高者，称太皇、紫皇、玉皇。”

［8］《拾遗记》：“服之得道，后天而老。”《初学记》：“日月星为之三辰，亦曰三光。杨齐贤曰：‘凋三光者，言三光有时凋落，而真身则常存也。’”

［9］《太平广记》：“西王母所居宫室九层，玄室紫翠丹房，左带瑶池，右环翠水。”汉·司马相如《大人赋》：“吾乃今日睹西王母，皓然白首，戴胜而穴处兮。”所谓“蛾眉萧飒如秋霜”，即白首之意。嫌王母已有衰老之容，以反明轩辕之后天之老也。

【解析】

这两首诗取材于《史记·封禅书》黄帝炼丹功成乘飞龙飞升成仙之事。第一首抒发成仙之后的愉悦心情并描写天宫中的美丽景象；第二首前半部分上承第一首写黄帝飞升后的情形，末尾笔锋一转，写即便是仙人，也有衰老之时。沈德潜在《唐诗别裁》中说："后天而老犹蛾眉萧飒，则不老者化老矣。学仙何为哉?"

王母歌[1]

（唐）李　颀[2]

武皇斋戒承华殿[3]，端拱须臾王母见[4]。
霓旌照耀麒麟车[5]，羽盖淋漓孔雀扇[6]。
手指交梨遣帝食，可以长生临宇县。
头上复戴九星冠，总领玉童坐南面。
欲闻要言今告汝，帝乃焚香请此语。
若能炼魄去三尸，后当见我天皇所。
顾谓侍女董双成，酒阑可奏云和笙。
红霞白日俨不动，七龙五凤纷相迎。
惜哉志骄神不悦，叹息马蹄与车辙，
复道歌钟杳将暮[7]，深宫桃李花成雪。
为看青玉五枝灯，蟠螭吐火光欲绝[8]。

【注释】

［1］故事见于《汉武帝内传》。

［2］李颀（690？—751？）：唐代河南颍阳（今河南登封）人。开元二十三年（735）中进士，曾任新乡县尉，后辞官归隐于颍阳之东川别业。李颀擅长七言歌行，诗以边塞题材为主，风格豪放，慷慨悲凉，与王维、高适、王昌龄等人皆有唱和。今存诗一百二十四首，体裁多古诗，七古尤有独到之处。

［3］斋戒：古人在祭祀前沐浴更衣、整洁身心，以示虔诚。

［4］端拱：正身拱手。指恭敬有礼，庄重不苟。

［5］霓旌：相传仙人以云霞为旗帜。《楚辞》刘向《九叹·远逝》：

“举霓旌之墆翳兮，建黄缥之总旄。”王逸注：“扬赤霓以为旌。”又指缀有五色羽毛的旗帜，为古代帝王仪仗之一。亦借指帝王。

［6］羽盖：古时以鸟羽为饰的车盖。《周礼·春官·巾车》：“辇车，组挽。有翣，羽盖。”郑玄注：“后居宫中所乘……以羽作小盖，为翳日也。”

［7］复道：楼阁或悬崖间有上下两重通道，称复道。

［8］蟠螭：盘曲无角之龙。常用作器物的装饰。

【解析】

这是一首七言古诗，取材于《汉武帝内传》，全诗铺排描写西王母传仙道于汉武帝的过程。最终以汉武帝“志骄”而无法悟道成仙，暗含求仙徒劳的感慨。

送高三十五书记十五韵[1]

（唐）杜　甫[2]

崆峒小麦熟[3]，且愿休王师。请公问主将，焉用穷荒为[4]。
饥鹰未饱肉，侧翅随人飞[5]。高生跨鞍马，有似幽并儿[6]。
脱身簿尉中，始与捶楚辞[7]。借问今何官，触热向武威。
答云一书记，所愧国士知[8]。人实不易知，更须慎其仪。
十年出幕府[9]，自可持旌麾[10]。此行既特达，足以慰所思。
男儿功名遂，亦在老大时。常恨结欢浅，各在天一涯。
又如参与商[11]，惨惨中肠悲。惊风吹鸿鹄，不得相追随。
黄尘翳沙漠[12]，念子何当归[13]。边城有馀力，早寄从军诗。

【注释】

［1］高三十五书记：即高适。适，字达夫，渤海蓨（今河北景县）人。早岁家贫，客游梁、宋，后荐举有道科，中第，授封丘县尉。不久参加河西节度使幕府，官左骁卫兵曹参军、掌书记。安史之乱，拜侍御史，迁谏议大夫，出为淮南节度使。历蜀、彭二州刺史，西川节度使，官终散骑常侍。有《高常侍集》十卷。

［2］杜甫（712—770）：字子美，原籍襄阳（今湖北襄阳），寄居巩县（今河南巩义）。祖父为初唐著名诗人杜审言。早年应进士不第。天宝中，客游长安，曾住杜陵附近的少陵，世称杜少陵。肃宗朝任左拾遗，因直言极谏，改华州司功参军，不久弃官入蜀。经西川节度使严武表荐节度参谋，检校工部员外郎。后漂泊西南，病死于湘江舟中。是我国古代伟大现实主义诗人，对后世影响很大。有《杜少陵集》二十五卷。

［3］《资治通鉴》："积石军每岁麦熟，吐蕃辄获之，边人呼为吐蕃

麦庄。天宝六载，哥舒翰先伏兵于其侧，寇至，断其后，夹击之，无一人得返者，自是不敢复来。”此诗正指其事。

［4］此句意为不必穷兵于荒外。

［5］此二句典故出自《三国志·魏志》：陈登喻吕布曰：“登见曹公，言待将军，譬如养虎，当饱食其肉，否则噬人。公曰：‘不如卿言，譬如养鹰，饥则为用，饱则扬去。’”

［6］幽并儿：梁简文帝诗：“少解孙吴法，家本幽并儿。”幽并二州，现河北、山西和陕西部分地方，多游侠，善骑射。

［7］簿尉：指高适原职封丘县尉。捶楚：《说文》：“捶，以杖击也。”捶与箠同，皆木名。司马迁《报任少卿书》：“被箠楚受辱。”谓鞭扑有罪者。

［8］国士：国内所推重的人才。

［9］幕府：将帅在外的营帐。军旅无固定住所，以帐幕为府署，故称幕府。

［10］旌麾：帅旗。

［11］参与商：即参宿与商宿，此二星一出一没，永不相见。

［12］翳：遮蔽。

［13］何当：何时。

【解析】

这首诗写于天宝十三载（754），河西节度使哥舒翰表奏高适为其掌书记，杜甫赠诗以表离别之意。开头四句希望高适作为掌书记当献言主将应以休兵息民为务，转而又写高适素负鞍马之才，岂可羁身一尉。继而写得知高适做掌书记，表达朋友规箴之义，希望其将来有所建树。最后表达送别之意。方聚而散，故恨结欢之浅。别难复聚，又有参商之感。希望分别之后能以书信来往。

寄高三十五书记

（唐）杜　甫

叹惜高生老，新诗日又多。
美名人不及，佳句法如何？
主将收才子[1]，崆峒足凯歌[2]。
闻君已朱绂[3]，且得慰蹉跎[4]。

【注释】

［1］主将：指哥舒翰。

［2］凯歌：《周礼》：乐师，凡军大捷，教凯歌。《司马法》曰："得意则恺乐，所以示喜也。"

［3］朱绂：朝服。唐代官制，官分九品，四品、五品衣绯（朱红），二品、三品配紫绂（服色同）。此诗为高适擢为谏议大夫时所作。

［4］蹉跎：失时，虚度光阴。

【解析】

这首诗写于天宝十三载（754），二人通过书信切磋诗艺，可谓好学。也可看出二人以诗为友。前四句称赞高适诗才，后四句写为高适擢升而高兴。才子凯歌，仍应能诗，老年知遇，差慰蹉跎耳。

赠田九判官（梁丘）[1]

（唐）杜　甫

崆峒使节上青霄[2]，河陇降王款圣朝[3]。
宛马总肥春苜蓿[4]，将军只数汉嫖姚[5]。
陈留阮瑀谁争长[6]，京兆田郎早见招[7]。
麾下赖君才并美，独能无意向渔樵[8]。

【注释】

［1］田梁丘：于邵《田司马梁丘传》：京兆亦陵人，哥舒翰兼统五原，雅知其才，得之甚喜，表请胜府别将，改永平府果毅，长松府折冲。潼关失守，御史中丞郭英乂专制陇右，未及下车，表渭州陇西县令。

［2］崆峒使节：指河西、陇右节度使哥舒翰。青霄：喻帝都、朝廷。

［3］河陇：指河西、陇右。降王：指吐谷浑苏毗王。款：《汉书·宣帝纪》："款塞来享。"应劭注：款，叩也，皆叩塞门来服从也。《王思礼传》：天宝十三载（754），吐谷浑苏毗王款塞，明皇诏哥舒翰应接。

［4］宛马：产自大宛的汗血宝马，嗜好苜蓿。苜蓿：原产西域，汉武帝时由大宛传入中土。

［5］汉嫖姚：霍去病，封汉嫖姚校尉。荀悦《汉纪》：嫖姚作票鹞，鸟名，因以官名，取其轻捷也。

［6］阮瑀：字元瑜。陈留尉氏（今河南开封）人。"建安七子"之一。为曹操司空军谋祭酒，管记室。擅长军国文书。有《阮瑀集》。

［7］典故出自《三辅决录》：田凤为郎，容仪端正，入奏事，灵帝目送之，因题柱曰："堂堂乎张，京兆田郎。"左思《咏史》："冯公岂不

伟，白首不见招。”

［8］渔樵：此指归隐之意。高适《封丘尉》：“我本渔樵孟诸野，一生自是悠悠者。”

【解析】

这首诗作于天宝十三载（754），全诗通过用典赞颂哥舒翰、田梁丘、高适。前四句写哥舒翰受降，将其比作汉骠骑将军霍去病。后四句赞美田梁丘荐贤之功。将高适比作阮瑀，因阮瑀是陈留人，高适做过封丘尉，地域相近；另外阮瑀以章表书记见长，而高适被荐为哥舒翰之掌书记。将田梁丘比作汉代田凤更为贴切。

投赠哥舒开府翰二十韵[1]

（唐）杜　甫

今代麒麟阁[2]，何人第一功。君王自神武，驾驭必英雄。
开府当朝杰，论兵迈古风。先锋百胜在，略地两隅空。
青海无传箭[3]，天山早挂弓。廉颇仍走敌[4]，魏绛已和戎[5]。
每惜河湟弃[6]，新兼节制通[7]。智谋垂睿想，出入冠诸公。
日月低秦树，乾坤绕汉宫。胡人愁逐北[8]，宛马又从东[9]。
受命边沙远[10]，归来御席同[11]。轩墀曾宠鹤[12]，畋猎旧非熊[13]。
茅土加名数[14]，山河誓始终。策行遗战伐[15]，契合动昭融[16]。
勋业青冥上[17]，交亲气概中[18]。未为珠履客[19]，已见白头翁[20]。
壮节初题柱[21]，生涯独转蓬[22]。几年春草歇，今日暮途穷。
军事留孙楚[23]，行间识吕蒙[24]。防身一长剑，将欲倚崆峒。

【注释】

［1］哥舒开府翰：即哥舒翰（？—756），唐突骑施酋长哥舒部之裔，世居安西。因战功封西平郡王。天宝十一载（752）加开府仪同三司。安史之乱为帅守潼关，失守，降安禄山，不久被杀。

［2］麒麟阁：汉武帝获麟，作麒麟阁以画功臣。汉宣帝甘露三年（前51），上思股肱之美，乃图画大将军霍光等十二人于麒麟阁。

［3］传箭：一说外寇起兵，则传箭为号，无传箭，息兵也；一说守城之法，更夜传箭，以防其睡。

［4］廉颇：战国赵将。在赵与齐、秦、魏战争中屡立战功，拜为上卿，封信平君。是后世将才楷模。

［5］魏绛：春秋时晋国大夫。悼公时，山戎无终子请和，绛因言和

戎五利，晋侯乃使绛与诸戎盟。晋无戎患，国势日振，八年之中，九合诸侯，复兴霸业。

［6］河湟：指黄河湟水两流域地。

［7］节制：节度法制。《荀子》：“桓文之节制，不足当汤武之仁义。”此处为节度使之简称。

［8］逐北：追逐败走之敌兵。《庄子·则阳》：“（触氏蛮氏）时相争地而战，伏尸数万，逐北旬又五日而后返。”

［9］宛马：汉伐大宛，得天马。乃作歌曰：“天马来，应无草，经千里，循东道。”

［10］《旧唐书》载：哥舒翰与安禄山、安思顺并为节度使。禄山在范阳，思顺、翰分控陇朔。所以说“受命边沙远”。

［11］《旧唐书》载：哥舒翰与安禄山、安思顺不协，上命结为兄弟。天宝十一载（752）冬，并来朝。使高力士于京城东驸马崔惠童山池宴会，赐热洛河以和解之。所以说“归来御席同”。

［12］轩墀：轩车。宠鹤：《左传》载：“卫懿公好鹤，鹤有乘轩者。”此以卫懿公托讽唐玄宗，鹤喻安禄山、安思顺。

［13］《史记·齐世家》载：文王将猎，卜曰：“所获非龙，非彲，非虎，非罴。乃霸王之辅。”果遇太公于渭阳，载与俱归。此以文王喻玄宗，以太公喻哥舒翰。

［14］茅土：谓受封为王侯。古代帝王社稷之坛以五色土建成，分封诸侯时，按封地所在方向取坛上一色土，以茅包之，称为茅土，给受封者在封国内立社。名数：户籍。《史记·石庆传》：“元封四年中，关东流民二百万口，无名数者四十万。”

［15］策：谋略。战伐：作战，攻伐。

［16］契合：融洽，相符。昭融：光明，长远。转指帝王的鉴察。

［17］勋业：功绩事业。青冥：青天。

［18］交亲：互相亲近。气概：气派。哥舒翰家富于财，倜傥任侠，好然诺，纵蒱好酒，其气概可知。

［19］珠履：缀珠的鞋。《史记·春申君传》：“春申君客三千余人，其上客皆蹑珠履，以见赵使，赵使大惭。”

［20］《汉书·田千秋传》：千秋讼太子冤曰：“臣梦白头翁教臣言。”

［21］壮节：壮士的节操。题柱：古代文人题词于柱。晋·常璩《华阳国志·蜀志》："（成都）城北十里有升仙桥，有送客观。司马相如初入长安，题市门曰：'不乘赤车驷马，不过汝下也。'"

［22］转蓬：蓬草随风飘转，后喻身世飘零。

［23］孙楚（？—293）：字子荆。晋太原中都人。富文才。为石苞参军，楚负其才气，颇侮易苞。初至，长揖曰："天子命我参卿军事。"

［24］行（háng）间：军中，行伍之间。吕蒙（178—219）：字子明。三国吴名将，从周瑜破曹操，拜偏将军。擒关羽，封孱陵侯。

【解析】

这首诗作于天宝十三载（754），哥舒翰加河西节度使，封西平郡王。杜甫投诗以赠，以期提携。前四句赞颂皇帝能够知人善任，选拔卓越之人才。接下来八句将哥舒翰以廉颇相比，歌颂其在陇右之战功。再下八句仍写哥舒翰恢复河西之战功，称其冠绝群公、威名远扬，深得朝廷赏识。其后十句写哥舒翰回朝封王之事。并用典故写君臣之契合，独见其昭明。最后十句自叙有意投奔哥舒翰，一连用六个典故来表明自己的意愿。

近　闻

（唐）杜　甫

近闻犬戎远遁逃[1]，牧马不敢侵临洮[2]。
渭水逶迤白日静[3]，陇山萧瑟秋云高[4]。
崆峒五原亦无事[5]，北庭数有关中使[6]。
似闻赞普更求亲[7]，舅甥和好应难弃[8]。

【注释】

［1］犬戎：古戎族的一支，在殷周时居于我国西部。这里指吐蕃。

［2］临洮：一指临洮县。汉置狄道县，为陇西郡治。晋为狄道郡治。宋改为临洮郡，金改为临洮府，清改为狄道州。1928 年改为临洮县。一指岷县。秦置临洮县，属陇西郡，以地临洮水而名。唐为岷州治。清为岷州。1913 年改为岷县。

［3］渭水：渭河。黄河主要支流之一。源于甘肃渭源县西北鸟鼠山，东流至清水县，入陕西境内，横贯渭河平原，东流至潼关，入黄河。逶迤：弯曲而延续不断。

［4］陇山：六盘山的别称。又名陇坻、陇坂。在今陕西陇县至甘肃平凉一带。山势险峻，为陕甘要隘。

［5］五原：唐代龙游原、乞地干原、青岭原、可岚贞原、横曹原称五原。在今宁夏境内。

［6］北庭：汉时匈奴居住的地方。唐朝六都护府之一，属陇右道。

［7］赞普：吐蕃君长之称号。《新唐书・吐蕃传》：“其俗谓强雄曰赞，丈夫曰普，故号君长为赞普。”

［8］舅甥：《新唐书》：贞观十五年（641），文成公主下嫁吐蕃。景龙二年（708），赞普乞和亲，许与通聘，为舅甥如初。

【解析】

这首诗作于大历元年（766），写永泰元年（765）十月，郭子仪与回纥定约，共同击退吐蕃，时仆固名臣及党项帅皆来降。大历元年（766）二月，命杨济修好吐蕃。吐蕃遣首领论钦陵来朝。渭水、陇山，写内地清净。崆峒、五原，写边外晏宁。北庭使者到吐蕃通和，应无大碍。

崆　峒[1]

（宋）姚嗣宗[2]

南越干戈未息肩[3]，五原金鼓又轰天[4]。
崆峒山叟笑无语，饱听松声春昼眠。

【注释】

［1］这首诗出自宋·文莹《湘山野录·续录》“姚嗣宗奏补职官”条。

［2］姚嗣宗（生卒年不详）：陕西华阴（今陕西华阴市）人。历任大理寺丞，军事判官，浔州知府等，《全宋诗》录诗五首。

［3］南越：《湘山野录·续录》作“百越”，浙江闽粤之地，皆为越族所居，故称百越。干戈：指战争。《史记·儒林列传序》：“然尚有干戈，平定四海，亦未暇遑庠序之事也。”息肩：卸去负担。《左传·襄公二年》：“郑成公疾，子驷请息肩于晋。”

［4］金鼓：军中用器。金指金钲，用以止众，鼓用以进众。执金鼓即可号令三军，以示讨罪。

【解析】

这是一首七言绝句，前两句写南方战争不断，北方也不太平。五原离崆峒很近，虽然金鼓轰天，但对崆峒来说，并没有什么影响。因此，后两句通过崆峒山叟的“笑无语”和“春昼眠”写出崆峒山环境的静谧。

登崆峒

（宋）张　亢[1]

四面千峰起，中心一水通[2]。路穿云树密[3]，势压玉关雄[3]。
此地开慈日[4]。当时拜顺风[5]。二乘由相别[6]，三语与无同[7]。
遍诣耆阇岭[8]，深疑睹史宫[9]。钟声遥度陇[10]，刹影半沉空[11]。
绝顶人难到，平川目未穷。尘襟聊抖擞[12]，一瞬出樊笼[13]。

【注释】

［1］张亢（生卒年不详）：字公寿，张奎弟。北宋临蒲人。仁宗时（1022—1063）举进士。为广安军判官，升徐州总管。曾任泾原路兵马钤辖，知渭州（今甘肃平凉）。

［2］一水：指胭脂河。

［3］云树：高耸入云的树木。

［3］玉关：即玉门关。在今甘肃敦煌西北。

［4］慈日：佛教节日。

［5］顺风：宋代一种包头软巾。宋·沈括《梦溪笔谈·故事一》：“本朝幞头有直脚、局脚、交脚、朝天、顺风，凡五等；唯直脚贵贱通服之。”

［6］二乘：佛教语。一般包括声闻乘与缘觉乘。南朝梁·沈约《内典序》：“义隐三藏之外，事非二乘所窥。”《景德传灯录·慧能大师》：“若以智慧照烦恼者，此是二乘小儿，羊、鹿等机。上智大根，悉不如是。”相：佛教用语，指物质的形成或状态。即请法之形象状态。

［7］三语：佛教用语。即如来所说的随自意语，随他意语，随自他

意语。

［8］耆阇（shé）：耆阇崛山的简称。又译为灵鹫山、灵鸟山、灵鸟顶山。在中印度摩羯陀国王舍城东北，为释迦牟尼说法之地。北魏·郦道元《水经注·河水一》引《西域记》："耆阇崛山在阿耨达王舍城东北，西望其山，有两峰双立，相去二三里，中道鹫鸟常居其岭，土人号曰耆阇崛山。胡语'耆阇'，鹫也。"唐·玄应《一切经音义》卷六："正言姞栗陀罗矩吒山，此译云鹫台，又云鹫峰，言此山既栖鹫鸟，又类高台也。旧译云鹫头或云灵鹫者，一义也。"

［9］睹史宫：弥勒菩萨在兜率天中常住讲经法处。

［10］陇：陇山。

［11］刹：佛寺。

［12］尘襟：世俗的胸襟。抖擞（dǒusǒu）：佛教语。头陀的别称。《法苑珠林》："西云头陀，此云抖擞，能行此法，即能抖擞烦恼，去离贪著，如衣抖擞，能去尘垢，是故从喻为名。"

［13］樊笼：关鸟兽的笼子。比喻受束缚，不自由的境地。

【解析】

这是一首五言排律。前四句写崆峒山之景：胭脂河从千峰中穿过，山上长满高耸入云的树木，气势雄伟。中间八句写佛事活动及寺院建筑，并从中领悟出佛教深邃的教义精髓。后四句写登临的感慨：来到崆峒山犹如鸟出樊笼，悠然自在。

崆峒山

（宋）游师雄[1]

崆峒一何高，崛起乾坤辟[2]。
峻极倚杳冥[3]，峥嵘亘今昔[4]。
势将玉绳齐[5]，位据金野窄。

【注释】

［1］游师雄（生卒年不详）：字景叔，宋代京兆武功（今陕西长武）人。进士及第。初为仪州（今甘肃华亭）司户参军。元祐二年（1087）奉诏率兵至熙河（今甘肃岷县、临夏、临潭一带）破吐蕃，收复失地。后知秦州、陕州等处。官至直龙图阁。

［2］乾坤：周易中的乾卦和坤卦，象征天地。辟：开辟。

［3］杳冥：指天空，高远之处。宋玉《对楚王问》：“凤凰上击九千里，绝云霓，负苍天，翱翔乎杳冥之上。”

［4］峥嵘：山之高峻貌。亘：贯穿。

［5］玉绳：星名。张衡《两京赋》：“上飞闼而仰眺，正睹瑶光与玉绳。”李善注《春秋元命苞》曰：“玉衡北两星为玉绳。”

【解析】

这是一首五言古诗。全诗描写崆峒山之景，通篇围绕“高”来写，在突出写崆峒山之高峻的同时，也写到了其形成年代之久远。最后两句运用夸张手法突出描写其高和远。

笄头山[1]

（宋）游师雄

笄头旧传名，关塞曾控扼[2]。
太统失崔嵬[3]，望家渐岝峉[4]。

【注释】

［1］笄头山：在隍城与香山之间。峰峦叠翠，笄头高耸。又有青山拢翠，如盛妆之少女。传为秦始皇登临处。面南绝壁下为古“鸡头道”。北麓有苗清阳墓址和邓公塔。明代峰端有“笄头胜概”亭。郎中吴同春曾题“崆峒绝巘”于此。

［2］关塞：边关；边塞。控扼：控制。

［3］太统：即太统山。太统山森林公园位于甘肃省平凉市崆峒区西郊3.5公里处，占地面积21.7万亩，属省级自然保护区和森林公园，是天然动植物园。自然景观独特，群峰环翠，万壑松涛。尤以夏日雨后放晴，有云雾蒸腾而起，笼罩山顶，状如巨形蘑菇，久聚不散，夕阳斜照，奇光异彩，景象蔚为壮观，古称“太统屯云”。置身于山巅可西望六盘、崆峒，南眺关山，北阅“五指原”，俯视平凉川。十万沟景区地貌奇特，风景秀丽，其中大阴山与崆峒山遥相呼应，自古传为姊妹山。十万沟内的黄龙、青龙、白龙、赤龙瀑布呈现阶梯状分布，实为“四面千峰起，中心一水通”。太统山森林公园古迹丰富，寺庙建筑风格独特，道教历史悠久，古人论道求仙传说和遗迹众多，文人名士的朝山颂扬更使崆峒、太统名声远播。每逢庙会日，香客游人络绎不绝。崔嵬：高耸貌；高大貌。《楚辞·九章·涉江》：“带长铗之陆离兮，冠切云之崔嵬。”王逸注：“崔嵬，高貌。”

［4］ 岝崿（zuóè）：山势不齐貌。

【解析】

这是一首五言绝句。前两句写笄头山成名之久远和地理位置的重要性。后两句用衬托的手法写出笄头山之高峻。

翠屏山[1]

（宋）游师雄

最高翠屏山，举手星可摘。
珠石信团圞[2]，群峰森剑戟[3]。

【注释】

［1］翠屏山：又称香山、大马鬃山，在小马鬃山西，为崆峒最高峰，海拔2123米。面东与笄头山隔一小岘，壁立而起，峭壁凌空，有青龙洞，翠色点染如画屏而得名。顶端有香山寺和混元楼。

［2］信：的确。团圞（luán）：圆貌。

［3］森：森严。剑戟：泛指武器。《国语·齐语》五："美金以铸剑戟，试诸狗马。"

【解析】

这是一首五言绝句。前两句用夸张手法描写翠屏山之高，借鉴李白绝句《夜宿山寺》"危楼高百尺，手可摘星辰"之语。后两句写山中石貌及群峰森然之状。

广成子洞[1]

（宋）游师雄

复闻广成子，不为外虑役[2]。
轩后屈至尊[3]，稽颡请所益[4]。
至今洞犹存，峭壁宛遗迹[5]。

【注释】

［1］广成子洞：有两处。一在龙须沟（半截沟）悬崖间，距地 20 米，洞口高 3 米，宽 1.5 米，深 10 米。另一处在南崖宫后崖壁间，石室高 3.7 米，宽 3 米，深 3.5 米，旧有塑像、龛台等物。

［2］外虑役：外，尘世。道家讲内修，强调本真的保持。因此对身外之尘世采取回避态度。

［3］轩后：轩辕黄帝。至尊：最尊贵，最崇高。又指至高无上的地位，多指君、后之位。屈：屈驾。

［4］稽颡（qǐsǎng）：古代一种跪拜礼，屈膝下拜，以额触地，表示极度的虔诚。《仪礼·士丧礼》：“吊者致命，主人哭拜，稽颡成踊。”

［5］峭壁：陡峭的山崖。宛：仿佛，好像。

【解析】

这是一首五言古诗。前两句写修道成仙的广成子，不被尘世所牵累而成仙。中二句写黄帝屈尊问道之事。后两句写当年黄帝向广成子问道之所依然遗存至今，给后人留下无限之遐思。

归云洞[1]

（宋）游师雄

山下雨霏霏[2]，山头云气结[3]。
时将雷雨收，片片归云白。

【注释】

［1］归云洞：在崆峒山有两处归云洞，亦称青龙洞。一在雷声峰东侧悬崖间，另一在翠屏山峭壁间，人无法到达。风雾起时，涌入洞中，因名归云洞。夏秋之季多云雾，吞吐出入，轻烟缕缕，恍若仙境。

［2］霏霏：雨雪盛貌。

［3］云气：云雾，雾气。

【解析】

这是一首五言绝句。全诗围绕“云”之特征而写，山下、山头，一低一高，皆为云雨。动词“收”和“归”的运用尤为巧妙，逼真地写出归云洞的特征。

皂鹤洞[1]

（宋）游师雄

皂鹤有时出[2]，振迅击天翮[3]。
未见饮啄时，灵风想自咽。

【注释】

［1］皂鹤洞：即玄鹤洞，亦称元鹤洞。在东台面东悬崖间距地约百米处，洞口呈椭圆形，径曰 5 米，深不知几，传说曾有玄鹤栖居，自古游山者以能睹玄鹤为最幸之事，相传洞通龙门，又说通绝顶。

［2］皂鹤：黑色羽毛的鹤，亦称玄鹤、元鹤。自黄帝以来，时有出现，但不常见。道教中，鹤为神仙之座驾。

［3］振迅：亦作“振讯”，意为抖动。

【解析】

这是一首五言绝句。前两句写由皂鹤洞联想皂鹤出没之情形。后两句写诗人并未看见皂鹤饮食，由此推想因其为神物，应该是餐风饮露了。

琉璃泉[1]

（宋）游师雄

阳麓涌泉飞[2]，漍漍逗甘液[3]。
道士养金丹[4]，长此吸银玉[5]。

【注释】

［1］琉璃泉：又称广成子浴丹泉，在原问道宫后，泉水清澈，其味甘郁。今被崆峒水库淹没。

［2］阳麓：崆峒山南麓。

［3］漍漍（guó）：流水声。逗：止住，停留。甘液：甜美的汁液。

［4］金丹：古代方士炼金石为丹药，认为服之可以长生不老。晋·葛洪《抱朴子·金丹》："夫金丹之为物，烧之愈久，变化愈妙；黄金入火，百炼不消，埋之，毕天不朽。服此二物，炼人身体，故能令人不老不死。"

［5］银玉：道士所炼丹药。

【解析】

这是一首五言绝句。从琉璃泉的另一名称"广成子浴丹泉"来写。前两句写泉水发源地和泉水之特征。后两句写道士在此炼丹、服丹之事。

西岩泉[1]

（宋）游师雄

西岩水泓澄[2]，沮洳缘罅隙[3]。
携炉就煮茗，爽彻涤肝膈[4]。

【注释】

[1] 西岩泉：又称广成泉、黄龙泉。在隍城北下沟谷中，由西台西下可至。石泉口径约1米，深2米许。僧道取泉水供饮用，旧时天旱有在此祈雨者。

[2] 泓澄：水深而清。

[3] 沮洳：指低湿。罅（xià）隙：缝隙；裂缝。

[4] 肝膈：即肝鬲，犹言肺腑。比喻内心。

【解析】

这是一首五言绝句。前两句写西岩泉水深而清的特征。后两句写用西岩泉煮茶，饮用后有涤净脏器之功用。

香炉峰[1]

（宋）游师雄

却升香炉台，俯瞰倒插石[2]。
身恍立霄汉[3]，风生两腋侧。

【注释】

［1］香炉峰：在笄头山西侧，形似而名。传为太上老君炼丹之处，又称老君丹台。

［2］倒插石：又称垂珠峰。在翠屏峰南嶂处。此处峰端开阔而下方较窄小，丹崖直下百余米，形似块块巨石砌叠而起，故名垂珠峰。其上方有青龙洞，可望而不可即。

［3］恍：恍惚，隐约不清。霄汉：天河，亦借指天空。

【解析】

这是一首五言绝句。前两句写登上香炉台所见垂珠峰之景。后两句夸张描写香炉峰高耸入云，站在山顶，恍若霄汉之上，两腋生风。

仙人石桥[1]

（宋）游师雄

石桥跨两岫[2]，野叟尝远遮[3]。
旁有枰棋处[4]，云是仙人卸[5]。

【注释】

［1］又称朽木桥，在北台莲花寺后。有桥两道，通观音堂。创建时间不可考，1942 年马德福、叶万春等人募资重修，后存径不盈尺长约 6 米原木两根架于二堑间。1985 年佛教协会架槽铁两根通行。1989 年佛教居士王菊英募资改建成拱形钢筋水泥桥，一称飞云桥，亦称修渡桥。

［2］岫（xiù）：峰峦，山谷。

［3］遮：阻拦，遏止。

［4］枰（píng）：棋盘。

［5］卸：遗留。

【解析】

这是一首五言绝句。前两句写石桥横跨两座山峰，距离遥远，人迹罕至。后两句承接前两句，因凡人少至，而仙人常在此弈棋，写出“仙人石桥”得名的来历。

游崆峒

（明）朱旭櫏[1]

西望崆峒列翠屏[2]，肩舆暇日叩禅扃[3]。
登山临水皆真乐，辟谷餐霞总杳冥[4]。
秋雨一林红叶满，春风千载碧桃馨。
归来莫用燃高炬，恐有山灵惊放灯[5]。
晓发旌幢出禁城[6]，青山仿佛是蓬瀛[7]。
龙潜古洞云常护，鹤返虚坛日正晴。
陇树锁烟迷宝刹[8]，石铛煨火煮黄精[9]。
寻幽欲上西台去[10]，忽听疏钟散晚声。

【注释】

［1］朱旭櫏（？—1534）：字冰壶，明代韩藩昭王。弘治十四年（1501）封。幼年即聪颖，喜游能文章，好诗书。有《冰壶遗集》等传世。存咏诵崆峒诗多首。

［2］翠屏：形容峰峦排列的绿色山岩。

［3］肩舆：用人力抬扛的代步工具。叩：登门求见。禅扃：即禅门。

［4］辟谷：古称行导引之术，不食五谷，可以长生。道家方士，乃附会为神仙入道之术。餐霞：餐食朝霞。指修仙学道。语出《汉书·司马相如传下》："呼吸沆瀣兮餐朝霞。"颜师古注引应劭曰："《列仙传》陵阳子言春（食）朝霞，朝霞者，日始出赤黄气也。夏食沆瀣，沆瀣者，北方夜半气也。并天地玄黄之气为六气。"

［5］山灵：山神。放灯：和尚做道场的活动。

［6］旌幢：作仪仗用的羽毛做的旗帜。禁城：宫城。

［7］蓬瀛：蓬莱和瀛洲。皆山名，古代方士传说为神仙所居。《史记·封禅书》："自威、宣、燕昭使人入海求蓬莱、方丈、瀛洲。此三神山者，其传在勃海中。"

［8］陇树：崆峒山为六盘山支脉，六盘山南段称陇山。陇山一带的树木。宝刹：佛寺之塔。刹，原指塔顶上的旛柱。也是佛寺的通称。

［9］石铛：釜属食器。黄精：草名。又名黄芝、菟竹、鹿竹、救穷草、野生姜。多年生草本。叶似竹而短，根如嫩姜，入药。道家以为其得坤土之精粹，故名黄精。

［10］寻幽：寻求幽胜。西台：穿过朝天门登山路右行，幽径纡曲穿林西行千余米便至。台上有西方三圣古佛殿，右侧为舍身崖，后谷有黄龙泉，东南阶建有栖云亭。台面海拔 1932 米。四周多松枫，幽静，于此台观云岚最妙。

【解析】

这是一首七言排律。前八句写望崆峒之景。虽写望山，但并非实写，而是想象山中四季不同之景和登山之乐趣。后八句实写登山之所见所感，虚实相映，以虚衬实。

春日登崆峒（二首）

（明）朱旭櫏

其一

闻访崆峒端上人[1]，崎岖石径隔红尘[2]。
山将雨至云先湿，鸟讶客来声转频[3]。
远近幽花供醉眼[4]，龙葱佳木爽吟神[5]。
广成有道终难见，岩上碧苔春自新。

【注释】

［1］上人：佛教称具备德智善行的人，后来作为对僧人的敬称。

［2］崎岖：形容地势或道路高低不平。红尘：佛家、道家称人世为红尘。

［3］讶：迎接。

［4］醉眼：醉后迷糊的眼睛。

［5］龙葱：即茏葱，草木繁盛貌。

【解析】

这是一首七言律诗。第一句叙写因寻访僧人而上崆峒，深有山路崎岖，与世隔绝之感。从第二句到第六句写登崆峒所见之景，运用烘托、拟人手法写出山中之清幽。最后两句议论，追寻至道并非易事，应如岩上之青苔，春生夏长，顺其自然。

其二

崆峒崒嵂倚穹苍[1]，策马登临春正芳[2]。
元鹤惊翔冲碧落[3]，梵侩宣咒响琳琅[4]。
云开岭树看来秀，花逐岩风触处香。
信步广成修炼所[5]，淡烟空锁木千章[6]。

【注释】

［1］崒嵂（zúlǜ）：山高耸貌。穹苍：指天。穹言其形，苍言其色。

［2］策马：驱马使行。

［3］元鹤：一名玄鹤，黑色的仙鹤。碧落：道教语。天空；青天。

［4］梵侩（fànkuài）：僧人。宣咒（zhòu）：诵经。琳琅：玉石声。这里指僧人的诵经之声。

［5］信步：随意行走。广成修炼所：广成丹穴。即广成子炼丹之处。

［6］章：大材曰章。

【解析】

这是一首同题七言律诗。首联写崆峒高耸入云，春日群芳正艳，策马登临崆峒。颔联写元鹤因客人的到来而惊翔高空，山间一片诵经之声，琳琅玉响。颈联写山间云秀花香，景色宜人。尾联写高树云绕，烟霭淡淡，作者悠然信步于广成修炼之所，闲适恬淡隐然其中。

九日登崆峒

（明）朱旭櫏

九日崆峒景色和，缓乘骢马陟烟萝[1]。
乌纱偏侧紫萸重[2]，金盏满浮黄菊多[3]。
仰就义轮天上近[4]，俯看山鸟膝边过。
轩辕白日飞升后[5]，万古遗踪耿不磨[6]。

【注释】

［1］骢马：青白色的马。陟（zhì）：登上。烟萝：借指幽居或修真之处。

［2］乌纱：乌纱帽。紫萸：茱萸。古代重阳节有插茱萸的习俗，所以又叫茱萸节。茱萸入药，可制酒养身祛病。插茱萸和簪菊花在唐代就已经很普遍。茱萸香味浓，有驱虫去湿、逐风邪的作用，并能消积食，治寒热。民间认为九月初九也是逢凶之日，多灾多难，所以在重阳节人们喜欢佩戴茱萸以辟邪求吉。茱萸因此还被人们称为“辟邪翁”。

［3］金盏：花名。又名长春花、水仙花。

［4］义轮：车驾。

［5］轩辕：轩辕黄帝。白日飞升：即白日升天。《魏书·释老志》：“其为教也，咸蠲去邪累，澡雪心神，积行树功，累德增善，乃至白日升天，长生世上。”

［6］磨：磨灭。

【解析】

这是一首七言律诗。九日，即重阳节。全诗围绕重阳节登高与养生之风俗而写。如第三句中的“紫萸”和第四句中的“黄菊”皆养生之物。最后联想黄帝通过养生达到飞升成仙，照应本诗主题。

崆峒山

（明）朱云岩[1]

参天崇秀势何雄[2]，翠染岚光迥不同[3]。
石磴盘旋通绝顶[4]，危峰突兀插层空[5]。
泉流深涧笙簧奏[6]，云起遥岑雨路濛[7]。
游赏浑忘日色晚，当空明月伴行骢[8]。

【注释】

［1］作者生平事迹不详，张伯魁《崆峒山志》载为韩藩。

［2］参天：高悬或高耸于天空。

［3］岚光：山间雾气经日光照射而发出的光彩。

［4］石磴：石级，石台阶。

［5］突兀：亦作“突杌”“突屼”。高耸貌。层空：高空。

［6］笙簧：指笙。簧，笙中之簧片。

［7］遥岑：远处陡峭的小山崖。

［8］骢：青白杂毛的马。

【解析】

这是一首七言律诗。首联写崆峒山势雄伟，岚光浮动，云气熏蒸，与他山迥然不同。颔联夸张描写崆峒之高。颈联写山涧泉流如笙簧鸣奏，山间云雾蒙蒙。尾联写山中之景引人入胜，夜半时分仍流连忘返。

游崆峒

（明）马文升[1]

偶上崆峒万仞山，恍疑身在碧云端[2]。
遥看华岳峰三垤[3]，俯视秦川弹一丸[4]。
雨后苍龙归石洞[5]，夜深元鹤下瑶坛[5]。
何须更问蓬莱岛，此地令人欲挂冠[6]。

【注释】

［1］马文升（1426—1510）：字负图，明代钧州（今河南禹州）人。景泰（1450—1457）年间进士。成化四年（1468），任陕西巡抚，孝宗时累官吏部尚书。任巡抚时游览崆峒，有诗留存。

［2］碧云：青云；碧空中的云。张铣注："碧云，青云也。"

［3］华岳：华山。五岳之一，世称西岳。在陕西省华阴县南。因其西有少华山，故又名太华山。有莲花（西峰）、落雁（南峰）、朝阳（东峰）、玉女（中峰）、五云（北峰）等峰。一说以山顶有池，池生千叶莲花而得名。垤（dié）：小山丘。

［4］秦川：古地区名。泛指今陕西、甘肃的秦岭以北平原地带。因春秋、战国时地属秦国而得名。

［5］苍龙：传说中的青龙。古传青龙为祥瑞之物。

［3］瑶坛：用美玉砌成的高台，多指神仙的居处。

［4］挂冠：《后汉书·逄萌传》："时王莽杀其子宇，萌谓友人曰：'三纲绝矣！不去，祸将及人。'即解冠挂东都城门，归将家属浮海，客于辽东。"后世以辞官为"挂冠"。

【解析】

这是一首七言律诗。首联夸张描写崆峒高耸云端。颔联仍用夸张，写登上崆峒之巅俯瞰华岳如土丘，秦川如弹丸。颈联虚写归云洞和皂鹤洞之景。尾联抒发感慨，既然有崆峒仙境，又何须造访蓬莱呢？

登崆峒雪中书事（三首）

（明）李　素[1]

其一

鼎湖龙去已千年[2]，万壑松风起暮烟[3]。
问道有宫名尚在，求仙无路迹空传。
青鸾杳杳瑶池月[4]，元鹤寥寥玉洞天[5]。
胜览登临殊未遍[6]，晚风吹雪促归鞭。

【注释】

[1] 作者生平事迹不详，张伯魁《崆峒山志》载为甘肃巡抚。

[2] 鼎湖龙去：鼎湖，古地名。古代传说黄帝在鼎湖乘龙升天，以后也用龙去鼎湖指代帝王去世。

[3] 万壑：形容连绵的高山涧谷。松风：松林之风。

[4] 青鸾：古代汉族传说中凤凰一类的神鸟。赤色多者为凤，青色多者为鸾。多为神仙坐骑。杳杳：深远幽暗貌。瑶池：古代神话中神仙所居。《穆天子传》："乙丑天子觞西王母于瑶池之上，西王母为天子谣。"

[5] 寥寥：空虚，空阔。洞天：洞中别有天地之称。道教以此称仙人之所居处，有王屋山等十大洞天、泰山等三十六洞天之说。

[6] 胜览：畅快地观赏。

【解析】

这是一首七言律诗。首联写黄帝飞升千年之后，青山依然长在。颔联写问道遗迹尚在，而求仙之路难寻。颈联联想仙界，空有企羡之情。

尾联写登临之兴未尽，风雪却来催促归途。全诗集叙事、议论、写景于一体，运用逆挽之手法，在诗的末尾点明题目。

其二

冒雪归来当一游，清风流动翠烟浮[1]。
千山糁玉层层见[2]，万木酣红树树幽[3]。
太极一圈惭未究[4]，浮生多事欲何求[5]。
明朝分袂应惆怅[6]，忍可无诗向此留。

【注释】

［1］清风：轻微的风；清凉的风。翠烟：青烟；烟霭。

［2］糁（sǎn）玉：散粒状的玉。

［3］酣红：浓烈的红色。幽：昏暗，深暗。

［4］太极：原始混沌之气。《易经·系辞》："易有太极，是生两仪，两仪生四象，四象生八卦。"混沌之气分裂为阴阳，由阴阳而生四时，因而出现天、地、风、雷、水、火、山、泽八种自然现象，推衍为宇宙万物。宋·周敦颐兼采道家学说，著有《太极图说》。

［5］浮生：《庄子·刻意》："其生若浮，其死若休。"庄子以人生在世，虚浮无定。后来相沿称人生为浮生。

［6］分袂：离别。惆怅：因失意而伤感，懊恼。

【解析】

这是一首七言律诗。前四句写景，注重色彩描写，有翠、白、红三色，其中第三句运用暗喻的手法描写雪景。后四句抒情，流露出对浮生多事之厌倦，以及对崆峒美景的留恋之情。

其三

独喜狼烟不浪浮[1]，敝裘羸马自风流[2]。
一时暗使群芳润，九有潜消万室忧。

醉后欲甘袁氏枕[3]，兴来思放子猷舟[4]。
慰存却欠梅千树[5]，顿使幽怀倦唱酬[6]。

【注释】

［1］狼烟：狼粪之烟，古代设防地区用作军事上的报警信号。相传古之烽火用狼粪，取其烟直而聚，虽风吹之不斜。浪浮："浮浪"的倒文。意为放荡不务正业。

［2］敝裘：破旧的皮衣。典故出自《战国策·秦策》："说秦王书十上而说不行。黑貂之裘弊，黄金百斤尽，资用乏绝，去秦而归。"羸马：瘦弱的马。典故出自《三国志·吴书·刘繇传》裴松之注引晋司马彪《续汉书》："宠前后历二郡，八居九列，四登三事。家不藏贿，无重宝器，恒菲饮食，薄衣服，弊车羸马，号为窭陋。"风流：有才而不拘礼法的气派。

［3］典故出自《世说新语·文学》："魏朝封晋文王为公，备礼九锡，文王固让不受。公卿将校当诣府敦喻。司空郑冲驰遣信就阮籍求文。籍时在袁孝尼家，宿醉扶起，书札为之，无所点定，乃写付使。时人以为神笔。"

［4］典故出自《世说新语·任诞》："王子猷居山阴，夜大雪，眠觉，开室命酌酒，四望皎然。因起彷徨，咏左思招隐诗。忽忆戴安道。时戴在剡，即便夜乘小舟就之。经宿方至，造门不前而返。人问其故，王曰：'吾本乘兴而行，兴尽而返，何必见戴？'"

［5］慰存：犹慰问，安慰存问。《孔丛子·抗志》："子思自齐反卫，卫君馆而问曰：'先生鲁国之士，然不以卫之偏小，犹步玉趾而慰存之，愿有赐于寡人也。'"

［6］幽怀：隐藏在内心的情感。

【解析】

这是一首七言律诗。与前两首不同的是，这一首没有写景，也没有叙事，纯属借典故抒情言志。总体看来，这三首是借雪景歌咏同一主题，即对尘世之厌倦和对魏晋风度之向往。用典精切，耐人寻味。

题崆峒

（明）程　轨[1]

崆峒台下白云浮，问道宫前泾水流[2]。
元鹤不飞藏古洞，老侩入定坐山陬[3]。
潺湲卧听宫商调[4]，杳霭遥看汗漫游[5]。
夜有广成来梦寐，乘风携我上瀛洲[6]。

【注释】

［1］程轨（yuè）（生卒年不详）：明代山东临清人。嘉靖十七年（1538）进士。官至陕西巡抚，以副都御史升总督。游崆峒诗收入旧志和《古今图书集成》。

［2］泾水：水名。《尚书·禹贡》唐·孔颖达疏："泾水出安定泾阳县西岍头山，东南至冯翊阳陵县入渭，行千六百里。"其北源出平凉，南源出华亭，至泾川汇合，东南流至陕西彬县，再折而东南至高陵入渭水。

［3］老侩：老僧。入定：佛教语。谓安心一处而不昏沉，了了分明而无杂念。多取趺坐式。谓佛教徒闭目静坐，不起杂念，使心定于一处。陬（zōu）：山角落。

［4］潺湲（chányuán）：水流貌。宫商："宫"和"商"为五音之一，在这里指音乐。

［5］杳霭（yǎoǎi）：也作"杳蔼"，深远貌。汗漫：不着边际。

［6］瀛洲：传说仙人所居之山名。《史记·秦始皇本纪》："齐人徐市等上书，言海中有三神山，名曰蓬莱、方丈、瀛洲，仙人居之。"

【解析】

这是一首七言律诗。前四句写景。皆取崆峒山特有之景，如白云、泾水、元鹤、老桧。第五、第六句通过声音描写衬托山中之静谧，逐渐由写景过渡到抒情。第七、第八句抒发对仙界的向往之情。

崆　峒（四首）

（明）陈　讲[1]

其一

石径松千尺，荒凉屋数椽。苍云飞绝峤[2]，白日下寒泉。
水落鸥停渚[3]，林深鹤避烟。朔风频策马[4]，去上崆峒巅。

【注释】

［1］陈讲（生卒年不详）：名子学，字中川，四川遂宁人。正德十五年（1520）进士，翰林院庶吉士，授监察御史，巡按陕西，升山西提学使，历河南布政使、都察院右副都御史、山西巡抚。著有《中川文集》《茶马志》。

［2］峤（qiáo）：尖峭的高山。《尔雅・释山》："山小而高，岑；锐而高，峤。"

［3］渚：小洲。

［4］朔风：北风；寒风。

【解析】

这是一首五言律诗。前六句写景。主要景物有石径、松树、房屋、苍云、高山、白日、泉水、鸥、鹤，景致层次鲜明，色彩对比强烈。动词的运用工巧，如"飞""下""停""避"非常符合景物特征。后两句叙事，因崆峒美景之吸引，而产生登临之意。

其二

欲访飞仙阁[1]，先停问道宫[2]。乱烟交翠竹，浥露下丹枫[3]。
水落群鱼出，山高一鸟通。鼎湖龙已去，林木尽秋风。

【注释】

［1］飞仙阁：又称元关，亦作飞仙楼。在上天梯阶步最险处，依悬岩起阁，阁下凿石成洞为通道，为登绝顶险关，为崆峒横剑封山处，一夫当关万夫莫开。太平时节，洞前悬惩恶扬善铁鞭一条。明万历庚子年（1600），由韩藩王室招募地方绅士官员出资重修，底层设石室暗道，悬空起阁，构制奇巧。

［2］问道宫：传为黄帝问道会见广成子处，在山麓泾河北岸阶地，占地万余平方米，多巨松古柏和国槐树。旧地方志书记载“唐已有之”。北宋徽宗政和年间（1111—1117），由集贤院承旨、知渭州（时平凉称渭州）张庄奉旨重修，辟为道教大什方，由京兆天宁万寿观赵法师前来住持。金代荒芜。元初驻平凉长官府元帅王钧修葺。后至元庚辰（1340），王钧孙王文顺命孙王克孝等奉元丹宫道人姜公前来住持重修，并增筑献殿五楹。明宣德年间（1424—1435）和万历十二年（1584），韩藩王室两次主持募资整修，其间又在宫后增建王全真阁。明代末年和清同治初年两遭兵燹。迭经补葺后，1958 年存大殿，殿五楹，山门楼房三间，厢厨库房三十余间，先后供水文站和西山林场使用。1968 年水文站和西山林场迁出后，平凉县财政局将殿房售出，仅剩众多碑碣古树与荒草为伴。修筑崆峒水库时，此地处于水库淹没区。1972 年伐掉古树出售，碑碣湮于水库中。1985 年春，经平凉市林业局批准，由泾川县于都乡信教乡民程有禄、赵长宏等人主持募资，在东台玄鹤洞下山麓开山凿石，于 1989 年建成依地形高低错落四层式建筑群，将问道宫迁入新址。建有走廊屏风式黄帝问道宫大殿一幢三楹，混元阁一座，砖土木结构厢厨库房十三间，开凿菩萨、孤魂洞石洞各一孔。院内新竖丁国民撰书《新修问道宫碑记》碑一通。1991 年春，在平凉市文化局主持下，将旧址处元代至正十七年（1357）由崇素法师撰书的《重修崆峒山问道宫大什方碑记》碑移至新址。

［3］浥（yì）：湿润。丹枫：经霜泛红的枫叶。

【解析】

这是一首五言律诗。前两句叙事，写登临之意及所到之处。中间四句写景，由第四句可以看出写的是秋天之景。末尾两句用典并写景照应前句。

其三

百二河山入大观，一樽相对坐林峦[1]。
岩端雨洗千花碧，洞口云深六月寒。
石髓未枯仙已去[2]，玉枝初长鹤频餐。
醉来徒倚秋风下，老衲何须为正冠[3]。

【注释】

［1］林峦：树林与峰峦，泛指山林，亦指隐居的地方。

［2］石髓：石钟乳，可入药。

［3］老衲：僧服叫衲衣，故称老僧为老衲。唐·戴叔伦《题横山诗》："老衲供茶碗，斜阳送客舟。"

【解析】

这是一首七言律诗。开端两句写景兼叙事，林峦之中，有人对坐畅饮，悠然自在。中间四句写景，经过雨洗之后的花草格外碧绿，洞口云雾缭绕，虽是六月，却还有一丝寒意。登临之时应为夏末秋初，石髓未枯但仙人已去，留有元鹤时来餐食玉枝。后两句写酒醉之后的情形。

其四

忆昔我闻崆峒山，翠峰天削如云鬟[1]。
一日仗剑来秦陇[2]，青藜白帻试跻攀[3]。
更访仙人煮石处[4]，薜萝长挂紫霞关[5]。

铁笛一声灵籁发[6]，寒泉隔壑响潺湲。
元鹤青天忽飞下，欲鸣不鸣幽意闲。
兴来呼酒坐松根，手抛松子落前湾。
东台西台步临眺[7]，太华咫尺烟漫漫[8]。
气酣鼓掌发大叫，袖拂天风吹醉颜。
探元欲拾金光草[9]，斜日下照林花斑。
宕陵出入无穷门[10]，昆仑渤澥同往还[11]。
安得复起广成子，相与论道白云间。

【注释】

［1］云鬟：用云形容女子发鬟。

［2］仗剑：持剑。秦陇：秦岭和陇山的并称。亦指陕西、甘肃之地。

［3］青藜：藜杖。藜，草名。又名莱。初生可食，古蒸以为茹。茎老可做杖，亦用于燃藜照明。白帻：白色的裹发巾。跻攀：登攀。

［4］煮石：晋·葛洪《神仙传》记载，有白石先生者，常煮白石为粮。又记载焦先常食白石，以分与人，熟煮如芋食之。又晋武帝时，董威辇煮石，千日不食。后来诗文中常用作道家修炼的典故。

［5］薜萝：薜荔、女萝，皆植物名。后以薜萝指隐士的服装。

［6］铁笛：铁制的笛管。灵籁：美好的音乐。灵：善，美好。籁：管乐器，后泛指声音。

［7］东台：亦称东峰。从中台东行 200 米到达，比南台稍高，海拔 1896 米，广坦约 2 亩。三面悬崖，面东崖壁有玄鹤洞，其下有新建问道宫。元代在台上建宝庆寺，清代建有关圣帝君殿。西台：从朝天门登山向右，穿过幽径纡曲林木西行千米便是西台。台上有西方三圣古佛殿，右侧为舍身崖，后谷有黄龙泉，东南阶建有栖云亭。台面海拔 1932 米。四周多松风，环境幽静，在此台观云岚最妙。

［8］太华：山名，即西岳华山，在陕西渭南县东南。《尚书·禹贡》："西倾朱圉鸟鼠，至于太华。"《山海经·西山经》："又西六十里，曰太华之山，削成而四方，其高五千仞，其广十里。"咫尺：周制八寸为咫，十寸为尺。谓接近或刚满一尺。后来也形容距离近。

［9］探元：探求玄理。元，同"玄"。金光草：古代传说中的一种仙

草。食之可以长寿。《佩文韵府·韵府拾遗》卷四十九引唐·戴孚《广异记》："谢元卿至东岳夫人所居，有异草，叶如芭蕉，花光可以鉴。曰：'此金光草也。食之化形灵，元寿与天齐。'"

［10］宕：通过。陵：山峰。

［11］昆仑：山名。也作"崑崙"。在西藏新疆之间，西接帕米尔高原，东延入青海省境内。层峰叠岭，势极高峻。《淮南子·原道》："经纪山川，导腾昆仑，排阊阖，沦天门。"《汉书》扬雄《长杨赋》："横钜海，票昆仑。"又为道家语，头脑的别名。《云笈七签》十二太上黄庭外景经："子欲不死修昆仑。"渤澥：即渤海。《文选》司马相如《子虚赋》："浮渤澥，游孟诸。"李善注引应劭曰："渤澥，海别支也。"

【解析】

这是一首七言古诗。先从听说中的崆峒山写起，继而写亲自登临。因崆峒山为道教名山，作者首到之处便是仙人煮石处。接下来便写所见之景：薜萝、寒泉、元鹤、松树、东台、西台、太华等。在令人陶醉的景色中逐渐产生对仙界的向往之情。

归而感兴

（明）陈　讲

抱膝住青山，青山对终日。采药吸天风[1]，扣松读古易[2]。
飞云共去来，飘飘乃自逸[3]。神游象帝先[4]，未凿真元质[5]。
食气饮沆瀣[6]，灭景炼元秘[7]。道果在窈冥[8]，守和处其一[9]。
俯首瞰无穷，宇宙不盈室[10]。何必说长生，元化同消息[11]。

【注释】

［1］天风：风行天空，故称。

［2］古易：指《周易》，又称《易经》，分为经部和传部，经部之原名就为《周易》，是对六十四卦卦辞和三百八十四爻爻辞的阐述，而传部含《文言》、《彖传》上下、《象传》上下、《系辞传》上下、《说卦传》、《序卦传》、《杂卦传》，共七种十篇，称之为“十翼”，是孔门弟子对《周易》经文的注解和对筮占原理、功用等方面的论述。

［3］自逸：身心安适。

［4］象帝先：《老子》第四章：“道冲，而用之或不盈。渊兮，似万物之宗。挫其锐，解其忿，和其光，同其尘。湛兮，似或存。吾不知谁之子？象帝之先。”象帝之先：河上公注：“道似在天帝之前，此言道乃先天地生。”陈鼓应注：“象帝之先”的“象”可有两种解释，其一，可释为“命名”、称呼。其二，“象”释为比拟、比喻。“先”犹上句“万物之宗”的“宗”。

［5］真元：谓玄妙，又指人的元气。

［6］食气：指仙人服气。此指道教修炼之术。沆瀣：屈原《楚辞·

远游》："餐六气而饮沆瀣兮，漱正阳而含朝霞。"洪兴祖补注引《阳陵子明经》："冬饮沆瀣。沆瀣者，北方夜半气也。"

[7] 灭景：夜晚。元秘：即玄秘，神秘精义。此指道教的内丹修炼。

[8] 窈冥：深远，奥妙。

[9] 守和：宋·张君房《云笈七签》第四部（卷九十一）《九守·守和第一》：老君曰："天地来形，杳杳冥冥，浑而为一，自然清澄。凝浊为地，清微为天。离为四时，分为阴阳。精气为人，烦气为虫。刚柔相成，万物乃生。"精神本乎天，骨骼根乎地，精神入其门，骨骼及其根，我尚何在存？故圣人法天顺地，不拘于俗，不诱于人；以天为父，以地为母，阴阳为纲，四时为纪。天静以清，地定以宁，万物失者死，顺者生。故静寞者，神明之宅也，虚无者，道之所居也。夫精神所受于天也，而骨骼所禀于地也。故曰："一生二，二生三，三生万物。万物负阴而抱阳，冲气以为和。"故贵在守和。其一："一"即"一生二"之"一"，和"道"为同一概念。

[10] 宇宙：屋檐和栋梁。《淮南子·览冥训》："而燕雀佼之，以为不能与之争于宇宙之间。"高诱注："宇，屋檐也；宙，栋梁也。"又指天地。《庄子·让王》："余立于宇宙之中，冬日衣皮毛，夏日衣葛絺；春耕种，形足以劳动；秋收敛，身足以休食；日出而作，日入而息，逍遥于天地之间。"《淮南子·原道训》："横思维而含阴阳，纮宇宙而章三光。"高诱注："四方上下曰宇，古往今来曰宙，以喻天地。"

[11] 元化：造化，大自然的发展变化。

【解析】

这是一首五言古诗。此诗为作者游览崆峒之后的感悟。第一、第二句运用顶针的手法，抒发对崆峒山的留恋之情。接着写在山里的活动，采药与读《易经》，甚是逍遥自在。继而写对"道"与"真"之体悟并对养生之道进行分析与探讨。最终得出一切都应顺应造化，这才是真正的养生之道。

游崆峒

（明）王崇古[1]

太古名传崆峒山[2]，遥瞻华岳亘萧关[3]。
六盘秦陇共嵯峨[4]，奇峰突兀插金天[5]。
昔有广成子，修真悟无始[6]。
炼药峒山中，黄帝传真旨。
鼎湖龙迹去不还，独留元鹤翔人间。
茫茫十万八千载，直从扶桑析木恣蹁跹[7]。
我来谒帝桥陵宫[8]，皆说仙人张三丰[9]。
日落题诗帝庭侧，月明跨鹤游崆峒。
仙踪不可攀[10]，仙路尚可蹑。
努力访名山，来叩长生诀[11]。
问道宫边泾水滨，广成洞隐香山岑。
丹崖铁柱天门立[12]，玉宇高悬摩斗参[13]。
阊阖千峰指顾间[14]，飞湍仙籁隔尘寰[15]。
王母回山彩云近[16]，老子高台紫气连[17]。
天风吹人毛骨清，耸身飞堕出瑶京[18]。
坐邀赤松子[19]，订我碧山盟[20]。
群仙去兮渺难见，元鹤忽来如飞电。
苍精为背玉为腹[21]，龟纹绕天丹砂弁[22]。
稳翅青冥恰御仙[23]，扼向空亭如有缘。
石髓松脂看乳子，乘云服气羡长年[24]。
须臾日落千山暝，洞口鹤归烟雾回。

长揖仙灵带月归[25]，梦魂飞度中峰顶。

【注释】

［1］王崇古（1515—1588）：字学甫，号鉴川，明代山西蒲州（今山西永济）人。嘉靖二十年（1541）进士，为安庆、汝宁知府。喜论兵事，具知诸边阨塞。历任刑部主事、陕西按察使、河南布政使。嘉靖三十四年（1555）为常镇兵备副使，击倭寇于夏港，嘉靖四十三年（1564）升任右佥都御史，巡抚宁夏，“身历行阵，修战守，纳降附，数出兵捣巢”。隆庆初年（1567），受任总督陕西、延、宁、甘肃军务。隆庆四年（1570），改总督山西、宣、大军务，力主与俺答议和互市，史称“俺答封贡”，自是“边境休息，东起延永，西抵嘉峪七镇，数千里军民乐业，不用兵革，岁省费什七”。《明史》谓“崇古身历七镇，勋著边陲”。万历元年（1573）九月，入京，督理京营，万历三年（1575）九月，任刑部尚书。万历五年（1577）任兵部尚书。是年十月，告老还乡。万历十六年（1588）病故，赠太保，谥襄毅。

［2］太古：远古，上古。《荀子·正论》：“太古薄葬，棺厚三寸，衣衾三领。”《礼·郊特牲》：“太古冠布。”注：“唐虞以上曰太古也。”

［3］亘（gèn）：连接。萧关：在今宁夏固原东南。六盘山山脉横亘于关中西北，为其西北屏障。自陇上进入关中的通道主要是渭河、泾河等河流穿切成的河谷低地。渭河方向山势较险峻，而泾河方向相对较为平易。萧关即在六盘山山口依险而立，扼守自泾河方向进入关中的通道。萧关是关中西北方向的重要关口，屏护关中的安全。

［4］六盘：六盘山。广义的六盘山在宁夏回族自治区西南部、甘肃省东部。南段称陇山，南延至陕西省西端宝鸡以北。横贯陕甘宁三省区，既是关中平原的天然屏障，又是北方重要的分水岭，黄河水系的泾河、清水河、葫芦河均发源于此。狭义的六盘山为六盘山脉的第二高峰，位于固原原州区境内，海拔2928米。秦陇：陇山。嵯峨：山高峻貌。淮南小山《招隐士》：“山气巃嵸兮石嵯峨，溪谷崭岩兮水曾波。”汉·司马相如《上林赋》：“于是乎崇山巃嵸，崔巍嵯峨。”

［5］金天：自然之天。

［6］修真：道教谓学道修行为修真。无始：道家之术语，大概相当

于宇宙之起源。《庄子·知北游》："仲尼曰：'昔之昭然也，神者先受之；今之昧然也，且又为不神者求邪？无古无今，无始无终。未有子孙而有子孙，可乎？'"

［7］扶桑：神木，传说日出其下。《山海经·海外东经》云："旸谷上有扶桑，十日所浴，在黑齿北。"郭璞注："扶桑，木也。"屈原《离骚》："饮余马于咸池兮，总余辔乎扶桑。"屈原《九歌·东君》云："暾将出兮东方，照吾槛兮扶桑。"王逸注："日出，下浴于旸谷，上拂其扶桑，爰始而登，照曜四方。"东方朔《十洲记》："扶桑在碧海中，叶似桑树，长数十丈，大二千围，两两同根，更相依倚，是名扶桑。"《淮南子·天文训》："日出于旸谷，浴于咸池，拂于扶桑，是谓晨明。"又古国名。《梁书·扶桑国传》："扶桑在大汉国东而万余里，地在中国之东，其土多扶桑木，故以为名。"后来沿用为日本之代称。恣：放纵。蹁跹：行不正之貌。

［8］桥陵宫：桥陵为黄帝陵。相传黄帝葬于桥山，因称桥陵。桥山在陕西黄陵县西北。有沮水穿山而过，山呈桥形，因以得名。也称子午山，相传上有黄帝墓。

［9］张三丰：名君宝，又名全一，字符元，号三丰。太极拳创始人，元末明初真人，武当山道人，武当派始祖，正史记载宋理宗淳祐七年（1247）生于辽东懿州，14 岁考取秀才，18 岁担任博陵县令，与元朝丞相刘秉忠、名臣廉希宪相识，1280 年辞官出家修道，拜火龙真人为师。《明史·方伎》卷二百九十九记载："张三丰，辽东懿州人，名全一，一名君宝，三丰子其道号也。以其不饰边幅，又号张邋遢。颀而伟，龟形鹤背，大耳圆目，须髯如戟。寒暑惟一衲一蓑，所啖，升斗辄尽，或数日一食，或数月不食。书经目不忘，游处无恒，或云能一日千里，善嬉谐，旁若无人。"

［10］仙踪：仙人的踪迹。

［11］长生诀：相传为广成子所著道家养生之秘籍。

［12］丹崖：绮丽的岩壁。

［13］斗参：二十八宿中斗宿和参宿。

［14］阊阖：天门。屈原《离骚》："吾令帝阍开关兮，倚阊阖而望予。"注："阊阖，天门也。"一说楚人名门曰阊阖，不专指天门，见

《说文解字》。

［15］仙籁：仙界美妙之音乐。籁：古代三孔管乐器。又指自然界草木、孔穴等发出的声音。尘寰：人世间。

［16］王母：即西王母。神话中的女神。《穆天子传》："吉日甲子，天子宾于西王母，乃执白圭玄璧以见西王母。"注："西王母如人，虎齿、蓬发、戴胜、善啸。"后世小说、戏曲多以西王母为美貌之女神。参阅《山海经》《汉武帝内传》《通俗编》。

［17］老子：姓李，名耳，字聃，楚国苦县厉乡曲仁里（今河南鹿邑）人。约生活在公元前571—前471年，曾任周守藏史，掌管图书文献档案。公元前516年，周王室发生内乱，老子遂离职入陈国，开始了隐居生活，后西游过函谷关，关令尹喜留之为其著书，老子遂作《道德经》五千言，即《老子》，又名《道德经》。老子为道家学派创始人，提出了以"道"为最高范畴的思想体系。汉末张道陵、张角等创立道教奉老子为教祖，以《道德经》为教义，流传至今。紫气：祥瑞的光气。多附会为帝王、圣贤或宝物出现的先兆。庾信《哀江南赋》："昔之虎踞龙盘，加以黄旗紫气，莫不随狐兔而窟穴，与风尘而殄悴。"《史记·老子列传》"莫知所终"，唐·司马贞索隐："《列仙传》：'老子西游，关令尹喜望见有紫气浮关，而老子果乘青牛而过也。'"唐·杜甫《秋兴》之五："西望瑶池降王母，东来紫气满函关。"

［18］瑶京：瑶，美玉。瑶京即玉京。玉京：天阙。《魏书·释老志》："道家之源，出于老子，其自言也，先天地生，以资万类。上处玉京，为神王之宗；下在紫薇，为飞仙之主。"道家称为三十二帝之都，在无为之天。此诗中瑶京指仙界。

［19］赤松子：传说中的仙人。神农时为雨师，服水玉以教神农，能入水火不烧。至昆仑山，常入西王母石室，随风雨上下。汉·刘向《列仙传》和晋·干宝《搜神记》亦有记录。又晋·葛洪《神仙传》："晋黄初平牧羊，为一道士携至金华山石室中，服食松脂茯苓成仙，改名为赤松子。"

［20］碧山：《山海经·东山经》："又南三百里，曰碧山，无草木，多大蛇，多碧、水玉。"此代指仙山。

［21］苍精：二十八星宿之东方苍龙。

［22］弁：古代男子穿礼服时戴的冠。

［23］青冥：青天。御仙：成为仙人的坐骑。

［24］服气：道家修养法。也作“食气”。《晋书·张忠传》：“恬静寡欲，清虚服气，餐芝饵石，修导养之法。”

［25］仙灵：神仙。

【解析】

这是一首七言古诗。开端四句写崆峒山的地理位置以及其名传之久远。接下来写黄帝向广成子问道以及得道飞升之事，由此引出对黄帝之事的好奇与探求之心理。于是先到黄帝陵拜谒黄帝并于日落时分题诗帝庭之侧，继而星夜西游崆峒。从“仙踪不可攀”到“耸身飞堕出瑶京”写游崆峒所见之景。从“群仙去兮渺难见”到“挹向空亭如有缘”描写元鹤。最后六句写游归途中所见之景以及对长生仙道的向往之情。

问道宫次壁韵

（明）唐　龙[1]

西北崆峒山势雄，千年境界尚鸿蒙[2]。
灵泉润引昆仑滴[3]，灏气光含清海风[4]。
欲捉白蟾飞树杪[5]，遍寻元鹤在云中。
荒凉栋宇聊停节[6]，怅望当年问道宫[7]。

【注释】

［1］唐龙（1477—1546）：字虞佐，号渔石。兰溪（今属浙江）人。正德三年（1508）进士。官至三边总制，刑部尚书。著有《渔石集》。

［2］境界：疆界；土地的界限。鸿（hóng）蒙：宇宙形成前的混沌状态。

［3］灵泉：对泉水的美称。

［4］灏气：弥漫于天地之间的大气。清海：应为青海，即青海湖。

［5］白蟾：白蟾花。树杪：树梢。

［6］停节：驻节。

［7］怅望：怅然想望。

【解析】

这是一首七言律诗。首联写崆峒山雄伟之山势及年代之久远。颔联写崆峒山灵秀之气，钟昆仑与青海之灵气于一身。颈联写景，一植物，一动物，皆崆峒山所特有。尾联抒情，当年黄帝问道之所，如今显得有些荒凉，什么时候才能再有黄帝问道广成之美事呢？

问道宫（二首）

（明）王　谟[1]

其一

途中无个事，带雪陟崆峒。俯仰琼花乱[2]，盘旋鸟道通[3]。
洞悬群鹤隐，云卷五台空[4]。疑是蓬莱境，还归问道宫。

【注释】

［1］王谟（生卒年不详）：颍川（今河南许昌）人，官至给事中。嘉靖年间（1522—1566）游览崆峒，留下多首崆峒诗篇。

［2］琼花：花木名。叶柔而莹泽，花色微黄而有香。旧扬州后土祠有琼花一株，相传为唐人所植，宋淳熙以后，多聚八仙（八仙花）接木移植，为稀有珍异植物。古以洛阳、扬州所产最佳。

［3］鸟道：谓险绝的山路，仅通飞鸟。

［4］五台：指中台、东台、南台、西台、北台。中台：地处崆峒山中心，为诸路会聚处。最高处海拔1927米，分两阶，广衍合约10亩。下阶古建筑有真乘寺、飞升宫、紫霄宫、十方院、藏经楼、五龙宫、七真观、三皇楼，今存紫霄宫、三皇楼和新建的崆峒山管理局，其余作为停车场。上阶高埠处有法轮寺、舒花寺、凌空塔。古为庞大宏伟精美建筑群落，并多古树花木，最为繁华。东台：亦称东峰。从中台东行200余米可至，比南台稍高，海拔1896米，广坦约2亩。三面悬崖，面东崖壁有玄鹤洞，其下有新建问道宫。元代在台上建宝庆寺，清代增建关圣帝君殿等皆废，今拟重建。南台：亦称南峰、通天观。在月石峡道右侧。三面临渊，唯从中台紫霄宫前东南行可至。广衍约5亩，唐代起寺，清代

增建邱祖殿，皆废，唯余古柏树数株与断碣。规划于此设碑林。旧时听泾水弹筝，今可领略山川景色，观水库游艇风光。西台：穿朝天门登山路右，幽径纡曲穿林西行千余米至。台上有西方三圣古佛殿，右侧为舍身崖，后谷有黄龙泉，东南阶有栖云亭。台面海拔 1932 米。四周多松枫，林间幽静，于此台观云岚最妙。北台：从中台北行约 600 米可至，三面均临深渊，台面狭长，北端有二堑，跨堑设独木为桥，古建筑有观音堂、西方三圣殿、莲花寺大殿等。北端又称蝼蚁岭，堑中夹巨石称仙人石桥，今改建为拱形水泥桥。原有巨松数株，今荡然。

【解析】

这是一首五言律诗。首联叙写雪中登崆峒。中间两联写景，琼花、鸟道、群鹤、五台皆崆峒之景。其中突出崆峒之特征为“隐”和“空”。尾联议论兼叙事，以蓬莱作比，令人神往。

其二

泾水源头大，峒山绝陇秦。烟云千里合，花鸟四时新。
侩语常含笑，鹤飞几见人。纵观犹看景，何处觅天真[1]。

【注释】

[1] 天真：《庄子·渔夫》：“礼者，世俗之所为也。真者，所以受于天也，自然不可易也。故圣人法天贵真，不拘于俗。”后即以未受礼俗影响的本性为天真。佛教指天然的真理。

【解析】

这是一首五言律诗。首联写崆峒之地理位置，泾水之发源突出一“大”字，崆峒之独特突出一“绝”字。颔联写崆峒之景，写云雾千里汇聚突出一“合”字，写花鸟四时的变化突出一“新”字。颈联写崆峒僧人之无忧心态以及元鹤的幽隐难见。尾联抒发其对“天真”的追寻。这首诗炼字工巧，语言朴素而有韵味。

宿崆峒（二首）

（明）尹　宇[1]

其一

高卧山云酒欲醒，推窗攲枕听泉声[2]。
起来顿觉诗思爽，五斗峰头月正明[3]。

【注释】

［1］尹宇（生卒年不详）：北直隶南宫（今属河北）人，字汝光。曾任平凉知府。

［2］攲（qī）：依；倚。

［3］五斗峰：小五峰。自翠屏山东北下瞰丛立叠起其为峰者五，如山足之趾。

【解析】

这是一首七言绝句。作者酒醒之后，静听山泉潺潺之声，激发了诗情，顿时提笔挥毫。此时月亮是最亮的时候，也衬托出山中之静谧。

其二

对啸山头月与吾[1]，落花飞絮满平芜[2]。
闲云忽被风吹尽[3]，万壑群峰似画图。

【注释】

［1］啸：撮口吹出声音。《诗经·召南·江有汜》："不我过，其啸也歌。"郑玄笺："啸，蹙口而出声。"

［2］平芜：草木丛生的平旷原野。

［3］闲云：悠然飘浮的云。

【解析】

这是一首七言绝句。紧接前一首的思绪，作者感情激昂，通过啸声传递其对崆峒之一片热爱之情。美丽的崆峒之景简直似画图一般，难以用语言描绘。

宿崆峒

（明）郭　震[1]

镇古名山插太空[2]，泾流东去万峰通。
天开鸟道登危寺[3]，地接松楸荫旧宫[4]。
洞口云深藏黑鹤，荆阳事远说田翁[5]。
寻真莫讶留连晚[6]，十载官曹似梦中[7]。

【注释】

［1］郭震（生卒年不详）：字孟威，山西蒲州（今山西永济）人。正德戊辰进士，官至苑马寺少卿。

［2］镇古名山：一方主山称镇，此指崆峒山。

［3］危：高。

［4］楸（qiū）：木名。木材可造船、制棋盘等器物，种子可入药。

［5］荆阳：《史记·封禅书》："黄帝采首山铜，铸鼎于荆山之下。"此指黄帝铸鼎之事。田翁：老农夫。

［6］讶：惊讶。留连：舍不得离开。

［7］官曹：官吏办事机关。这里指官场。

【解析】

这是一首七言律诗。前四句写崆峒之景，由崆峒的地势、险峰、泾流写到山间之佛寺宫观。后四句由写景过渡到抒情，慨叹玄鹤之不见，飞升求仙之不可期。又慨叹官场匆匆如梦幻，唯有寻真值得留连。

宿崆峒

（明）汪　集[1]

揽辔登临兴不穷[2]，还看奇胜在崆峒[3]。
五台元室无人到[4]，万叠碧崖有路通。
绕洞云霞时隐见，飞岩日月自西东。
广成仙子那须问，俯仰乾坤此道中。

【注释】

［1］作者生平事迹不详，张伯魁《崆峒山志》载为参政。

［2］揽辔：挽住马缰。后用为谏止君王履险的典故。《明史·罗伦舒芬等传》："舒芬危言耸切，有爰盎揽辔之风。"

［3］奇胜：谓景物非常优美。

［4］元室：即玄室，此指暗室。

【解析】

这是一首七言律诗。首联写作者游兴，意在崆峒。中间两联写景，五台元室、万叠碧崖、绕洞云霞、飞岩日月皆照应首联之"奇胜"。对仗工整，用词精巧。尾联写悟道全凭自然，无须寄托仙人。

同游香山寺[1]

（明）吴同春[2]

着屐秋方早[3]，携樽日欲曛[4]。山高平对月，寺回俯看云。

秦树天边尽，泾流塞外分。至人不可见[5]，元鹤尚堪闻。

【注释】

［1］香山寺：在翠屏山巅偏北处，创建于宋元时期，清同治年间兵燹毁为瓦砾场。1940 年，道士李成顺恢复面东观音殿 3 楹、厢房 4 间，1958 年后荒废。1982 年由道士任信光住持重修大殿，殿内彩塑十六臂观音菩萨坐于莲台像 1 尊，左右塑文殊、普贤各坐青狮、白象 1 尊，1 童子拱手侍立。

［2］吴同春（生卒年不详）：字伯与。南汝（今河南固始）人，明万历二年甲戌（1574）进士。知桐川（今安徽广德），有惠政，升刑部主事。出守晋阳，迁山东学道，转雁平兵备。书法“时人称佳”。万历十年（1582）秋，从兰州过平凉，同平凉知府王体复、马时泰等游崆峒。著有《游崆峒记》《同游香山寺》等诗文。

［3］屐：木头鞋。也泛指鞋。

［4］樽：盛酒器。曛：日落，黄昏时。

［5］至人：道德修养达到最高境界的人。庄子《逍遥游》：“至人无己，神人无功，圣人无名。”又指释迦牟尼的尊号。《四分律行事抄资持记》：“释迦如来道成积劫，德超三圣，化于道人，示相同之，是以且就人中美为尊极，故曰至人。”

【解析】

这是一首五言律诗。首联叙写一个秋天的傍晚，携酒游览香山寺。中间两联写景，山与月，寺与云，秦树与泾流，远近高低，错落有致。尾联写虽然至人之难期，但元鹤之声尚且可以一闻。

同游香山寺

（明）马时泰[1]

历览诸峰尽[2]，香山更不群[3]。丹炉迎紫气[4]，元鹤下青云[5]。

玉露浮杯饮[6]，昙花入座闻[7]。翛然息万虑[8]，从此避尘氛[9]。

【注释】

［1］马时泰（生卒年不详）：陈留（今属河南）人，万历举人。作此诗时为宁夏河东道少卿。

［2］历览：遍览，逐一地看。

［3］香山：又称翠屏山、大马鬃山，在小马鬃山西，为崆峒最高峰，海拔2123米。面东与笄头山隔一小岘，壁立而起，峭壁凌空，有青龙洞，翠色点染如画屏而得名。顶端古建筑有香山寺和混元楼。

［4］丹炉：道教炼丹的炉灶。

［5］青云：指高空。

［6］玉露：晶莹的露水。

［7］昙花：即优昙钵花，梵语。无花果树的一种。又作优昙、优昙钵罗、乌昙跋罗。意译为瑞应，或作祥瑞花。《南史·竟陵文宣王子良传》："子良启进沙门，于殿户前诵经，武帝为感，梦见优昙钵花。"

［8］翛然：自然超脱貌。《庄子·大宗师》："翛然而往，翛然而来而已矣。"释文："向秀云：'翛然，自然无心而自尔之谓。'郭象崔譔云：'往来不难之貌。'"万虑：思绪万端。

［9］尘氛：尘俗的气氛。

【解析】

这是一首五言律诗。首联写在作者游览过的崆峒诸峰之中，香山显得卓尔不群。中间两联用香山寺的丹炉、元鹤、玉露、昙花这四个意象写尽香山寺之景。尾联由景生情，在如此之美境中，可以熄灭万虑，避开尘氛。

同游香山寺

（明）王体复[1]

缥缈登危巘[2]，清秋爽气分。禅堂初映月[3]，贝叶自翻云[4]。

地控三秦秀[5]，峰连北斗文[6]。尘缘劳簿领[7]，聊此问仙群。

【注释】

［1］王体复（？—1613）：山西太平（今襄汾县汾城镇）人，明穆宗隆庆二年（1568）进士，授官工部都水司主事，后转任陕西兵备副使，擢升河南按察使，升陕西左布政使，擢升都察院右副都御史，巡抚贵州，兼督理湖北、川东地方军务。其诗文、著作有《姑射山人集》《玩学集》《评诗集》《南征记》。

［2］缥缈：高远隐约貌。危巘：险峻的山峰或山崖。

［3］禅堂：参禅之所，犹言僧堂。

［4］贝叶：即贝叶书，指佛经。

［5］三秦：地名。故地在今陕西省一带。项羽破秦入关，三分秦关中之地：以秦降将章邯为雍王，领咸阳以西之地；司马欣为塞王，领咸阳以东至黄河之地；董翳为翟王，领上郡之地（陕西北部），合称三秦。后来泛称关陕一带为三秦。唐・王勃《送杜少府之任蜀州》："城阙辅三秦，风烟望五津。"

［6］北斗文：像北斗七星的图形。

［7］尘缘：佛教认为色、声、香、味、触、法为六尘，是污染人心、使生嗜欲的根源。《圆觉经》："妄认四大为自身相，六尘缘影为自心相。"簿领：登记的文簿。汉・刘祯《杂诗》："沈迷簿领书，回回自昏乱。"

注："簿领，谓文簿以记录之。"

【解析】

这是一首五言律诗。首联叙事兼写景，在秋高气爽之时登临崆峒山香山寺。中间两联写景，颔联写新月初升，禅堂中僧人们开始翻开贝叶诵经之情形。颈联总写崆峒山之秀丽高峻。尾联写仕途劳顿，向往山寺之清静。

游崆峒纪事

（明）许孚远[1]

秦郊雨乍歇[2]，关山云未收[3]。我因校士罢[4]，漫作崆峒游。

高平迤逦四十里[5]，崆峒崒嵂天中起。泾水汤汤山下流[6]，问道宫前初至止。

篮舆倒挽陟崇冈[7]，白云茂茂古木苍。元鹤深居岩下洞，咫尺仙踪不可望。

有客邀我东台上，梵宫杯酒聊相向。登临到处意难禁，急呼衲子为前乡[8]。

西行数百武[9]，徙倚青松阿[10]。瞥见万仞壁，云中影婆娑[11]。

青黄色相杳难指[12]，登州海市差可拟[13]。直如混沌气初分[14]，人间画图那有此。

从兹转入三天门，峡中一线百回身。峰头伏谒元帝室[15]，俯视迷茫混八垠[16]。

徘徊且复空亭坐，须臾林霏云影破。千崖万壑顿生辉，飞鸟天边看个个。

乘舆直上香山顶，旷然遐瞩无畦町[17]。云外青山山外云，六合都归一瞬顷[18]。

昆仑万里断复连，黄河百折绕中原。帝王贤圣屈指数，雍州形胜何其尊[19]。

吁嗟轩辕氏，下问广成子。御世本元灵[20]，静者握其纪[21]。

轩辕广成不可作，纷纷议论徒穿凿[22]。大道若容私智求，乾坤炉鼎宜销烁。

兴尽归来已夕阳，五台云气复苍黄[23]。阴晴昼夜理如是，羽化难期空断肠[24]。

【注释】

［1］许孚远（生卒年不详）：德清（今属浙江）人。嘉靖年间（1522—1566）进士，官至兵部右侍郎，著有《敬和尚集》。

［2］秦郊：因崆峒山毗邻陕西，因此称秦郊。

［3］关山：古称陇山，又曰陇坻、陇坂、陇首。陇山有道，称陇坻大坂道，俗云陇山道。

［4］校士：考评士子。

［5］高平：即宁夏固原。公元前 114 年，汉武帝为加强西北边地军事防御，在固原置安定郡，建成高平城，因其城坚池深，史称“高平第一城”。北魏时，改高平为原州。后固原至泾川一带泛称高平。迤逦：曲折连绵。

［6］汤汤：水流盛大貌。《书·尧典》：“汤汤洪水方割，荡荡怀山襄陵，浩浩滔天。”孔传：“汤汤，流貌。”《诗·卫风·氓》：“淇水汤汤，渐车帷裳。”毛传：“汤汤，水盛貌。”又指流水声。

［7］篮舆：竹轿。《宋书·陶潜传》：“潜有脚疾，使一门生二儿轝篮舆，既至，便欣然共饮酌。”也作“篮轝”。陟：登，由低处向高处走。崇冈：高峻的山冈。

［8］衲子：僧徒的别称。前乡：向导。

［9］武：古以六尺为步，半步为武。《国语·周语下》：“夫目之察度也，不过步武尺寸之间。”韦昭注：“六尺为步，贾君以半步为武。”

［10］徙倚：站立。汉·司马相如《长门赋》：“闲徙倚于东厢兮，观夫靡靡而无穷。”唐·吕向注：“徙倚，立也。”阿：山坡。

［11］婆娑：扶疏，纷披。汉·王褒《洞箫赋》：“风鸿洞而不绝兮，优娆娆以婆娑。”注：“婆娑，分散貌。”

［12］青黄：未熟与已熟的庄稼。色相：佛教主万物皆空，以无相为归。人或物之一时呈现于外在的形式，成为色相。《大方广佛华严经》：“诸色相海，无边显现。”杳：昏暗，深远。

［13］登州海市：宋·沈括《梦溪笔谈》：“登州海中，时有云气，如

宫室、台观、城堞、人物、车马、冠盖，历历可见，谓之‘海市’。或曰‘蛟蜃之气所为’，疑不然也。欧阳文忠曾出使河朔，过高唐县，驿舍中夜有鬼神自空中过，车马人畜之声一一可辨，其说甚详，此不具纪。问本处父老，云：‘二十年前尝昼过县，亦历历见人物。’土人亦谓之‘海市’，与登州所见大略相类也。”苏轼有《登州海市》诗。登州，春秋时牟子国。战国属齐。秦为齐郡地。汉属东莱郡。唐置登州，故治在今山东牟平县，后迁至蓬莱。明清为登州府。

［14］混沌：天地未开辟以前之元气状态。《易·乾凿度上》：“太极者，未见气也。太初者，气之始也。太始者，形之似也。太素者，质之始也，气似质具而未相离，谓之混沌。”

［15］谒：进见，拜见。元帝室：此诗中指轩辕宫。

［16］八垠：即八垓，八方的界限。

［17］畦町：地垄，田界。也泛指田园。

［18］六合：天地四方。

［19］雍州：古九州之一。《尚书·禹贡》：“黑水西河惟雍州。”《周礼·夏官·职方氏》：“乃辨九州之国……正西曰雍州。”今陕西甘肃宁夏及青海东内蒙古西之地即古雍州。形胜：地势优越便利。《荀子·强国》：“其固塞险，形势便，山林川谷美，天材之利多，是形胜也。”《汉书·高帝纪》：“秦，形胜之国也。”注：“张晏曰：‘得形势之胜便也。’”

［20］御世：统治世间。

［21］纪：法度准则。

［22］穿凿：犹牵强附会。

［23］苍黄：黄而发青；暗黄色。《素问·五常政大论》：“其色苍黄。”王冰注：“色黄之物外兼苍也。”

［24］羽化：飞升成仙。《晋书·许迈传》：“玄自后莫测所终，好道者皆谓之羽化矣。”

【解析】

这是一首七言古诗。全诗可分三部分。第一部分从开端第一句到“急呼衲子为前乡”，叙写初见崆峒之景及登临之意。第二部分从“西行数百武”到“雍州形胜何其尊”，写登临崆峒所见之景，将崆峒奇景以海市蜃楼作比，令人流连忘返。第三部分从“吁嗟轩辕氏”到结尾，议论兼写景。作者认为黄帝向广成问道乃虚妄穿凿之事，不可信以为真，一切都源于自然造化安排。因此羽化成仙皆为空谈，只有崆峒之景是真实存在，如苏轼在《前赤壁赋》所写：“惟江上之清风，与山间之明月，耳得之而为声，目遇之而成色，取之无禁，用之不竭，是造物者之无尽藏也。”

平凉诸生从游崆峒诗以勖之[1]

（明）许孚远

登山自平地，高以下为基。脚根如不力，崔嵬焉得跻[2]。
突兀五台峰，中有三天路[3]。直上万仞冈，虚空更无柱。
所以大易训[4]，礼卑而智崇[5]。卑法业乃积[6]，崇效德方隆[7]。
文艺道之英[8]，根深枝叶茂。培养欲沉潜，诵读宜宏富。
人伦庶物间[9]，天则不可违[10]。要令常著察，内省免瑕疵[11]。
能以无碍心[12]，而行真实地。高明亦中庸[13]，攸往无不利[14]。
穷达固有遇[15]，尧桀在所趋[16]。阿衡与陋巷[17]，百代同光辉。
秦俗喜淳庞[18]，况存圣哲炬[19]。忠信肯好学，一日应千里。
吾愧尔师表，此志良勤劬[20]。勉旃二三子[21]，迈往毋踌躕[22]。

【注释】

［1］勖：勉励。

［2］崔嵬：有石的土山。《诗经·周南·卷耳》："陟彼崔嵬，我马虺隤。"《传》："土山之戴石者。"一说是带泥土的石山。《尔雅·释山》："石戴土谓之崔嵬。"郭璞注："石山上有土者。"跻：登，升。

［3］天路：天上之路。东汉·张衡《西京赋》："美往昔之松乔，要羡门乎天路。"松乔、羡门，神仙名。引申为遥远之路。也指高险的山路。

［4］大易：即《周易》。

［5］《周易·系辞上》：子曰："《易》其至矣乎！"夫《易》，圣人所以崇德而广业也。知崇礼卑，崇效天，卑法地，天地设位，而《易》行乎其中矣。

［6］因为卑法地，所以地所积为业。

［7］因为崇效天，所以天所隆为德。

［8］英：花。此处用比喻的手法。文艺相当于道的英华。

［9］人伦：人类。伦：辈；类。《荀子·富国》：“人伦并处，同求而异道，同欲而异知。”杨倞注：“伦，类也。并处，群居也。其在人之法数则以类群居也。”

［10］天则：犹天道。自然的法则。《周易·乾卦》：“乾元用九，乃见天则。”

［11］内省：内心反省自己的思想和言行，检查有无过失。瑕疵：玉的斑痕。亦比喻人的过失或事物的缺点。

［12］无碍：佛教指自在通达而无障碍。《维摩经·佛国品》：“心常安住，无碍解脱。”注：“得此解脱，则于诸法通达无碍，故心常安住。”又指无碍大会，亦作无遮大会。佛教举行的一种以布施为中心的法会，梵语般阇于瑟。华言解免。每五年举行一次，故亦称般遮大会或五年大会。盛行于南朝。《南史·梁纪·武帝下》中大通元年：“冬十月己酉，又设四部无遮大会，道俗五万余人。”也称无碍会。唐·道宣《广弘明集》：十五南朝梁武帝出古育王塔下佛舍利诏：“今出阿育王寺设无碍会，耆老童齿，莫不欣悦。”

［13］中庸：不偏叫中，不变叫庸。儒家以中庸为最高的道德标准。《论语·雍也》：“中庸之为德也，其至矣乎！”

［14］攸往：《周易·坤卦》：“君子有攸往，先迷，后得主，利。”《周易·屯卦》：“元亨，利贞。勿用有攸往。利建侯。”《象》传：“六四，乘马班如，求婚媾。往吉，无不利。”

［15］穷达：《孟子·尽心上》：“古之人，得志，泽加于民；不得志，修身见于世。穷则独善其身，达则兼善天下。”儒家处世的两种方式。

［16］尧桀：《荀子·天论》：“天行有常，不为尧存，不为桀亡。”尧：传说中之古帝陶唐氏之号。《尚书·尧典》：“曰若稽古帝尧。”古史相传为圣明之君。桀：夏代最后一个君主。为古时暴君之典型，与商纣并称。《史记·夏本纪》：“帝发崩，子帝履癸立，是为桀。”《集解》：“谥法：‘贼人多杀曰桀。’”

［17］阿衡：商代官名。《尚书·太甲上》："惟嗣王不惠于阿衡。"疏："伊尹名挚，汤以为阿衡，之太甲改曰保衡。阿衡，保衡皆公官。引申为辅导帝王，主持国政。南朝宋·刘义庆《世说新语·政事》："丞相末年略不复省事。"注引徐整《历记》："（王）导阿衡三世，经纶夷险，政务宽恕，事从简易，故垂遗爱之誉也。"又《黜免》："殷仲文既素有名望，自谓必当阿衡朝政，忽作东阳太守，意甚不平。"陋巷：《论语·雍也》：子曰："贤哉回也！一箪食，一瓢饮，在陋巷，人不堪其忧，回也不改其乐。"

［18］淳庞：亦作"涫庞"。犹淳厚。宋·文天祥《跋〈刘父老季文画像〉》："予观其田里淳庞之状，山林朴茂之气，得寿于世，非曰偶然。"

［19］圣哲：超凡的道德才智。屈原《离骚》："夫维圣哲以茂行兮，苟得用此下土。"宋·洪兴祖《楚辞补注》："睿作圣，明作哲；圣哲之人，以有甚盛之行，故能使下土为我用。"也指圣哲的人。后汉·冯衍《显志赋》："讲圣哲之通论兮，心愊憶而纷纭。"

［20］劬（qú）：勤劳。

［21］旃：助词，相当于"之焉"。

［22］踌躇：徘徊不前，犹豫。

【解析】

这是一首五言古诗。前四句论说登山之理，开端点题。下四句写登崆峒所见之景。从"所以大易训"开始到"一日应千里"，通过征引圣典勉励诸生。为人之道先要积德立业，其次为读圣贤之书。这里主要征引《周易》《论语》《孟子》《荀子》等圣贤之经典，阐明为人处世之道。最后四句抒发师长对学生的谆谆教诲之情。

香　山

（明）黄　嶹[1]

躭胜步崆峒[2]，尘心半已空[3]。塔连霄汉外，侩隐翠微中[4]。
幻梦招元鹤，真诠叩赤松[5]。昆仑浑在望，云树郁葱葱[6]。

【注释】

［1］黄嶹（生卒年不详）：字原静，湖广麻城（今属湖北）人。万历四年（1576）举人。

［2］躭（dān）：同“耽”，玩乐，沉溺。

［3］尘心：佛教宣扬超脱现实，把关心社会现实的心情称为尘心。

［4］翠微：指青翠掩映的山腰幽深处。《尔雅·释山》：“未及上，翠微。”郭璞注：“近上旁陂。”郝懿行义疏：“翠微者……盖未及山顶孱颜之间，葱郁葐蒀，望之谸谸青翠，气如微也。”

［5］真诠：对所奉经典的正确解释。

［6］葱葱：形容草木青翠茂盛或气象旺盛。

【解析】

这是一首五言律诗。首联叙事兼抒情，在步往崆峒的途中，内心已有一半进入空的境界。颔联写景，选取佛塔与僧侣，一显一隐，一高一低，错落有致。颈联写在梦幻之中才能一睹元鹤之幽姿，可见元鹤之难觅。如想对道教经典有所领悟，就得向赤松子求教。尾联以写香山之高作结，巍巍昆仑浑然在望，高耸的树木郁郁葱葱。

香　山

（明）李承武[1]

仰止名山幸际游[2]，嘤鸣谷鸟自相求。
千寻剑戟凌空出[3]，万壑藤萝绕涧浮[4]。
古树笼烟阴漠漠，断云含雨意悠悠[5]。
斜阳晚霁天开画[6]，身在瑶台十二洲[7]。

【注释】

［1］作者生平事迹不详，张伯魁《崆峒山志》载为锦衣卫指挥，平凉人。《甘肃新通志》和《兰州府志》均载为：锦衣卫人，官籍举人。

［2］仰止：仰望，向往。《诗经·小雅·车舝（xiá）》："高山仰止，景行行止。"也作"仰之"。《管子·九守》："高山仰之，不可极也。"

［3］千寻：古人八尺为一寻。千寻，形容极高或极长。

［4］藤萝：紫藤的通称。亦泛指有匍匐茎和攀缘茎的植物。

［5］断云：片云。

［6］霁：雨停止。

［7］瑶台：神话中为神仙所居之地。旧题晋·王嘉《拾遗记·昆仑山》："昆仑山者，西方曰须弥，山对七星之下，出碧海之中，上有九层……第九层山形渐狭小，下有芝田蕙圃，皆数百顷，群仙种耨焉。傍有瑶台十二，各广千步，皆无色玉为台基。"

【解析】

这是一首七言律诗。首联写作者对崆峒仰望已久，幸有机会亲自登临。首先写山谷中的鸟雀嘤嘤相鸣，自由自在。中间四句写登香山所见之景，将陡峭的山峰比作剑戟凌空而出。颈联重叠词的运用甚为贴切。尾联继续写景，斜阳晚晴，犹如图画，自己仿佛登上了瑶台十二洲。如此仙境，令人流连忘返。

香　山

（明）张祖范[1]

崆峒原是古丹丘[2]，羽化仙成不记秋。
采药有人来鹤洞，飞神何日立笄头[3]。
林间夕照千山碧，岭上朝霞一雨收。
回首层霄风露冷[4]，飘蓬空笑野云浮[5]。

【注释】

［1］张祖范（生卒年不详）：永宁（今山西吕梁）人，曾任密县知县，官至通判。

［2］丹丘：神话中神仙之地，昼夜长明。屈原《远游》：“仍羽人于丹丘兮，留不死之旧乡。”

［3］飞神：犹神游。谓形体不动而心神向往。《关尹子·四符》：“知夫此身如梦中身，随情所见者，可以飞神作我，而游太清。”

［4］层霄：天空高远之处。犹言九霄。风露：风和露。《韩非子·解老》：“时雨降集，旷野闲静，而以昏晨犯山川，则风露之爪角害之。”

［5］飘蓬：飘飞的蓬草，比喻漂泊无定。

【解析】

这是一首七言律诗。首联写崆峒本是神仙居住之地，任何时候来此皆可羽化成仙。颔联运用倒装手法，写此山一般只有采药的人来过，那么自己什么时候才能登临笄头呢？颈联写香山早晚之景。尾联虚写自己有如飘蓬，与天空浮云何异？

游崆峒

(明) 白　镒[1]

昔年览胜慕崆峒[2]，偶尔同游恰御风[3]。
一窦悬开元鹤洞，五台高建梵王宫。
山雄虎镇云关险，路绕羊肠石径通。
赤水元珠何处觅[4]，聊将至道问鸿濛[5]。

【注释】

［1］白镒（生卒年不详）：山西平定（今山西太原）人，分守关西道。张伯魁《崆峒山志》载为郎中。

［2］览胜：观览胜境。

［3］御风：借指仙家。

［4］赤水元珠：玄珠，黑色的明珠。道家佛教皆以玄珠喻道的本体。《庄子·天地》："黄帝游乎赤水之北，登乎昆仑之丘，而南望还归，遗其玄珠。"释文："玄珠，司马（彪）云：'道真也。'"

［5］至道：佛、道谓极深微妙的道理或道术。《庄子·在宥》："来！吾语女至道。至道之精，窈窈冥冥；至道之极，昏昏默默。"

【解析】

这是一首七言律诗。首联叙写以往游览名山之时，对崆峒企慕已久，一个偶然的机会使自己有幸领略仙境。中间两联写登临崆峒所见之景，颔联为近景，颈联为远景。尾联写作者来到此山的目的并非览胜而是追寻至道。

香峰斗连[1]

(明) 罗　潮[2]

山下望北斗，仰天但翘首[3]。
直上香山望，斗枢如在手[4]。

【注释】

［1］香山峰对应北斗七星。

［2］罗潮（生卒年不详）：字怀塘，三河（今属安徽）人。曾任平凉知府，为李应奇山志作《序》。

［3］翘首：抬头而望。多以喻盼望或思念之殷切。

［4］斗枢：北斗七星的第一星，名天枢。亦泛指北斗。

【解析】

这是一首五言绝句。“香峰斗连”为崆峒十二景之一，其名源自登上香山之顶可以清晰地观赏北斗七星。前两句写从山下望北斗之不易，仰天翘首，不免脖颈酸乏。后两句写登上香山之顶望北斗，好像伸手即能握住北斗之斗柄。

仙桥虹跨[1]

（明）罗　潮

仙桥飞渡壑，横亘长虹卧[2]。
来往闲游者，不信天边过。

【注释】

［1］聚仙桥旧址在崆峒水库大坝下。古代设木桥供渡泾水，明嘉靖年间泾水暴涨毁桥，韩王太妃出资凿石洞两孔，泾水下注，人行石上称聚仙桥。清人赵汝翼采辑平凉八景时，将此处称仙桥虹跨。

［2］横亘：横跨，横卧。

【解析】

这是一首五言绝句。“仙桥虹跨”为崆峒十二景之一。首句写此桥之气势，“飞”字点题。第二句写聚仙桥如长虹横亘，甚为壮观。后两句写来此桥游览的人定会有从天边经过的感受。

笄头叠翠[1]

（明）罗　潮

云雨巫峡出[2]，冠笄崆峒矗[3]。
谁说山无情，亦自巧妆束[4]。

【注释】

［1］笄头山峰峦叠翠，笄头高耸。又有青山拢翠，如盛装之少女。

［2］云雨巫峡：宋玉《高唐赋》记楚襄王游云梦台馆，望高唐宫观，言先王（怀王）梦与巫山神女相会。神女辞别时说："妾在巫山之阳，高丘之阻。旦为朝云，暮为行雨。朝朝暮暮，阳台之下。"后形容最美之景致。

［3］冠笄：固定冠的簪子。《宋史·礼志十八》："冠笄、冠朵、九翚四凤冠，各置于槃，蒙以帕。"笄头山为崆峒山最险之峰。

［4］妆束：打扮的式样。

【解析】

这是一首五言绝句。"笄头叠翠"为崆峒十二景之一。首句引用宋玉《高唐赋》之意，赞美笄头山之美。第二句写笄头山之名的来历。后两句用拟人手法写笄头山之美，如此之景简直是造化巧妙装束的上乘之作。

月石含珠[1]

（明）罗　潮

一片青天月，盈亏无暂歇[2]。
影落溪边石，圆光永不缺。

【注释】

［1］经前山月石峡道，青灰色砾岩横道中，左隆，中嵌圆形径 30 厘米白石一块，上镌“太阴之精”四字，景名月石含珠。上方竖有南无阿弥陀佛经碑 1 通。石上刻有此诗。传广成子命白鹤童浴丹，路遇赤松子忙行礼打恭，误坠仙丹落于石中而成此景。

［2］盈亏：指月之圆缺。宋·沈括《梦溪笔谈·象数一》：“日月之形如丸。何以知之？以月盈亏可验也。”

【解析】

这是一首五言绝句。“月石含珠”为崆峒十二景之一。前两句写天空中的明月盈亏无歇，运行不止。后两句写月的影子映在石上，永不磨灭。

春融蜡烛[1]

（明）罗　潮

山游苦不早，况值青春好。
只恐日光移，蜡烛夜皎皎[2]。

【注释】

［1］蜡烛峰：在前峡路左八仙台后，石柱当路而立，高数十米，顶端生松树一株，胸径约30厘米，出于药王洞之右。以形似蜡烛而得名。

［2］皎皎：明亮貌。

【解析】

这是一首五言绝句。“春融蜡烛”为崆峒十二景之一。前两句写游览山川要乘大好青春，语义双关。后两句实写蜡烛，虚写蜡烛峰。

玉喷琉璃[1]

（明）罗　潮

琉璃泉滚滚，星日尽沉影。
试取一杯尝，清甘润喉吻[2]。

【注释】

［1］琉璃泉水澄澈清莹，犹如喷玉。

［2］喉吻：喉与口。

【解析】

这是一首五言绝句。“玉喷琉璃”为崆峒十二景之一。前两句写琉璃泉之清澈可映日月。后两句写琉璃泉其甘若醴，可以润喉。

鹤洞元云[1]

（明）罗　潮

云向洞边起，鹤在洞中睨[2]。
色元机更元[3]，曾识轩辕帝。

【注释】

［1］元鹤洞口之云雾景观。

［2］睨：斜视。

［3］色元：色，色相。元，玄。机：事物变化之所由。《庄子·至乐》："万物皆出于机，皆入于机。"疏："机者，发动，所谓造化也。"

【解析】

这是一首五言绝句。"鹤洞元云"为崆峒十二景之一。前两句写元鹤洞之云与鹤。后两句写由表象引发哲理性思索，其中暗含至道。

凤山彩雾[1]

（明）罗　潮

灵鸟归何处，高冈空在觑[2]。
今世有周文[3]，何不西山去[4]。

【注释】

［1］凤山，即凤凰岭。在四沟西侧。此山自南而北伏于群山中。中部隆起，南北两端稍低，中部另起一峰蜿蜒东北下沟。伫立北台西望，以天台山作首，酷似丹凤展翅欲飞而得名。岭脊建太清宫，西南有弥陀寺，寺前古柏称“千年华盖”。

［2］高冈：高的山脊。觑：把眼睛眯成一条缝。

［3］周文：周文王。

［4］西山：即首阳山，在今山西永济县南。相传商末伯夷、叔齐，不仕周，隐于首阳山，即此山。

【解析】

这是一首五言绝句。“凤山彩雾”为崆峒十二景之一。前两句写登上高冈，何处能见凤凰？后两句用伯夷、叔齐之典故，意在写此山也是隐居的好地方。

广成丹穴[1]

（明）罗　潮

地崖插天表[2]，丹洞迷芳草。
知是广成居，怅望云杳杳。

【注释】

［1］北台下榛莽中有虎穴，人不敢近。

［2］天表：犹天外。

【解析】

这是一首五言绝句。“广成丹穴”为崆峒十二景之一。前两句写崆峒山势之高，高山之中藏有丹洞。后两句写原来丹洞为广成子所居，洞虽在，人飞升。求仙而不可及，不免心生惆怅。

元武铁崖[1]

（明）罗　潮

铁斧大如杵[2]，钢针细如黍[3]。
磨却石崖穿，下得工夫苦。

【注释】

［1］元武：即玄武。古代神话中的北方之神，其形或说为龟，或说为龟蛇合体。与青龙、白虎、朱雀合称四方四神。

［2］杵（chǔ）：舂米、捶衣、筑土用的棒槌。

［3］黍：谷物名，北方称为黄米。

【解析】

这是一首五言绝句。“元武铁崖”为崆峒十二景之一。前两句用比喻的手法描写铁崖景象之大小不同。后两句想象此景形成之不易，由此联想：必下苦功，方成大事。

天门铁柱[1]

（明）罗　潮

一寸仅一步，天门攀铁柱。
自向此间行，才得上天路。

【注释】

［1］天门：天宫之门。《楚辞·九歌·大司命》：“广开兮天门，纷吾乘兮玄云。”《淮南子·原道训》：“昔者冯夷，大丙之御也……经纪山川，蹈腾昆仑，排阊阖，沦天门。”高诱注：“天门，上帝所居紫微宫门也。”

【解析】

这是一首五言绝句。“天门铁柱”为崆峒十二景之一。前两句写攀登之艰难。后两句写攀登铁柱犹如行走于天路之上，衬托铁柱之高。

中台宝塔[1]

（明）罗　潮

浮屠高七级[2]，中虚外壁立。
绝顶八窗开，晴山树历历[3]。

【注释】

［1］此为中台法轮寺凌空塔。凌空塔为七级八角空心楼阁式砖塔，高30米（2005年重新测量，原测量为高32.6米），底层八边，每边四米，即周长三十二米，有南向拱门，门上一边的层檐，有浮雕三层斗拱，角有吊锤。其他六层层檐八面，均有三层浮雕和斗拱，每边都有吊锤和华饰。每层辟有一小门，每个塔角有雕刻精美的佛像及浮雕。塔顶几株小松树有数百年树龄，松树扎根于砖石缝中，枝繁叶茂，四季常青。塔内依八十八佛名号，供奉八十八尊佛像，十分庄严。

［2］浮屠：佛塔。

［3］历历：清晰貌。

【解析】

这是一首五言绝句。“中台宝塔”为崆峒十二景之一。前两句写凌空塔之形，是为典型的七级浮屠。后两句写登塔所见之景，晴山树木，历历在目。

渡 泾[1]

（明）罗 潮

策马渡泾水，长天云水遥[2]。
道人天外去[3]，丛桂不堪招。

【注释】

［1］泾：泾水。

［2］云水：漫游。漫游如行云流水的漂泊无定，故称。唐·黄滔《寄湘中郑明府》："莫耽云水兴，疲俗待君痊。"又指僧道。僧道云游四方，如行云流水，故称。唐·项斯《日东病僧》："云水绝归路，来时风送船。"

［3］道人：方士，有道术的人。《汉书·京房传》："道人始去，寒，涌水为灾。"注："道人，有道术之人也。"六朝时用为僧人的别称。《世说新语·言语》："竺法兰在简文坐，刘尹（惔）问：'道人何以在朱门?'答曰：'君自见其朱门，贫道如游蓬户。'"后也指道教徒。

【解析】

这是一首五言绝句。前两句叙事兼写景，写作者策马漫游到达泾水。后两句写渡过泾水寻访道人而不遇。

饮月石[1]

（明）罗　潮

月石光如镜，携樽行暂歇[2]。
共酣石上觞[3]，清昼饮邀月[4]。

【注释】

［1］月石峡路边巨石中嵌白石，径尺，圆明如月，上镌“太阴之精”四个大字。

［2］樽：盛酒器。本作“尊”，也作“罇”。

［3］觞：盛有酒的杯子。

［4］清昼：白天。

【解析】

这是一首五言绝句。前两句写景兼叙事，用比喻的手法描写月石之特征。后两句写在月石上饮酒，并期待月亮的出现。句意化用李白《月下独酌》“举杯邀明月”。

钻羊洞[1]

（明）罗　潮

长风山窦吹[2]，南北振泾涯[3]。
天地元同气，虚明只自知[4]。

【注释】

［1］沿后峡路过二沟口马屯山腰，悬崖石壁间有三洞口，洞内下方有椭圆形白色石灰石数十块，状甚奇。传说早年有农人夜视群羊践踏麦田，驱之，皆入洞中。次日查看，洞中只见白石而无羊，故名钻羊洞。

［2］长风：远风。山窦：山的孔道。

［3］泾涯：泾水之岸。

［4］虚明：空明。

【解析】

这是一首五言绝句。前两句写钻羊洞之景，突出描写其风之强。后两句说理，对天地之间阴阳之气的变化自当通晓。

十二松

（明）罗　潮

亭亭十二松[1]，宜雨更宜风。
磊落连云表[2]，峥嵘出地中。

【注释】

［1］亭亭：孤峻高洁的状态。

［2］磊落：高大。也比喻人的俊伟。《世说新语·豪爽》："桓（温）既素有雄情爽气，加尔日音调英发，叙古今成败由人，存亡系才，其状磊落，一座叹赏。"云表：云外。

【解析】

这是一首五言绝句。前两句描写松树之坚韧品格，后两句描写松树之高大形象。

陪许都事游崆峒[1]

（明）赵时春[2]

飞鸟俯元都[3]，相将叩玉壶[4]。树阴侵地遍，山色近天无。

仙驭人何在[5]，登临兴讵殊[6]。狂歌吾故态，行醉不须扶。

【注释】

［1］都事：官名。晋有尚书都令史，与左右丞总知都台事。隋改为都事，分隶六尚书，领六曹事。唐置尚书省，设都事六人，宋尚书省设都事三人。元改隶中书省，中央及地方主要官署均设有都事。明初仍设，不久废。清唯都察院设都事。

［2］赵时春（1509—?）：字景仁，号浚谷。平凉人。14 岁举乡试第二名。嘉靖五年（1526）会试第一。选翰林院庶吉士。因直言上疏，二起二落。官至都察院右佥都御史，提督雁门三关，巡抚山西。42 岁时被解官，归家后编纂了第一部《平凉府志》，共 13 卷。另有《浚谷文集》10 卷、《浚谷诗集》6 卷传世。

［3］元都：即玄都。神仙所居之处。玄都玉京七宝山，在大罗之上。上中下三宫，盘古真人、元始天王、太上真人等所治。

［4］玉壶：《后汉书·方术传下》记载：费长房欲求仙，见市中有老翁悬一壶卖药，市毕即跳入壶中。费便拜叩，随老翁入壶。但见玉堂富丽，酒食俱备。后知老翁乃神仙。后遂用以指仙境。

［5］仙驭：仙人骑乘的东西，一般指鹤。

［6］讵：何，岂。

【解析】

这是一首五言律诗。前四句写景，选取山中最显眼之景（飞鸟与树木）描写崆峒之美。后四句说理兼抒情，即使未见元鹤，也丝毫不减登临之兴。

同游崆峒

（明）赵时春

登高还作赋，福地欲平临[1]。殿古寒烟歇，路回促骑寻。
长风吹暝色[2]，斜日下空林[3]。欲睹苍濛相[4]，归来未满襟。

【注释】

［1］福地：指神仙居住之处。道教有七十二福地之说。亦指幸福安乐的地方。旧时常以称道观寺院。

［2］暝色：夜色。

［3］空林：木叶落尽的树林。

［4］苍濛：烟雨蒙蒙之貌。

【解析】

这是一首五言律诗。首联写登临之意，因崆峒为福地，所以要常来登临。中间两联写登崆峒所见之景，因是冬景，所以比较单一，只写了古殿、寒烟、长风、斜日、空林。尾联写对崆峒烟雨蒙蒙的景象的期待，但未遇而不免遗憾。

陟崆峒

（明）赵时春

萦回缘鸟道[1]，磳磴俯蛇盘[2]。绝壁千重启，连天一径蟠[3]。
仰高心转迫，回首路方难。险绝更休息，凭谁卸马鞍。

【注释】

［1］萦回：旋绕转折。

［2］磳磴：遭遇挫折。

［3］蟠：盘伏，屈曲。

【解析】

这是一首五言律诗。前四句写崆峒之景，以“险”为主。后四句写登山的心理感受，因山之险绝，不免有登徒劳顿之感。

新作泾水桥通崆峒路

（明）赵时春

泾流双峡阻崆峒，近叠飞桥众路通。
鱼沫拥花围岸石[1]，虹头眠柱隔溪风。
行人历历清垂影，联骑飘飘上接空[2]。
何用新题夸驷马[3]，只今容易到仙宫。

【注释】

［1］鱼沫：《庄子·大宗师》：“泉涸，鱼相与处于陆，相呴以湿，相濡以沫，不如忘于江湖。”

［2］联骑：连骑；并乘。

［3］驷马：《论语·颜渊》：“子贡曰：‘惜乎！夫子之说君子也，驷不及舌。’”《邓析子·转辞》：“一声而非，驷马勿追；一言而急，驷马不及。”

【解析】

这是一首七言律诗。首联写泾流双峡阻断登崆峒之路，但智慧的人们架飞桥于其上，各条道路都非常畅通。先抑后扬，发端点题。颔联先写泾水中之景象，再写飞桥之景象，一低一高，错落有致。颈联写桥上游人的身影映于泾水之中，虚实映衬。尾联表达对泾水桥的赞美，有了这样一座桥，到达崆峒仙宫就非常便捷了。

元　鹤

（明）赵时春

元鹤亦丹顶[1]，栖身半云霄[2]。游戏青冥去，欲止风萧萧[3]。

唳声彻四远[4]，哀惨不能骄。生子靡他适，多寄崆峒坳。

有时栖泾浒[5]，有时舞林梢。高骞防缯缴[6]，深藏远鸱枭[7]。

无人记年寿，有客叹扶摇[8]。飘然自情适，焉知松与乔[9]。

【注释】

［1］丹顶：指丹顶鹤朱红色的头顶。

［2］栖身：寄身，暂居。云霄：天际，高空。

［3］萧萧：象声词。常形容马叫声、风雨声、流水声、草木摇落声、乐器声等。

［4］唳声：鹤的叫声。四远：四方边远之地。

［5］浒：水边。

［6］骞：飞。缯缴（zhuó）：绢丝做成的弓弦。

［7］鸱枭：鸱为猛禽，传说枭食母，古人以为皆恶鸟。喻奸邪恶人。《荀子·赋》："螭龙为蝘蜓，鸱枭为凤凰。"汉·贾谊《吊屈原赋》："鸾凤伏窜兮，鸱枭翱翔。"一说为猫头鹰。

［8］扶摇：盘旋而上；腾飞。《淮南子·览冥训》："（赤螭青虬）若乃至于玄云之素朝，阴阳交争，降扶风，杂冻雨，扶摇而登之，威动天地，声震海内。"高诱注："扶摇，发动也。"

［9］松与乔：传说中的仙人赤松子和王子乔。王子乔：《古诗十九首》："仙人王子乔，难可与等期。"注："《列仙传》曰：'王子乔者，周

灵王太子晋也。好吹笛，作凤凰鸣，游伊洛间，道人浮丘公接以上嵩高山。'”

【解析】

这是一首五言古诗。前十句描写元鹤的生活习性。先写元鹤在天空之中飞翔之高和唳声之远，再写元鹤在崆峒山中养育幼鹤之情形。后六句议论兼抒情。元鹤不被缯缴，远离鸱鸮，逍遥自在，飘然自逸。

次段義民崆峒述怀（三首）[1]

（明）赵时春

其一

兀硉平穿缥缈间[2]，近连天柱号天关[3]。
远分秦陇三川水，收尽昆仑万重山。

【注释】

[1] 次韵：和人的诗并依原诗用韵的次序。始于唐元稹、白居易。《旧唐书·元稹传》："居易雅能诗，就中爱驱驾文字，穷极声韵，或为千言，或五百言律诗，以相投寄。小生自审不能过之，往往戏排旧韵，别创新辞，名为次韵相酬，盖欲以难相挑。"

[2] 兀硉（lù）：也作"硉兀""硉矹"。高耸，突出。

[3] 天柱：古代神话中的支天之柱。《淮南子·地形训》："昔者共工与颛顼争为帝，怒而触不周之山，天柱折，地维绝。"《神异经·中荒经》："昆仑之山有铜柱焉，其高入天，所谓天柱也，围三千里周圆如削。"

【解析】

这是一首七言绝句。前两句描写崆峒高峻之貌，后两句描写崆峒之广远。全诗用夸张之手法。

其二

美人窈窕驻山阿[1]，山上林青淑气多[2]。

梵宇虚空无水界[3]，须骑白象饮泾河[4]。

【注释】

[1] 窈窕：美好貌。山阿：山中曲处。

[2] 淑气：温和之气。

[3] 梵宇：佛寺。

[4] 白象：白色的象。古代以为瑞物。汉·张衡《西京赋》：“白象行孕，垂鼻辚囷。”《三国志·魏志·乌丸鲜卑传》：“记述随事，岂常也哉。”裴松之注引《浮屠经》：“始莫邪梦白象而孕，及生，从母左胁出，生而有结，堕地能行七步。”泾河：河川名。关中八川之一。源自甘肃省平凉西南的六盘山东麓；流入陕西省注入渭河，是渭河的最大支流。

【解析】

这是一首七言绝句。全诗虚写崆峒之景。前两句以美人衬托，后两句以佛教虚空写崆峒之灵气。

其三

杖履寻芳遍五台[1]，为谁长啸为谁哀。
人间万事吾能说，济世还须命世才[2]。

【注释】

[1] 杖履：老者所用的手杖和鞋子，也指拄杖漫步。

[2] 济世：救世；济助世人。《庄子·庚桑楚》：“简发而栉，数米而炊，窃窃乎又何足以济世哉?”成玄英疏：“此盖小道，何足救世。”命世：著称于当世。多用以称誉有治国之才者。

【解析】

这是一首七言绝句。首句叙事，写崆峒寻芳。其余三句为抒情兼说理。前三句作为铺垫，第四句为诗眼。

崆峒即事（二首）

（明）李日强[1]

其一

崆峒突兀插泾川[2]，拱卫秦雍亿万年[3]。
元鹤翔时增瑞霭[4]，赤松逝后绝真诠。
西瞻嘉峪夕阳近[5]，东眺函关灏气连[6]。
欲向云端讯宝诀[7]，黄庭经义更谁传[8]。

【注释】

［1］李日强（生卒年不详）：字元壮，号敬斋。山西曲沃（今山西临汾）人。嘉靖四十四年（1565）进士，明穆宗隆庆二年（1568）任宜阳令，历任湖广左参议、贵州参政等职。

［2］泾川：此诗句中指泾水。

［3］拱卫：环绕，环卫。秦雍：古秦地。指今陕西西安一带。唐·李白《为宋中丞请都金陵表》："决洪河，洒秦雍，不足以荡犬羊之膻臊。"王琦注："《西京赋》：唐之西京，为秦地，在《禹贡》为雍州之域，故曰秦雍。"

［4］瑞霭：祥之云气。亦以美称烟雾。

［5］嘉峪：嘉峪关。在甘肃酒泉市西嘉峪山西麓。自古为东西交通要冲。明洪武初冯胜下河西，以嘉峪关地势险要，筑城置戍，为明长城西端关口。嘉靖十八年（1539）重新加固。今仍有堡垒烽台遗址。

［6］函关：函谷关。在今河南灵宝市南，是秦的东关。东自崤山，西至潼津，深险如函，通名函谷。东汉隗嚣将王元说嚣请以一丸泥封函

谷关，即此。灏气：弥漫于天地之间的大气。

[7] 宝诀：道教修炼的秘诀。

[8] 黄庭经：道经名。讲道家养生修炼之道，称脾脏为中央黄庭，于五脏中特重脾土，故名《黄庭经》。一为《黄庭内景经》，称大道玉晨君作，传魏夫人，三十六章。一为《黄庭外景经》，传为老子所作，三篇。此外尚有《黄庭遁甲缘身经》《黄庭玉轴经》，均称《黄庭经》。世传王羲之书《黄庭经》换白鹅，实为《黄庭外景经》。

【解析】

这是一首七言律诗。首联写崆峒高峻雄伟之气势。颔联写崆峒拥有元鹤之瑞霭，赤松之仙灵。颈联写崆峒之高远，西可望嘉峪关，东可眺函谷关。尾联抒发对仙道之企羡。

其二

鞅掌尘寰二十秋[1]，披云何事到笄头[2]。
崚嶒远接昆仑脉[3]，雾雨还防虎豹游。
岚气氤氲辉石室[4]，藤萝纠结迷丹丘。
无人得食青精饭[5]，白鹿时乘浮海洲[6]。

【注释】

[1] 鞅掌：烦劳。《诗经·小雅·北山》："或王事鞅掌。"《传》："鞅掌，失容也。"疏："言事烦鞅掌然，不暇为容仪也。"后谓职事忙碌为鞅掌。

[2] 披云：拨开云层。

[3] 崚嶒：高峻重叠貌。

[4] 氤氲：也作"细缊""烟煴"。云烟弥漫貌。

[5] 青精饭：采南烛枝叶，以其汁浸米，蒸饭曝干，色青碧。道家谓久服可延寿益颜。

[6] 白鹿：白色的鹿。古代迷信常以白鹿为祥瑞。《国语·周语上》："王不听，遂征之，得四白狼、四白鹿以归。"《宋书·符瑞志》："白鹿，

王者明惠及下则至。”

【解析】

这是一首七言律诗。首联叙写自己在官场二十多年，终于有机会到达笄头山。中间两联描写崆峒山之形、山之气、山之貌。尾联描写仙人之生活。

登崆峒

（明）张以渐[1]

胜地寻幽逐骥来[2]，乱峰飞舞趁徘徊。
平看北斗龙光近[3]，遥指南山豹雾开[4]。
仙洞云间迷绝壑[5]，浮图天际壮中台。
无能会得长生诀，手把黄庭着意猜。

【注释】

［1］张以渐（生卒年不详）：明代山西阳城（今山西晋城）人，万历十四年（1586）任平凉推官。

［2］胜地：名胜之地。

［3］龙光：龙身上的光。喻指不同寻常的光辉。北魏·郦道元《水经注·沔水二》："峨峨南岳，烈烈离明，寔敷俊乂，君子以生。惟此君子，作汉之英，德为龙光，声化鹤鸣。"

［4］豹雾：指隐者所栖。

［5］仙洞：仙人的洞府。借称道观。唐·白居易《春题华阳观》："帝子吹箫逐凤凰，空留仙洞号华阳。"原注："观即华阳公主故宅。"绝壑：深谷。

【解析】

这是一首七言律诗。首联叙写骑马来崆峒寻幽览胜。中间两联写登崆峒所见之景，北斗龙光、南山豹雾、仙洞绝壑、中台浮图皆崆峒奇特之景。尾联抒发对仙道长生之追寻。

问道宫次韵

（明）胡　松[1]

大道茫茫讵易穷[2]，我来还拟一参同[3]。
元珠何象看犹未，白石无言感岂通[4]。
龙驭久移秦岭外[5]，鼎湖遥隔华山东。
苍虬元鹤无消息[6]，怅望烟花满目中。

【注释】

［1］胡松（生卒年不详）：字汝茂，明代滁州（今属安徽）人。嘉靖年间（1522—1566）进士。官至吏部尚书。著有《滁州志》《唐宋元明表》《胡恭肃集》。嘉靖三十五年（1556）任陕西布政司分守关西道右参政时，请准有司，邀赵时春编纂《平凉府志》，并为之作《叙》。旧志存游览崆峒题诗。

［2］穷：寻根究源。

［3］参同：相合为一。《韩非子·主道》："有言者自为名，有事者自为形，形名参同，君乃无事焉。"

［4］白石：传说中的神仙的粮食。汉·刘向《列仙传·白石生》："白石生，中黄丈人弟子，彭祖时已二千余岁……尝煮白石为粮。"

［5］龙驭：皇帝的车驾。此为黄帝的车驾。秦岭：山名。又名秦山、终南山，位于今陕西省境内。《三秦记》："秦岭东起商雒，西尽汧陇，东西八百里。"《文选》班固《西都赋》："睎秦岭，睋北阜。"李善注："秦岭，南山也。《汉书》曰：'秦地有南山。'"

［6］苍虬：即苍龙。黄帝的坐骑。

【解析】

这是一首七言律诗。首联议论大道茫茫之不可求，但还是想探寻一番。颔联写对道的真谛的探究与感悟。颈联写黄帝飞升之事离自己非常遥远。尾联慨叹大道真谛之难寻，不免心生惆怅。

游崆峒（二首）

（明）李攀龙[1]

其一

风尘问道欲如何[2]，二月崆峒览胜过。
返照自悬疏陇树[3]，浮云忽断出泾河[4]。
长城雪色当峰尽[5]，大漠春阴入塞多[6]。
已负清尊寻窈窕[7]，还将孤剑倚嵯峨。

【注释】

［1］李攀龙（1514—1570）：字于鳞，号沧溟。历城（今山东济南）人。嘉靖二十三年（1544）进士，历官刑部主事、员外郎、陕西提学副使、河南按察使。与王世贞同为“后七子”首领。著有《沧溟集》。

［2］风尘：谓行旅辛苦劳顿。

［3］返照：夕阳，落日。

［4］浮云：飘动的云。

［5］长城：供防御用的绵亘不绝的城墙。春秋战国时各国出于防御目的，分别在边境形势险要处修筑长城。《左传·僖公四年》载有“楚国方城以为城”的话，这是有关长城的最早记载。战国时齐、楚、魏、燕、赵、秦和中山等国相继兴筑。秦始皇灭六国完成统一后，为了防御北方匈奴的南侵，将秦、赵、燕三国的北边长城予以修缮，连贯为一。故城西起临洮（今甘肃岷县），北傍阴山，东至辽东，俗称“万里长城”。至今尚有遗迹残存。此后汉、北魏、北齐、北周、隋各代都曾在北边与游牧民族接境地带筑过长城。明代为了防御鞑靼、瓦剌的侵扰，自洪武至

万历时，前后修筑长城达十八次，西起嘉峪关，东至辽东，称为“边墙”。宣化、大同二镇之南，直隶、山西界上，并筑有内长城，称为“次边”。总长约6700公里，大部分至今仍基本完好。为世界历史上伟大工程之一。

［6］大漠：指我国西北部一带的广大沙漠地区。春阴：春季天阴时空中的湿气。

［7］清尊：亦作“清樽”，酒器。亦借指清酒。《古诗类苑》卷四五引《古歌》：“清樽发朱颜，四坐乐且康。”窈窕：深邃貌。晋·潘岳《哀永逝文》：“抚灵榇兮诀幽房，棺冥冥兮埏窈窕。”指墓下隧道。晋·郭璞《江赋》：“潜逵傍通，幽岫窈窕。”晋·陶渊明《归去来兮辞》：“既窈窕以寻壑，亦崎岖而经丘。”指山水。三国·魏·曹植《飞龙篇》：“晨游泰山，云雾窈窕。”指云气。唐·乔知之《秋闺》：“窈窕九重闺，寂寞十年啼。”指宫室。

【解析】

这是一首七言律诗。首联叙写来崆峒探寻黄帝向广成问道之遗迹，并于二月到达崆峒。中间两联描写崆峒之景，颔联为近景，颈联为远景。尾联照应首联，叙写窈窕寻幽。

其二

谁道崆峒不壮游[1]，香炉春雪照凉州[2]。
浮云半插孤峰色，落日长窥大壑愁。
万乘东还灵气歇[3]，诸天西尽浊泾流[4]。
萧关只在藤萝外，客子风尘自白头[5]。

【注释】

［1］壮游：谓怀抱壮志而远游。

［2］凉州：西汉设置，辖境相当于今甘肃、宁夏和青海湟水流域、内蒙古纳林河、穆林河流域。为汉武帝十三刺史部之一。东汉时治所在陇县（今甘肃清水），三国时移治姑臧（今甘肃武威）。此指汉时凉州。

［3］灵气：指仙灵之气。

［4］诸天：指神界的众神位。后泛指天界；天空。唐·谷神子《博异志·阴隐客》："修行七十万日，然后得至诸天，或玉京、蓬莱、昆阆、姑射。"

［5］客子：离家在外的人。

【解析】

这是一首七言律诗。首联承接前一首写二月香炉峰之春雪。颔联写浮云、落日映衬下的山峰与大壑。颈联写黄帝问道东还，灵气暂歇，只见泾水东流而去。尾联感慨岁月之蹉跎，人生之易老，飘零之感顿上心头。

友竹将军邀游崆峒山呈诸君子（四首）

（明）王崇庆[1]

其一

寒日出西郭[2]，崆峒始一临。黄梁仍自惜[3]，元鹤眇难寻[4]。
酒兴酣佳客，钟声度远林。更嫌归骑促，灯火照尘襟。

【注释】

［1］王崇庆（生卒年不详）：字德征。开州（今属重庆）人。正德三年（1508）进士。嘉靖二十二年（1543）任陕西行太仆寺卿驻平凉。官至南京吏、礼二部尚书。著有《周易议卦》《五经心义》《海樵子》《山海经释义》等。驻平凉时陪官宦多次游崆峒，存诗《同游崆峒》等。

［2］寒日：寒冬的太阳。西郭：西边外城。

［3］黄梁：应为“黄粱”之误。唐·沈既济《枕中记》记载：卢生在邯郸客店遇道士吕翁，生自叹穷困，翁探囊中枕授之曰：“此枕当令子荣适如意。”时主人正蒸黄粱，生梦入枕中，享尽富贵荣华。及醒，黄粱尚未熟，怪曰：“岂其梦耶？”翁笑曰：“人世之事亦犹是矣。”后因以“黄粱梦”喻虚幻的事和不能实现的欲望。

［4］眇：远，高。

【解析】

这是一首五言律诗。首联叙写冬日登崆峒。颔联写对元鹤的憧憬及追寻之艰难。颈联写主客在崆峒之巅畅饮的情形。尾联抒写对崆峒的依恋不舍之情。

其二

碧水丹崖路，却疑入洞天。但知传酒食，安敢问神仙。
济世惭无术，忘机已有年[1]。高情多地主[2]，不觉是流连[3]。

【注释】

［1］忘机：忘却计较或巧诈之心。指自甘恬淡与世无争。

［2］高情：高隐超然物外之情。

［3］流连：耽于游乐而忘归。《孟子·梁惠王下》："流连荒亡，为诸侯忧。从流下而忘反谓之流，从流上而忘反谓之连……先王无流连之乐，荒亡之行。"

【解析】

这是一首五言律诗。首联叙写来到崆峒犹如进入洞天仙境。颔联写自己因修道不够，不敢问神仙之事。颈联写为官无济世之术，而对恬淡自由之生活向往已久。尾联写对主人的感激之情和对崆峒的留恋之情。

其三

十月小春里[1]，同游非浪过。将军殊爱客，稚子总能歌。
落日催行辔[2]，寒云下碧萝[3]。何当再相访，重扣佛堂窝[4]。

【注释】

［1］小春：农历十月，也称小阳春。意谓十月不寒，有如初春。一说农历八月是小春。

［2］行辔：行程。

［3］寒云：寒天的云。碧萝：女萝。一种绿色的寄生攀缘植物。

［4］佛堂：佛所住的堂殿。《毗奈耶杂事》卷二六"即以右足踏其香殿"，唐·义净注："西方名佛所住堂为健陀俱知。健陀是香，俱知是室。此是香室、香台、香殿之义。不可亲触尊颜，故但唤其所住之殿，

即如此方玉阶、陛下之类。然名为佛堂、佛殿者，斯乃不顺西方之意也。”后指供奉佛像的堂殿、堂屋。

【解析】

这是一首五言律诗。首联写十月小阳春也是游赏崆峒的好时节。颔联写友竹将军的好客，以及稚子为其歌唱助兴之事。颈联写落日西斜，将要离山。尾联表达再游崆峒的期待之情。

其四

开辟由来远[1]，兹山何自然。古藤还落莫[2]，野鼠任周旋[3]。
行乐真谁是[4]，知音更可怜[5]。白云与流水，信尔自年年。

【注释】

[1] 开辟：古代神话谓盘古氏开天辟地。指宇宙的开始，最初。

[2] 落莫：文彩相连貌。《急就篇》卷二：“豹首落莫兔双鹤。”颜师古注：“豹首若今兽头锦，落莫谓文彩相连，又为兔及双鹤之形也。”

[3] 周旋：追逐，交战。

[4] 行乐：消遣娱乐，游戏取乐。

[5] 知音：《吕氏春秋·本味》记伯牙善鼓琴，钟子期善听琴，钟子期死，伯牙破琴绝弦，终身不复鼓琴。后世因谓知己为知音。

【解析】

这是一首五言律诗。首联写崆峒源头之遥远，简直是造化之天工。颔联通过古藤和野鼠写山中之景。颈联慨叹知音之稀少。尾联写白云与流水的闲适之境应该年复一年地延续下去，依恋之情暗含其中。

同游崆峒

（明）应　槚[1]

策马崆峒道，褰衣直上临[2]。天河才咫尺[3]，云壑几千寻[4]。

淑气凝虚阁，晴光透夕林[5]。高情能下士[6]，日落复开襟[7]。

【注释】

［1］应槚（jiǎ）（生卒年不详）：字子材，遂昌（今属浙江）人。嘉靖五年（1526）进士。授刑部主事。拒绝私谒，累官山东布政使，总督两广军务。曾任苑马寺卿驻平凉，常游览崆峒山，旧志存有诗词。

［2］褰衣：用手提起衣裳。

［3］天河：即银河。《诗经·大雅·云汉》："倬彼云汉。"汉·郑玄笺："云汉，谓天河也。"

［4］云壑：云气遮覆的山谷。

［5］晴光：晴朗的日光或月光。

［6］下士：屈身交接贤士。

［7］开襟：敞开衣襟。

【解析】

这是一首五言律诗。首联叙写策马登临崆峒。颔联用夸张手法描写崆峒之高峻。颈联写山中之气象，动词"凝"和"透"用得非常巧妙。尾联抒发游崆峒之愉悦，待到日落时分便要开怀畅饮。

崆　峒（二首）

（明）周　鉴[1]

其一

褰裳渡清浅[2]，拄杖蹑崇巅[3]。树合诸天外，桥临绝岸边[4]。
鸟鸣春磵静[5]，侩卧白云闲。眷此淹归骑[6]，藤萝月正圆。

【注释】

［1］周鉴（生卒年不详）：字子明，平凉人。嘉靖三十二年（1553）进士，授刑部主事。曾督学于四川、山东，升河南布政使，迁右副都御史。

［2］褰裳：撩起下裳。清浅：谓清澈不深。

［3］蹑：登。崇巅：高峰。

［4］绝岸：陡峭的岸。

［5］磵：水涧。

［6］眷：反顾。淹：久留，滞留。

【解析】

这是一首五言律诗。首联叙写渡过泾水，登上崆峒之巅。中间两联写登临所见之景，远近、高低错落有致，动词的运用也恰到好处。尾联写景之中暗含留恋之情。

其二

人驭苍虬去，元庐寄在斯[1]。鹤巢千岁洞，松老万年枝。

云起流芝盖[2]，风回转桂旗[3]。青鸾有旧约，延赏慰襟期[4]。

【注释】

［1］元庐：即玄庐。墓舍。

［2］芝盖：车盖。东汉·张衡《西京赋》："骊驾四鹿，芝盖九葩。"三国·吴·薛综注："以芝为盖，盖有九葩之采也。"本指仙家之车，后亦称帝王之车。

［3］桂旗：《楚辞·九歌·山鬼》："乘赤豹兮从文狸，辛夷车兮结桂旗。"王逸注："结桂与辛夷以为车旗，言其香洁也。"后因以"桂旗"指神祇车上所树之旗。

［4］延赏：流连赏玩；长时间地观赏。襟期：犹心期。指人与人之间的相互期许。

【解析】

这是一首五言律诗。首联写黄帝乘龙飞升之事。中间两联写崆峒之景，颔联写自然之景，颈联写人文之景。尾联运用逆挽的手法写为赴青鸾之约，来崆峒作长时间的游赏。

崆峒夜宿

（明）周　鉴

暝树栖鸦野寺昏[1]，牧笛樵歌夜归喧[2]。
复闻虎豹号深谷，上界鸣钟深闭门[3]。
天空月照笄头树，忽忆轩皇问道处。
六龙仙杖久寂寥[4]，元鹤年年自来去。

【注释】

［1］暝树栖鸦：为暝鸦栖树之倒文。

［2］牧笛：牧童或牧民所吹的笛子。亦借指牧笛声。

［3］上界：天界。指仙佛所居之地。

［4］六龙：皇帝车驾的六匹马，马八尺称龙，因称六龙。寂寥：静寂。

【解析】

这是一首七言古诗。第一、第二句点题，写崆峒黄昏之景。随着时间的推移，景物依次出现全诗突出声音描写。最后两句为虚写，想象黄帝御飞龙飞升之后，只留元鹤年年自在来去之情形。

香山寺

（明）周　鉴

崆峒最高处，独有香炉峰。古树撑云外，诸天落镜中。

流霞俯阆苑[1]，杲日升东蒙[2]。忽尔双眸豁[3]，因之万虑空。

【注释】

［1］阆苑：阆风之苑，仙人所居之境。

［2］杲：明亮貌。东蒙：道家指东海仙境中的山。《云笈七签》卷十二："高奔日月吾上道……驾欻接生宴东蒙。"张君房注："东蒙，东海仙境之山也。"

［3］豁：开朗貌。

【解析】

这是一首五言律诗。首联写香炉峰在崆峒山的最高处。中间两联写香山寺之景，动词"撑"与"落"、"俯"与"升"两两相对，运用巧妙。尾联写在香山寺的悟道体验。

留问道宫

（明）林廷玉[1]

晚吸崆峒秀，风光入眼新。孤峰浑似戟[2]，奇石俨如人[3]。
倦鸟逢林止，雏莺见柳亲。烟霞迷石洞[4]，何处问栖真[5]。

【注释】

[1] 林廷玉（1454—1532）：号南涧翁、烟霞病叟，明代福建侯官（今福州）人。成化十九年（1483）乡试解元，成化二十年（1484）三甲进士，历吏科给事中、工科都给事中，因涉唐寅考场舞弊案，被贬海州判官，弘治十六年（1503）升任湖南茶陵知州，倡建洣江书院，聚生徒讲解儒家经典，风雨无阻，寒暑不辍。历江西按察使司佥事、广东提学副使、右通政、都察院右佥都御史、掌南京都察院事等，官至都御史。正德十三年（1518）八月，福州士兵因索饷哗变，因士兵怨左布政使伍符裁省月粮。廷玉与副使高文达出面劝解得缓。后因御史董建中劾其执拗褊刻，乞归，家居二十年，著述自娱。嘉靖十一年（1532）病逝，终年 78 岁。著有《南涧文录》。

[2] 浑：简直，几乎。

[3] 俨：宛然，好像真的。

[4] 烟霞：烟雾；云霞。

[5] 栖真：道家以性命之根本为真。栖真谓保其根本，养其元神。

【解析】

这是一首五言律诗。首联写崆峒晚景。颔联用比喻的手法描写崆峒之山峰与奇石。颈联用拟人的手法描写崆峒山禽类。尾联写问道宫前烟霞弥漫，而在哪里可以问得至道呢？

古　塔

（明）桑　仟[1]

峻嶒塔顶出云端，舍利光摇贝殿寒[2]。
宝炬夜燃星灿灿[3]，金铃风动玉珊珊[4]。
神鳗护后烟空锁[5]，灵鹭归余月已残[6]。
恰忆慈恩当日事，芳名题处自如兰。

【注释】

［1］作者生平事迹不详，张伯魁《崆峒山志》载为明同知，平凉人，字宗翰。《山西通志》载为平凉人，正德丁丑进士，任同知，笃实不浮。

［2］舍利：佛骨。梵语设利罗，亦称舍利、舍利子。《魏书·释老志》："佛既谢世，香木焚尸，灵骨分碎，大小如粒，击之不坏，焚亦不燋，或有光明神验，胡言谓之舍利。弟子收奉，置之宝瓶，竭香花，致敬慕，建宫宇，谓为塔。"

［3］灿灿：光彩耀眼。

［4］珊珊：象声词。用于玉、铃、钟、雨等声音舒缓者（今作姗姗）。

［5］神鳗：佛教中的神鱼。

［6］灵鹭：水鸟。和神鳗呼应。

【解析】

这是一首七言律诗。首联夸张描写古塔之高。颔联描写塔内灯光如灿灿繁星，风铃在风的吹动下发出珊珊玉声。颈联写下有神鳗，上有灵鹭，衬托古塔之灵。尾联联想塔下主人定为佛教作出了重大贡献，自然芳名流传于后世。

游崆峒（二首）

（明）赵承芳[1]

其一

步入危岑石径通[2]，古来胜境说崆峒[3]。
间关鸟语笙簧细[4]，烂熳花容锦绣工[5]。
万里晴空无俗幛[6]，五台瑞气有仙踪[7]。
陵霄元鹤今何闷[8]，翘首丹山怅望中[9]。

【注释】

［1］作者生平事迹不详。

［2］危岑：高峻的山峰。

［3］胜境：佳境。风景优美的地方。

［4］间关：形容鸟叫声。

［5］锦绣：花纹色彩精美鲜艳的丝织品。

［6］幛：旧时作为庆吊礼物之布帛。如喜幛、寿幛之类，皆题字置其上而悬之。

［7］瑞气：瑞应之气。泛指吉祥之气。《晋书·天文志中》："瑞气：一曰庆云。若烟非烟，若云非云，郁郁纷纷，萧索轮囷，是谓庆云，亦曰景云。此喜气也，太平之应。二曰归邪。如星非星，如云非云。或曰，星有两赤彗上向，有盖，下连星。见，必有归国者。三曰昌光，赤，如龙状；圣人起，帝受终，则见。"

［8］陵霄：直上云霄。形容飞得极高。闷：关闭，止息。

［9］丹山：山名。在今湖北巴东县西。唐·虞世南《北堂书钞》一

五一《雾》“如烟”注引晋·袁山松《宜都记》：“郡西北四十里有丹山，山间时有赤气笼林，岭如丹色，因名丹山。”此诗句中并非指确切的山，应指道家炼丹之山。

【解析】

这是一首七言律诗。首联叙写登临崆峒并描写崆峒之高峻。中间两联写景，颔联写鸟语花香，颈联写晴空万里，瑞气缭绕。尾联在写景的基础上慨叹元鹤之不见，因而不住地翘首期待，但最终还是怅望丹山。

其二

天风吹我上招提[1]，坐憩峰头挹秀奇[2]。
岩石侧悬阴错落，涧松斜衬绿参差。
林间花媚堪成画，天际罇开索赋诗。
指点缁元双岫外[3]，应如黄广对谈时[4]。

【注释】

［1］招提：梵语拓斗提奢，义为四方。后省作拓提，误为招提。四方之僧称招提僧，四方僧之住处称招提僧房。北魏太武帝造伽蓝，创招提之名，后遂为寺院的别称。南朝宋·谢灵运《山居赋》：“建招提于幽峰，冀振锡之息肩。”自注：“招提，谓僧不能常住者，可持作坐处也。”

［2］挹：牵引，援引。

［3］缁元：此诗句中指僧人。

［4］黄广：黄帝与广成子。

【解析】

这是一首七言律诗。首联叙写作者乘着天风到达崆峒山的寺院里，静坐观赏峰头奇特的景观。中间两联写景，颔联写山间岩石与松树，颈联写林间鲜花盛开如画。尾联写两位僧人指点高谈，仿佛是黄帝与广成子在谈天悟道。

月　饮

（明）赵　斌[1]

月下独倾杯[2]，自歌还自和。
白云满地流，伴我苍苔卧[3]。

【注释】

［1］赵斌（生卒年不详）：字时宪，平凉（今属甘肃）人。弘治乙未进士。擢监察御史，历官应天府丞。

［2］倾杯：指斟酒入杯。

［3］苍苔：青色苔藓。

【解析】

这是一首五言绝句。前两句写自己月下独酌，自歌自和。后两句写白云为伴，高卧苍苔。整首诗格调恬静闲远。

采　药

（明）赵　斌

巉岩挂女萝[1]，石磴披芳草。
长和紫芝篇[2]，将寻黄绮老[3]。

【注释】

［1］巉岩：险峻的山岩。宋玉《高唐赋》："登巉岩而下望兮，临大阺之稸水。"女萝：地衣类植物，即松萝。

［2］紫芝：真菌的一种。也称木芝。似灵芝。菌盖半圆形，上面赤褐色，有光泽及云纹；下面淡黄色，有细孔。菌柄长，有光泽。生于山地枯树根上。可入药，性温味甘，能益精气，坚筋骨。古人以为瑞草。道教以为仙草。汉·王充《论衡·验符》："建初三年，零陵泉陵女子傅宁宅，土中忽生芝草五本，长者尺四五寸，短者七八寸，茎叶紫色，盖紫芝也。"比喻贤人。《淮南子·俶真训》："巫山之上，顺风纵火，膏夏紫芝，与萧艾俱死。"高诱注："膏夏、紫芝皆喻贤智，萧、艾，贱草。皆喻不肖。"

［3］黄绮：汉初商山四皓中夏黄公与绮里季的合称。

【解析】

这是一首五言绝句。前两句用互文手法描写山中到处长满草药。后两句写渴望与黄绮老赋诗唱和。

登崆峒

（明）吕时中[1]

到处看山看不足，又随仙客上崆峒[2]。
岩迎一衲龙宫润[3]，树引双驺鸟道通[4]。
白昼昆仑来海外，晴空华岳倚天东。
登临未尽归来晚，回首千峰烟雾中。

【注释】

［1］吕时中（生卒年不详）：字以道，号玉窗，直隶清丰（今属河南）人。嘉靖辛丑进士，授翰林院庶吉士，历任都给事中、山西按察使。

［2］仙客：对隐者或道士的敬称。

［3］衲：本指僧衣，此句中代指僧人。龙宫：佛经故事《海龙王经·请佛品说》：海龙王诣灵鹫山，闻佛说法，信心欢喜，欲请佛至大海龙宫供养。佛许之。龙王即入大海化作大殿，佛与诸比丘菩萨共涉宝阶入龙宫，受诸龙供养，为说大法。因以“龙宫”指佛寺。佛寺为讲经说法之所。

［4］驺：骑马的人。

【解析】

这是一首七言律诗。首联叙写以往看山之不足，又随仙客来游崆峒。颔联写崆峒中的人物活动。颈联将崆峒以昆仑和华岳作比，显示其高峻雄伟。尾联照应首联，因以往看山之不足而来崆峒，果然不虚此行，甚至有些恋恋不舍了。

崆　峒

（明）方　新[1]

灵山盘礴俯彭阳[2]，招隐名仙绝代彰[3]。
日落陇坻悬倒影[4]，云浮泾水散流光。
五城隐映丹台出[5]，双树阴森宝刹藏[6]。
欲叩至人今不见，风烟岁暮永相望[7]。

【注释】

［1］方新（1518—1569）：字德新，号定溪，青阳（今属安徽）人。嘉靖四十五年（1566）进士，任行人司行人，后任江西道御史。方新刚直不阿，不畏权势。时黄河泛滥成灾，沿海倭寇肆虐，南涝北旱，民不聊生。方新为此忧心，奏疏历陈天灾、兵祸殃民的惨状，指控佞臣报喜不报忧，批评朝廷“言路闭塞，赏罚不明”，劝谏嘉靖帝要“随事自责，痛加修省”。但嘉靖帝视忠言为罪词，将方新削职为民。后复职，先后任河南布政使、湖广佥事。著有《全召关中文集》。

［2］盘礴：也作“盘薄”。据持牢固貌。彭阳：地名。汉置，属安定郡。《汉书·匈奴传》：“孝文十四年，匈奴单于十四万骑入朝那萧关，杀北地都尉卬，虏人民畜产甚多，遂至彭阳。”晋废，故城在今甘肃镇原县东。北魏置，隋改为彭原。故城在今甘肃庆阳市。北宋太平兴国中改丰益县为彭阳县。大蒙古国至元七年（1270）并入镇原州。故城在今甘肃镇原县东南。

［3］招隐：招人归隐。晋代左思、陆机均有招隐诗，咏隐居之乐。

［4］陇坻：即陇山。《汉书·地理志下》“陇西郡”唐·颜师古注：

“陇坻谓陇阪，即今陇山也。”《水经注·河水注》：“水出鸟鼠山西北高城岭，西迳陇坻，其山岸崩落者，声闻数百里，故扬雄称响若坻颓是也。”

［5］丹台：香炉峰上太上老君炼丹之处。

［6］阴森：谓树木浓密成荫。

［7］风烟：景象；风光。

【解析】

这是一首七言律诗。首联写崆峒地理位置及名望。颔联写远景，以落日和浮云为衬托。颈联写近景，描写佛寺建筑及树木。尾联抒写寻至人而不见的怅惘之情。

游崆峒

（明）方　新

西征绛节倚崆峒[1]，问道遥追古圣踪[2]。
绝蹬天风回鹳鹤[3]，虚岩阴雾起虬龙。
光分玉检云常绕[4]，翠削穷碑藓自封。
一曲仙谣何处是，招摇千载独相从[5]。

【注释】

［1］绛节：古代使者持作凭证的红色符节。

［2］圣踪：指佛道。《杂宝藏经·拘尸弥国辅相夫妇恶心于佛佛即化导得须陀洹缘》："夫为王者，率土归仰。王当如桥，济渡万民；王当如秤，亲疏皆平；王当如道，不违圣踪。"

［3］鹳鹤：泛指鹤类。

［4］玉检：玉牒书的封箧。《汉书·武帝纪》"登封泰山"唐·颜师古注引三国魏·孟康曰："王者功成治定，告成功于天……刻石纪号，有金策石函，金泥玉检之封焉。"

［5］招摇：逍遥貌。《文选》扬雄《甘泉赋》："徘徊招摇，灵栖迟兮。"李善注："招摇，犹彷徨也。"

【解析】

这是一首七言律诗。首联叙写西征路过崆峒追寻黄帝向广成子问道之遗踪。中间两联写登崆峒所见之景，颔联为自然景观，颈联为人文景观。尾联慨叹崆峒仙界之逍遥自在。

崆峒

(明) 左　杰[1]

崆峒硉兀列晴峦，绝顶萧森露气寒[2]。
鸟向禅堂窥石镜[3]，人于神鼎觅金丹[4]。
灵芝自是生三岫[5]，叠嶂应须跨六盘[6]。
共倒霞樽无俗客，坐看斗极待宵阑[7]。

【注释】

[1] 左杰（生卒年不详）：山东恩县（今山东平原）人，字允兴。嘉靖己丑进士，仕至参政。

[2] 萧森：错落耸立貌。

[3] 石镜：石制之镜。南朝梁·任昉《述异记》：“武都大夫化为女子……蜀王娶以为妻，无几物故，遂葬于成都郭中，以石镜一枚，长二丈，高五尺，同葬之。”

[4] 神鼎：宝鼎的美称。《史记·封禅书》：“闻昔泰帝兴神鼎一，一者壹统，天地万物所系终也。”宝鼎为国之重器，引申指国命。《宋书·袁觊传》：“王室不造，昏凶肆虐，神鼎将沦，宗稷几泯。”也指道家炼丹之鼎。晋·葛洪《抱朴子·金丹》：“取九转之丹，内神鼎中。”

[5] 灵芝：菌类植物。古以芝为瑞草，故名灵芝。

[6] 叠嶂：亦作“叠障”。重叠的山峰。

[7] 斗极：北斗星与北极星。《尔雅·释地》：“北戴斗极为空桐。”疏：“斗，北斗也。极者，中宫天极星。其一明者，泰一之常居也。以其居天之中，故谓之极；极，中也。北斗拱极，故云斗极。”《淮南子·齐

俗》："夫乘舟而惑者，不知东西，见斗极则寤矣。"宵阑：天亮。

【解析】

这是一首七言律诗。首联总写崆峒之气象。颔联写寺院禅堂之景，人与自然的和谐显露一斑。颈联描写崆峒山峰之特征，以小衬大，体现崆峒物产之富饶。尾联叙写在如此美景之中，可以畅饮至宵阑。

西度行边望崆峒（二首）

（明）傅振商[1]

其一

西征远色接湟中[2]，旌旆联翩逐塞鸿[3]。
频自投钱临渭水，更谁倚剑向崆峒。
铙歌拟度三边曲[4]，羌笛行吹万里风[5]。
溽暑任教催白发[6]，不妨鹤影映花骢。

【注释】

［1］傅振商（生卒年不详）：字君雨，汝阳（今河南汝南）人。万历年间（1573—1619）进士。选庶吉士，改御史。崇祯时曾任兵部尚书。著有《杜诗分类》《古论元著》《辑玉录》《蜀藻幽胜集》《四家诗选》。旧志录存游览崆峒诗作。

［2］湟中：地区名。在青海省东北部，湟水流经其中，故名。汉时为羌族所居。《后汉书·邓训传》："训乃发湟中六千人。"又有湟中城，在西宁张掖之间，汉时为小月氏所居。

［3］旌旆：旌，用旄牛尾和彩色鸟羽作竿饰的旗。旌旆为旗帜的通称。联翩：鸟飞貌。《文选》陆机《文赋》："浮藻联翩，若翰鸟缨缴而坠曾云之峻。"李周翰注："联翩，鸟飞貌。"

［4］铙歌：军乐，又谓之骑吹。行军时，马上奏之，通谓之鼓吹。汉制，大驾出行，所列鼓吹为短箫铙歌之乐，亦即此歌。其曲有《朱鹭》《思悲翁》《艾如张》《上之回》《雍离》《战城南》《巫山高》《上陵》《将进酒》《君马黄》《芳树》《有所思》《雉子班》《圣人出》《上邪》

《临高台》《远如期》《石留》《务成》《玄云》《黄雀行》《钓竿》等二十二曲，多序战阵之事。《务成》《玄云》《黄雀行》《钓竿》四曲已亡佚，今存十八曲。三边：汉代幽并凉三州，其地都在边疆。《后汉书·鲜卑传》："灵帝立，幽、并、凉三州缘边诸郡无岁不被鲜卑寇抄，杀略不可胜数。"后泛指边疆。

［5］羌笛：乐器，原出古羌族。汉·应劭《风俗通六·笛》："武帝时丘仲所作也。笛者，涤也；所以荡涤邪秽，纳之于雅正也……其后又有羌笛。马融《（长）笛赋》曰：'近世双笛从羌起。'"其制长二尺四寸，《说文》以为三孔，《长笛赋》以为四孔。

［6］溽暑：盛夏湿热的气候。《礼·月令》："土润溽暑，大雨时行。"

【解析】

这是一首七言律诗。首联叙写作者出塞西征之情形。颔联叙写在渭水滨联想到崆峒，并表达向往之情。颈联仍写边塞之特征，军乐夹杂边声，令人产生无限遐思。尾联用对比的手法写边塞酷暑之难熬，但有鹤影相伴便可销忧。

其二

岚光如黛倚天横[1]，满目烟云捧太清[2]。
峰卷萧关严锁钥[3]，险传佛峡壮金城[4]。
栖霞不散真人气[5]，控虏空思涿鹿兵[6]。
拟向轩皇问战略，好从绝塞试长缨[7]。

【注释】

［1］黛：青黑色的颜料，古代女子用以画眉。亦指青黑色。

［2］烟云：烟霭云雾。

［3］锁钥：喻军事重镇，出入要道。

［4］金城：言城之坚，如金铸成。《韩非子·用人》："不谨萧蔷之患，而固金城于远境。"

［5］栖霞：山上多桃花，花开灿烂如霞。真人：道家称存养本性的

得道之人。《庄子·大宗师》："且有真人而后有真知。何谓真人？古之真人，不逆寡，不雄成，不谟士。"道教相沿称所谓修真得道者为真人。历代王朝以真人作道士的称号。如唐玄宗称庄子为南华真人、列子为冲虚真人；元太祖封丘处机为长春真人等。

［6］涿鹿：古山名。在今河北涿鹿县东南。《史记·五帝本纪》载黄帝与蚩尤战于涿鹿之野，被诸侯尊为天子。

［7］绝塞：极远的边塞地区。长缨：指捕缚敌人的长绳。

【解析】

这是一首七言律诗。首联烘托渲染崆峒山之烟霭。颔联写崆峒山关隘之险。颈联写虽然个人可以修得真人之气，但要驰骋疆场为国杀敌，还得拥有军队。尾联拟向黄帝问得战略，表达出塞立功的雄心壮志。这首诗主要借崆峒之景、涿鹿之事抒发自己报国立功的志向。

元鹤行

（明）乔世宁[1]

我闻崆峒山，上有古仙庭[2]。
中有元鹤栖洞冥，时复乘风游太清。
元鹤饥食玉田禾，渴饮甘露精[3]。
千岁色始元，天地同长生。
我思元鹤不可见，侧望崆峒只长叹。
君上崆峒问道台，天风忽送元鹤来。
举手招元鹤，划然天宇开[4]。
四海一杯水，五岳等浮埃[5]。
此时意兴超八极[6]，下视人间何有哉。
自谓生平此奇遇，胡不即跨元鹤去。
来往蓬邱渺烟雾[7]，日与群仙共嬉豫[8]。
胡为日暮空归来，回首元鹤复何处。
我亦十年慕广成，白云常系帝乡情[9]。
闻此令予意超忽[10]，若有烟霞平地生。
又若毛羽使身轻。
宛坐仙台上，逍遥指玉京。
元鹤冉冉来相迎，上有羽盖下云軿[11]。
见此元鹤羽盖与云軿，与君同赋升天行。

【注释】

［1］乔世宁（1503—1563）：字景叔，耀州（今陕西铜川）人。嘉

靖四年（1525）乡试解元，嘉靖十七年（1538）进士。年轻时曾读书于三石山（今大香山），因字号三石山人。初授南京户部广西司主事，后任福建司员外郎、贵州司郎中、四川佥事、湖广督学。耀县群众至今称他为乔学台，即指此职。一生居官办事公正廉明、不徇私情，凡他所选拔士子官员均有真才实学，人皆叹服其公正正直。累官至河南参政、四川按察使。后以丁忧回乡，潜心文史，著书立说，终老于家。编纂了《耀州志》《五台山志》，著有文集《丘隅集》。

［2］仙庭：仙人住所，仙境。

［3］甘露：甘美的雨露。《老子》：“天地相合，以降甘露。”《管子·小匡》：“时雨甘露不降，飘风暴雨数臻，五谷不蕃，六畜不育。”按古人迷信，以降甘露为太平之瑞兆。汉宣帝元康元年（前65）甘露降未央宫。

［4］天宇：天空。

［5］浮埃：附着在物体表面的尘土。

［6］八极：八方极远的地方。

［7］蓬邱：即蓬莱。《海内十洲记》：“蓬邱，蓬莱山是也。对东海之东北岸，周回五千里，外别有海绕山。圆海水正黑，而谓之冥海也。”

［8］嬉豫：嬉戏、娱乐。

［9］帝乡：天宫；仙乡。《庄子·天地》：“千岁厌世，去而上仙；乘彼白云，至于帝乡。”

［10］超忽：惆怅；迷惘。超，通“惆”。

［11］軿（píng）：有帷盖的车。

【解析】

这是一首自题乐府诗。全诗可分为三部分。第一部分从开头到“侧望崆峒只长叹”，通过想象描写作者听说的元鹤特征及其生活习性。第二部分从“君上崆峒问道台”到“回首元鹤复何处”，通过想象并用夸张手法描写他所见元鹤何等高妙、超俗，从而期望能乘元鹤飞升，与群仙嬉戏。第三部分从“我亦十年慕广成”到结尾，抒发自己企羡神仙之道已久，渴望与元鹤一同升天成仙。

北　台

（明）朱沧屿[1]

两溪通径杳，独木行岩稜[2]。路险身难度，山高屐畏登。
龙吟时作雨[3]，萤晃夜疑灯。为慕禅林静[4]，攀援礼大乘[5]。

【注释】

［1］作者生平事迹不详。

［2］岩稜：亦作“嵚稜”。形容骨骼突出多棱角。宋·彭乘《续墨客挥犀·丹青为业》：“默乃苏子美之甥也。子美作自咏诗云：‘铁面苍髯骨有稜，世间儿女见须惊。’默亦嵚稜多髭，类其舅云。”

［3］龙吟：龙鸣。亦指大声吟啸。《文选》张衡《归田赋》：“尔乃龙吟方泽，虎啸山丘。”李善注：“言已从容吟啸，类乎龙虎……《淮南子》曰：龙吟而景云至，虎啸而谷风臻。”《易·乾》“云从龙”唐·孔颖达疏：“龙是水畜，云是水气，故龙吟则景云出。”

［4］禅林：指寺院。僧徒聚居之处。北周·庾信《陕州弘农郡五张寺经藏碑》：“春园柳路，变入禅林；蚕月桑津，回成定水。”倪璠注：“言本住宅，改为佛寺。”

［5］大乘：佛教名词。对小乘而言。梵语摩诃衍，摩诃义为大，衍义为乘，乘车运载的意思。佛教认为，开一切智、尽未来际众生化益之教为大乘。比喻修行法门为乘大车，故名。《法华经·譬喻品》：“若有众生，从佛世尊闻法信受，勤修精进；求一切智，佛智、自然智、无师智、如来智见，力无所畏；愍念安乐无量众生，利益天人，度脱一切，是名大乘。”按释迦牟尼佛在世时，曾说过大、小乘法门。佛教初传播小乘，

后来马鸣著《大乘起信论》，始发展大乘教义。

【解析】

这是一首五言律诗。前三联均写景。首联写两溪之上所架独木桥，暗含道路之艰险。颔联直写登山道路之险。颈联写山中夜雨之景。尾联抒发对佛教空灵、寂静之境的向往之情。

西　台

（明）朱沧屿

冒险陟崔巍[1]，残花照碧苔。路通元武院[2]，雾锁广成台[3]。

石径松阴合，林峦烟雨开。俯躬看鸟道，身在白云隗[4]。

【注释】

［1］崔巍：高峻貌。

［2］元武院：元武，即玄武、真武。此指真武殿所在院落。真武殿，亦称无量祖师殿。为皇城主殿。北宋乾德年间（963—967）修建。元代改崇佛阁奉祀释迦佛。明代嘉靖年间韩王夫人郭氏捐资，命遣内散官马英祈许，将大殿扩建为5楹，建筑面积约200平方米，殿顶覆盖铁瓦，望之如金台玉阙。殿内正中设高1.5米、长宽各6米神龛，奉祀彩塑金身真武帝君坐像1尊。龛台正中设置铜铸玄武，左右彩塑周公桃花站像各1尊。龛台左右侧下方各塑龟蛇化身站像1尊。殿内左右彩塑四大灵官站殿神。韩藩太妃捐资铸造铜鼎1尊设其前，襄陵王朱璟洸奉献直径1米多铜背光镜1面镶于真武帝君后背。清康熙初年王辅臣应吴三桂兵变据平凉占崆峒，殿庑毁坏严重，十五年（1676），龙门洞道士苗清阳前来住持募化重修，一应皆新，唯撤去殿顶铁瓦。是全山保护最完整的建筑，1982年被列为县级文物保护单位。

［3］广成台：小北台西侧沟谷间有广成丹穴，洞口高3米、宽1.7米，入内渐狭，深13米，洞口有平台。明代赵时春游山记曰："塔后下数仞为丹穴，丹窦泐圮，余昔游焉，思之悚神。"

［4］隗：高峻貌。

【解析】

这是一首五言律诗。首联第一句写西台之高，第二句写时令在春末夏初。颔联写登西台所望之人文景观。颈联写自然景观。尾联照应首联仍写崆峒之高。

登崆峒

（明）朱渭溪[1]

欲识崆峒路，微茫树色分[2]。悬崖吞绿水，峭壁依青云。

石洞张萝幌[3]，苔阶拥籀文[4]。登临饶咏兴，不让鲍参军[5]。

【注释】

［1］作者生平事迹不详。

［2］微茫：亦作“微芒”。隐秘暗昧；隐约模糊。

［3］萝幌：藤萝帷幔。

［4］籀文：我国古代书体之一。即大篆。以著录于《史籀篇》，故称籀文。通行于战国秦，与篆文近似。《说文解字》中标明籀文者有二百二十五字，皆与小篆异体。

［5］鲍参军：即鲍照（414—466）。字明远。南朝宋东海人。工诗文。临川王刘义庆爱其才，任为国侍郎。临海王刘子顼镇荆州，为前军参军，掌书记。世号鲍参军。江陵乱，死于乱军中。妹令晖，亦工文辞。鲍照诗文辞赡逸遒丽，以七言歌行为长。南朝齐·虞炎编为《鲍氏集》，传于后世。

【解析】

这是一首五言律诗。前三联写景，由远及近。首联写远望崆峒微茫之色。颔联写流水行云，悬崖峭壁，一低一高，错落有致。颈联写近景，萝幌遮蔽石洞，苔阶微露籀文之迹。尾联写登临之兴，用诗吟咏，俊逸之气，不亚于鲍照。

登崆峒

（明）朱谟靖[1]

巀嶪孤峰迥[2]，松风远近闻。攀崖行倚仗，振袂袖翻云[3]。
幽涧鸣泉冷，晴岩薄暮曛。留题多大雅，无计剥苔文。

【注释】

［1］作者生平事迹不详。

［2］巀嶪（jiéyè）：高耸。宋·范成大《吴船录》卷上："入寺侧，出石磴半余里，有三石峰，平正如高楼巍阙，巀嶪奇伟，不可名状。"

［3］振袂：挥动衣袖。《仪礼·聘礼》："公东南乡，外拂几三；卒，振袂中摄之，进西乡。"胡培翚正义引敖氏曰："振袂，去尘也。"后多形容出行时的动作。

【解析】

这是一首五言律诗。首联描写崆峒高峰耸立，松风声动。颔联写振袂攀崖，领略崆峒之美景。颈联选取幽涧与晴岩，并将其特征用"冷""曛"二字形象地表现出来。尾联写文人墨客已留下较多的诗文赞美崆峒，自己不知怎样再用诗文赞赏了。

游崆峒

（明）王　道[1]

此地秦山郡，崆峒自古灵。崖松撑晓日，岩石伴垂星。
远水飞琼带[2]，层峰拥翠屏。登临题不尽，图画费丹青[3]。

【注释】

［1］王道（生卒年不详）：武城（今属山东）人。正德年间（1506—1521）进士。官至吏部右侍郎。著有《易诗书大学忆》。

［2］琼带：水珠像琼玉飘带一样。

［3］丹青：丹砂和青雘，两种可制颜料的矿石。《管子·小称》："丹青在山，民知而取之。"汉·司马相如《子虚赋》："其土则丹青赭垩。"注："丹沙，今之朱沙也；青雘，今之空青也。"泛指绘画用的颜色。后指绘画艺术。

【解析】

这是一首五言律诗。首联写崆峒地理位置及年代之久远。中间两联写登崆峒所见之景，犹如一幅山水画。尾联慨叹崆峒之美景，诗文写不尽，图画画不足。

北崖丹窦

（明）李应奇[1]

丹窦无人往[2]，孤桥与世分。峰高夕断日，溪静暮吞云。

飞鸟旋林集，啼猿入座闻。空岩聊一憩，默诵抱和文[3]。

【注释】

［1］李应奇（生卒年不详）：字鹤崖，平凉人。官延州、庆州知州。万历十三年（1585）编纂成第一部《崆峒山志》，置分野、建革、疆域、形胜、田赋、仙迹、题咏，共七目，今佚。

［2］丹窦：红色的岩洞。亦指修仙的洞府。

［3］抱和文：指《道德经》。唐·杜光庭《道德真经广圣义》卷三一“知常曰明”注：“守和知常曰明了。”疏：“人能知真常之行而保精爱气者是曰明达了悟之人。知和知常，叹同德之美；益生使气，举失道之过。”义曰：“既备五常，是谓和矣。复知其和，不可斯须离而常行之。斯谓于道益明，于理益达。理国以和为常，加以明达，所谓合天地之德，齐日月之华矣。和御物，物无不顺。以和从道，道无不成。太上《五厨经》曰：‘和乃无不和，玄理同玄际，抱和守常，道可异也。’”

【解析】

这是一首五言律诗。首联写丹窦之孤寂，与世隔绝，突出一“无”字。中间两联写景，动中有静，以动衬静。尾联照应首联，在这样一个空寂的境界中，最适合默诵《道德经》，突出一“空”字。

朝阳洞[1]

（明）李应奇

直上香山绝顶时，万山罗列一峰奇。
横斜石径穿云入，高下林峦绕洞欹。
空谷白驹留迹处[2]，高冈丹凤听音斯[3]。
登临不尽幽人意[4]，欲傍云崖结草庐[5]。

【注释】

［1］朝阳洞：在狮子岭面东峭壁下，距沟底百余米处。洞呈敞口状，高约 7 米，深约 5 米，口宽约 10 米，开阔明朗，以朝阳早到而名。相传为道士修炼栖居之所，今存民国年间彩塑释迦佛像 1 尊。

［2］白驹：白马。《诗经·小雅·白驹》："皎皎白驹，食我场苗。"《诗序》谓大夫刺宣王不能用贤而作。《春秋穀梁传》晋·范宁《序》："君子之路塞，则白驹之诗赋。"

［3］丹凤：头和翅膀上的羽毛为红色的凤鸟。《禽经》"鸾"，晋·张华注："首翼赤曰丹凤。"

［4］幽人：隐士。《周易·履卦》："履道坦坦，幽人贞吉。"

［5］云崖：高峻的山崖。草庐：结草为庐，隐者所居。

【解析】

这是一首七言律诗。首联写香山绝顶的出众、奇特。中间两联写朝阳洞周围的景色，颔联实写石径和林峦，颈联虚写空谷和高冈。尾联写短暂的登临并不能体验隐士的意趣，因此想在云崖营造草庐永久地住下感受洞中之幽境。

登崆峒

（明）曹维新[1]

十年乡梦入崆峒，今始登临到梵宫。
仙境久知悬物表[2]，尘心犹自混寰中[3]。
千峰雪色迷丹嶂，万壑松声度晚风。
登眺未能酬素抱[4]，那堪行骑又匆匆。

【注释】

［1］作者生平事迹不详，张伯魁《崆峒山志》载为郎中，郡人，珠峰。

［2］物表：物外，世俗之外。《文选》孔稚珪《北山移文》："若其亭亭物表，皎皎霞外，芥千金而不盼，屣万乘其如脱。"张铣注："表，外也。物表、霞外，言志高远也。"

［3］寰中：宇内，天下。

［4］素抱：平素的志趣、抱负。

【解析】

这是一首七言律诗。首联叙写由梦崆峒到登崆峒的过程。颔联写自己深知世俗之外有仙境，但自己仍混迹世俗之中，无法到达。颈联写登崆峒所见之景，"迷"和"度"炼字精巧。尾联写匆匆登临，未能实现夙愿，不免有些遗憾。

问道宫

（明）孟学易[1]

林木生周匝[2]，峰峦抱古宫。清声啼鸟异[3]，幽兴道人同[4]。
日暮竹含雨，天晴鸟噪风。百年尘土梦，回首尽匆匆。

【注释】

［1］孟学易（生卒年不详）：陕西灵台（今属甘肃平凉）人，号静菴，嘉靖举人。

［2］周匝：周围。

［3］清声：清亮的声音。

［4］幽兴：微奥的旨趣。

【解析】

这是一首五言律诗。首联写问道宫周围林木丛生，峰峦拥抱。颔联写林中众鸟鸣声虽异，但宫中道人却有趋同之幽兴。颈联写日暮时分雨过天晴，鸟鸣声夹杂着风声，反衬山中之幽静。尾联慨叹一生为世俗追梦，却又匆匆而过。

登崆峒

（明）阳廷美[1]

转上崆峒日未西，无边景色对峰题。
悬崖断壑云常护，怪石乔松鹤自栖。
举目仰瞻北斗近，回头俯视华山低。
禅林一悟浮生梦，万象包罗天宇齐[2]。

【注释】

［1］作者生平事迹不详，张伯魁《崆峒山志》载为知府，平凉人。

［2］万象包罗：万象，指自然界的一切事物、景象。万象包罗即包罗万象，内容丰富，无所不包。

【解析】

这是一首七言律诗。首联叙写登上崆峒，面对无边景色作好题诗的准备。颔联具体描写山中之景，悬崖断壑、怪石乔松常有云鹤相伴。颈联夸张描写崆峒之高。尾联写对佛理和至道的体悟。

崆峒道藏歌[1]

无名氏

绿盖协晨霞[2]，清轩掷崆峒[3]。
右揖东林帝[4]，上朝太虚皇[5]。

【注释】

[1] 道藏：道家典籍的汇刻。道家书籍自东晋以来数量增多，《隋书·经籍志四》载三百七十七部，一千二百卷。宋·张君房《云笈七签》收有苏州旧道藏经本及台州赵州旧道藏经本各千余卷，此为道藏之始。《云笈七签序》记载明有正统《道藏》五千三百零五卷；万历《续道藏》一百八十一卷。道士白云霁编有《道藏目录》，分洞真、洞玄、洞神、太玄、太平、太清、正一等七部，计五千四百八十六卷。

[2] 绿盖：一片碧绿的景色。协：合，共同。

[3] 掷：投，抛。此句中应为“到达”。

[4] 东林：指庐山东林寺。唐·张乔《送僧鸾归蜀宁亲》：“高名彻西国，旧迹寄东林。”亦泛指僧寺。

[5] 太虚：宇宙。

【解析】

这是一首五言绝句。前两句写景兼叙事，朝霞照映下的崆峒被一片碧绿覆盖，作者驱车登上崆峒之巅。后两句写拜谒佛道之事。

崆峒怀古

（清）江　皋[1]

轩辕昔问道，乃在崆峒间。广成去已久，遗迹留空山。
至今一片石，崖壑穷跻攀[2]。乱峰裂云窟，老此霜雪颜。
闻有千岁鹤，时驾天风还。高盘蹑石磴，步涩青苔斑。
休暇偶一出，冻雪声潺湲。神仙不可接，已觉登陟艰。
悠然顾杖履，啸嗷知官闲[3]。

【注释】

［1］江皋（生卒年不详）：字在湄，号磊斋，安徽桐城人。顺治十八年（1661）进士，观政刑部。父病，乞养归。丧除，授瑞昌令，擢九江郡丞，寻移守巩昌。康熙二十一年（1683），知柳州府，后以宪副视学西川。官至福建布政司参政，守兴泉道，以前任事罢归。生平耽读书，好吟咏。著有古文三十卷，诗四十一集。

［2］跻：攀登，上升。

［3］啸嗷：形容长而尖的声音。

【解析】

这是一首五言古诗。前四句写黄帝向广成子问道之事，点明“怀古”之题。中间十句描写崆峒之景，因写雪景，沧桑之感尤为突出。后四句慨叹求仙之艰难。

元　关[1]

（清）朱敬聚[2]

削壁插寒云[3]，青松遍林薮[4]。扶杖下巉岩，径仄石碍肘[5]。
森森万仞壑[6]，俯视神不守。林深白日昏，地僻苍苔厚。
不为鸟道行，讵测名山有。寂历人境绝，一径逶迤久。
忽闻山犬声，始达前山口。徘徊未忍去，瞻恋一回首。
寒风吹衣裳，潇散脱尘垢[7]。愿言遗世情[8]，斯游宁予负[9]。

【注释】

［1］元关：又称飞仙阁，亦作飞仙楼。在上天梯阶步最险处，依悬岩起阁，阁下凿石成洞为通道，为登绝顶险关，为崆峒横剑封山处，一夫当关万夫莫开。太平时节，洞前悬惩恶扬善铁鞭1条。明万历庚子年（1600），由韩藩王室招募地方绅士官员出资重修，底层设石室暗道，悬空起阁，构制奇巧。

［2］朱敬聚（生卒年不详）：字质楚，号稚庵。明末清初人，韩藩后裔。隐居崆峒，以诗文自娱，教授生徒。文坛诗社宗为盟主。所授生徒中有张寿峒、王衮等考取康熙年间进士。旧志录有诗作多首。

［3］削壁：陡峭的山崖。

［4］林薮：山林和泽薮。《管子·立政》：“修火宪，敬山泽，林薮积草，天财之所出，以时禁发焉。”亦指山野隐居的地方。

［5］仄：狭窄。

［6］森森：高耸貌。

［7］潇散：洒脱，不俗。

［8］遗世：超脱尘世；避世隐居。道教谓羽化登仙。泛指去世。

［9］宁：岂，难道。

【解析】

这是一首五言古诗。前十六句写登飞仙阁途中所见之景，移步换形，遇景辄咏。后四句抒情。一番登临之后，顿有超然脱俗之感，能有这种超脱之体验，此游总算如愿以偿。

和佥宪江公登崆峒（二首）

（清）朱敬聚

其一

揽胜游方外[1]，篮舆苍翠间。名山节首驻，隔日驾言还[2]。
雪隐松声细，云深鹤梦闲。探幽宜缓步[3]，不是怯途难。

【注释】

［1］揽胜：犹揽秀，今作览胜。方外：世外。指仙境或僧道的生活环境。

［2］驾言：驾，乘车；言，语助词。语本《诗经·邶风·泉水》“驾言出游，以写我忧”。后用以指代出游，出行。

［3］探幽：探寻幽境。

【解析】

这是一首五言律诗。前四句叙事兼写景。首联写为览胜来此仙境，首先映入眼帘的是一片苍翠。颔联写因第一次达到此境，须隔日而返。颈联前句写实景，后句写梦中想象的云鹤之悠闲。尾联议论，探寻幽境，应放缓脚步，这并非畏惧登途之艰难。

其二

绝少游人到，还登第一峰。檐颓僧舍瓦[1]，院卧寺楼钟。
斸雪求灵草[2]，凌云辨古松[3]。攀髯曾望驾[4]，轩后昔乘龙[5]。

【注释】

［1］颓：下垂貌。

［2］斸（zhǔ）：掘，挖，砍，削。灵草：仙草，瑞草。《昭明文选》班固《西都赋》："于是灵草冬荣，神木丛生。"李善注："神木、灵草，为不死药也。"《文选》江淹《杂体诗·效郭璞游仙》："崦山多灵草，海滨饶奇石。"刘良注："灵草，芝草也。"

［3］凌云：直上云霄。多形容志向崇高或意气高超。

［4］攀髯：据《史记·封禅书》记载，传说黄帝铸鼎于荆山下，鼎成，有龙下迎，黄帝乘之升天，群臣后宫从上者七十余人。余小臣不得上龙身，乃持龙髯，而龙髯拔落，并堕黄帝之弓。百姓遂抱其弓与龙髯而号哭。后用为追随皇帝或哀悼皇帝去世的典故。

［5］轩后：黄帝。

【解析】

这是一首五言律诗。首联叙写第一峰，很少有游人到达。颔联写寺院之景，"颓"和"卧"运用巧妙，并用倒装句式，足见其用功之深。颈联写山中之雪景，灵芝、古松皆傲雪之景。尾联抒发怀古之情。

宿宝庆寺[1]

（清）朱敬聚

悬岩峭壁立亭亭，依旧玲珑觌翠屏[2]。
晓起润云堆滃白[3]，夜来松雨滴空青。
林峦奇秀窗中见，峡水惊涛枕上听[4]。
十载登山疑梦寐[5]，几从方外叩禅扃。

【注释】

［1］宝庆寺：在东台。旧志记作崞峒五台寺之一，唐代创建。元世祖至元九年（1272），安西王忙哥剌依王相商挺请求，召京城西域喇嘛槊里吉察思揭兀住持重建，于至元十五年（1278）秋八月落成，所有费用由安西王出资供给。建成后“为殿为堂，轮涣晕飞，金碧灿烂”。历经补葺，于民国年间存大殿和商挺撰书的创修崞峒山宝庆寺碑记碑，今废。原大殿内彩塑十大魔王逼真生动，线条流畅自然，堪称一绝。

［2］玲珑：明彻貌。《文选》扬雄《甘泉赋》：“前殿崔巍兮，和氏玲珑。”李善注引晋灼曰：“玲珑，明见貌也。”觌：显示，现出。

［3］滃：云气涌起貌。

［4］惊涛：震慑人心的波涛。

［5］梦寐：睡梦。

【解析】

这是一首七言律诗。首联写在宝庆寺所观之景，在亭亭玉立的悬崖峭壁之中，翠屏山尤为精巧。颔联写宝庆寺早景与晚景，“堆”和“滴”运用巧妙。颈联从视听二觉描写宝庆寺周围之景。尾联抒写登山览胜、求仙问道犹如梦寐的感受。

东　台

（清）张寿峒[1]

危峰千仞起[2]，若为蔽仙山。石路穷幽折[3]，尘踪那易攀[4]。
刹凌斜汉界[5]，碑记至元间[6]。忆望轩黄驾，曾经此叩关。

【注释】

［1］张寿峒（生卒年不详）：平凉人。康熙三十年（1691）进士。由翰林庶吉士授官湖南衡山知县。官至湖北荆州府同知。旧志录其诗文。

［2］千仞：形容极高极深。古以八尺为仞。

［3］幽折：幽深盘曲。

［4］尘踪：即石路。

［5］汉界：银河边。

［6］至元：元世祖忽必烈年号（1264—1294）。

【解析】

这是一首五言律诗。首联写东台之高，遮蔽群山。颔联写登山之路幽深曲折，不易攀登。颈联写东台之人文景观，“斜”字运用巧妙。尾联抒发怀古之情。

北　台

（清）张寿峒

断壁平如掌，僧居小架椽。岩空留虎迹，地僻寂人烟[1]。
点石苍苔滑，霑松宿露悬[2]。堂间灯影灭，山鬼夜谈禅[3]。

【注释】

［1］人烟：住户的炊烟。亦泛指人家。

［2］宿露：夜里的露水。

［3］山鬼：山神。

【解析】

这是一首五言律诗。首联写北台佛寺残垣断壁，僧居低矮狭小。颔联以虎迹衬托北台人烟稀少。颈联写北台自然之景，“滑”和“悬”运用巧妙。尾联再次写山寺空寂之感，以“山鬼谈禅”衬托绝少人迹。

西　台

（清）张寿峒

长夏开窗冷[1]，丛林相去遥。清风传鸟韵[2]，断霭逐香飘[3]。
松子经秋落，黄精斸雪饶[4]。闲尝窥凤岭[5]，细路譬蜂腰。

【注释】

[1] 长夏：指阴历六月。《素问·六节藏象论》：“春胜长夏。”王冰注：“所谓长夏者，六月也。”又指夏日。因其白昼较长，故称。

[2] 鸟韵：鸟的叫声像歌唱一样。

[3] 断霭：犹断雾。

[4] 黄精：草名。又名黄芝、菟竹、鹿竹、救穷草、野生姜。多年生草本。叶似竹而短，根如嫩姜，可入药。道家以为其得坤土之精粹，故名黄精。

[5] 凤岭：即凤凰岭。

【解析】

这是一首五言律诗。首联写即使长夏，山中依然清冷，皆因无限丛林，茂密蔽日之故。颔联写清风鸟韵，断霭香飘。“传”和“逐”运用巧妙。颈联写西台秋冬之景，松子与黄精皆延年益寿之药。尾联写从西台望凤凰岭，山路有如蜂腰之细。

崆峒绝顶[1]（二首）

（清）鲁　典[2]

其一

地接羊不烂[3]，连山断几何。峡偏出日少，峰峭入云多。
劲翮危难度[4]，激流咽不过[5]。年来入夏久，积云遍岩阿[6]。

【注释】

［1］绝顶：亦称大顶、金城、小马鬃山，亦作皇城、太和宫。海拔2035米，突兀高耸，摩云插天，形势险峻。面东石阶通道称上天梯，为门径。西倚笄头香山，如花屏映衬。北有舍身崖，如垂出之左臂；南连雷声峰，如舒出之右臂。峰谷交错，诸台环绕，似莲叶托花，更显峻秀。北宋时创建有真武殿，元代改奉佛祖。明代劈山筑墙，修建宫观道院及官厅，成为一宏伟建筑群落，至今修复保留的有真武殿、献殿、玉皇殿、太和楼、药王殿、老君楼、灵官洞、“峻极于天”木坊门。为信教徒众必至之处。游览及此如置身霄汉，山川美景尽收。

［2］鲁典（生卒年不详）：明末清初庄浪（今甘肃庄浪县）人。系明成化年间庄浪卫指挥同知鲁鉴后裔。世袭土司。清顺治九年（1652）、十八年（1661）两任庄浪城守营参将。游览崆峒，题诗录存旧志。

［3］羊不烂：即羊不烂山。在猴子沟西侧。山麓一巨石中凹，传为煮羊锅，又有石槽，均有传说故事。西南处山岩裸露，有红、赭、兰、灰、黄色，层次分明，为典型的丹霞地貌。俗称花花崖。

［4］劲翮：矫健的翅膀，借指猛禽。《昭明文选》张协《七命》：“剪刚豪，落劲翮。”张铣注：“刚豪，兽也；劲翮，鸟也。”比喻勇力。

唐·杜甫《八哀诗·赠司空王公思礼》:“司空出东夷,童稚刷劲翮。”仇兆鳌注:“劲翮,比其勇力也。”

[5] 激流:阻遏水流使之腾涌。

[6] 积云:云的一种。云体垂直向上发展,顶部呈圆弧形,底部呈水平状。按云体发展的强弱,可分为淡积云、中积云和浓积云。浓积云多见降雨。岩阿:山的曲折处。

【解析】

这是一首五言律诗。首联写绝顶之地理位置,周围山峰相连,没有断绝。颔联用“日少云多”形容绝顶之高峻。颈联夸张描写绝顶之险。尾联写入夏绝顶之云景。

其二

凌空孤嶂摩晴晖[1],积雪横岩霭翠微。
刹逼危峰常碍日,松穿短罅竞迎扉[2]。
悬崖溜滑石偏瘦,绝壑春寒鸟不飞。
呼吸已应通帝座[3],香烟无邪拂人衣。

【注释】

[1] 凌空:即凌空塔。孤嶂:孤立的高山。摩:迫近,接近。晴晖:晴朗的日光。

[2] 罅:同“罅”,裂缝。

[3] 帝座:帝王的座位。

【解析】

这是一首七言律诗。首联写绝顶孤峰及凌空塔之高,翠微之中仍含积雪。颔联写宝刹建筑之奇与山中松树生长之奇。颈联用“石偏瘦”和“鸟不飞”衬托春寒。尾联照应首联仍写绝顶之高,并写宝刹香烟缭绕之景。

望崆峒

（清）郭朝祚[1]

仆仆王程落照中[2]，远从天际见崆峒。
乱云莫辨归来鹤，古本深藏问道宫。
东抗终南分地轴，西凌青海起天风。
行行回首黄尘隔[3]，惆怅青衫白发翁[4]。

【注释】

［1］郭朝祚（生卒年不详）：号硕斋，长洲（今江苏苏州）人。历仕清代康、雍、乾三朝，官至国子监祭酒，建树颇丰。

［2］王程：奉公命差遣的行程。

［3］黄尘：比喻俗世，尘世。

［4］青衫：泛指官职卑微。

【解析】

这是一首七言律诗。首联写作者在公务途中，傍晚时分到达崆峒。颔联写因为傍晚乱云与众鸟齐飞，无法分辨有无元鹤，并想象深奥的道家典籍应该藏于问道宫之中。颈联写崆峒所处地理位置。尾联抒发俗世与仙界之隔，惆怅年华之易老。

题崆峒

（清）钟玉秀[1]

缓步涉崇绿[2]，湮源销不开[3]。岚光呈五色[4]，叶影接三台。

玄鹤翔天舞，黄龙待月回[5]。登临一极目，大地尽蓬莱。

【注释】

［1］作者生平事迹不详。

［2］崇：重叠。

［3］湮（yān）源：清·王念孙《读书杂记·文选》“乃湮洪塞源”：“塞字后人所加，‘湮洪源’者，湮，塞也。”“湮洪塞源”出自《文选》司马相如《难蜀父老》。

［4］五色：青、赤、白、黑、黄五种颜色。古代以此五者为正色。《尚书·益稷》：“以五采彰施于五色，作服，汝明。”孙星衍疏：“五色，东方谓之青，南方谓之赤，西方谓之白，北方谓之黑，天谓之玄，地谓之黄，玄出于黑，故六者有黄无玄为五也。”泛指各种颜色。《老子》：“五色令人目盲，五音令人耳聋，五味令人口爽。”

［5］黄龙：古代传说中的动物名。谶纬家以为是帝王之瑞征。《吕氏春秋·知分》：“禹南省，方济乎江，黄龙负舟。”唐·杜甫《秋日荆南述怀三十韵》：“赤雀翻然至，黄龙岂假媒。”仇兆鳌注：“《尚书中候》：‘舜沉璧于河，荣光休至，黄龙负卷舒图，出入坛畔。’”因以指真命天子。

【解析】

这是一首五言律诗。首联写渡过重重绿水，来到崆峒览胜。颔联写崆峒烟霭与植物。颈联虚写玄鹤与黄龙。尾联写登上崆峒极目远眺，广阔无垠的大地尽是蓬莱仙境。

望崆峒

（清）张　炜[1]

胜地游常阻，遥岑望欲分。涧松春自老，岩鹤若为群。

林暗疑藏雨，峰危不驻云[2]。孤霞天际落，夕霭碧氤氲。

【注释】

［1］张炜（1625—?）：字旭伯，号青柯居士。明末清初平凉人。自幼博览群书，崇祯末年举选贡，适逢战乱，遂弃功名，居陕西华县青柯坪，故以为号。力致诗文，名重一时。清康熙初年受聘撰修《陕西通志》，“备述西京文物，深得有识之士赞许”。炜喜游览名山胜迹，北至燕赵，南徙淮泗，东登岱宗。情随景生，赋诗见志。晚年归里，辟苑于崆峒山下，于躬耕中自得其乐，有诗词录入《泾上遗编》。旧志存录炜诗，山中散存炜题书碑刻。

［2］驻云：使云停留不行。形容歌声响亮，音乐美妙。

【解析】

这是一首五言律诗。首联写遥岑远目，望崆峒之景。颔联想象崆峒之景，涧松与岩鹤，一低一高，层次错落。颈联写远望崆峒林木幽暗，山峰危耸。尾联写山间云霞与烟霭，仙灵之气蕴含其中。

登崆峒

（清）张　炜

太华西去最高岑，万仞冈头独振襟。
眼底有山只培塿[1]，世间无物不浮沉。
林繁岂掩青松色，鹤老常悬碧汉心[2]。
寄语后来登眺者，谁呼帝座一狂吟[3]。

【注释】

［1］培塿：本作“部娄”。小土丘。《左传·襄公二十四年》：“部娄无松柏。”杜预注：“部娄，小阜。”汉·应劭《风俗通·山泽·培》引《左传》作“培塿”。

［2］碧汉：银河，亦指青天。

［3］狂吟：纵情吟咏。

【解析】

这是一首七言律诗。首联写崆峒之高仅次于太华，独自振襟俯瞰众山之小。颔联以众山为培塿，衬托崆峒之高。并联想到世间万物都有高低起伏的变化。颈联写青松之本色不会被繁茂的林木所遮蔽，鹤虽老但不改变其本心。尾联把自己登临之感受分享于后来登临者，面对如此美景，应纵情狂吟。

宿问道宫题濯虚道人坐团[1]

（清）张　炜

风满高楼月满梁，松声遥引涧声长。

山中习静无余物[2]，一卷黄庭一缕香。

【注释】

[1] 坐团：在蒲团上打坐修炼。

[2] 习静：亦作“习靖”。靖、静古通。谓习养静寂的心性。亦指过幽静生活。

【解析】

这是一首五言绝句。前两句通过声音描写衬托山中之寂静。后两句写道人坐团诵经的情形。

题崆峒

（清）尹廷弼[1]

特上峒巅听鹤鸣，云埋何际唳清声。
危楼横放千秋眼[2]，禅榻安栖一粒身[3]。
水静雨花分茗味，天空橡子落秋坪。
成功拟拂归来袖，河伯山灵作证盟[4]。

【注释】

［1］尹廷弼（生卒年不详）：平凉人，岁贡生。授文县训导（《甘肃通志》）。

［2］千秋：千年。形容岁月长久。

［3］禅榻：禅床。

［4］河伯：传说中的河神。《庄子・秋水》："于是焉，河伯欣然自喜，以天下之美为尽在己。"陆德明释文："河伯姓冯，名夷，一名冰夷，一名冯迟……一云姓吕，名公子；冯夷是公子之妻。"南朝宋・鲍照《望水》："河伯自矜大，海若沉渺莽。"明・胡侍《真珠船・冯夷》："张衡《思玄赋》：'号冯夷俾清津兮，棹龙舟以济予。'李善注引《清泠传》曰：'河伯姓冯氏，名夷，浴于河中而溺死，是为河伯。'太公《金匮》曰：'河伯姓冯名修。'……《后汉・张衡传》注引《圣贤冢墓记》曰：'冯夷者，弘农华阴潼乡堤首里人，服八石，得水仙为河伯。'又《龙鱼河图》曰：'河伯姓吕，名公子，夫人姓冯名夷。'唐碑有《河侯新祠颂》，秦宗撰文曰：'河伯姓冯名夷，字公子。'数说不同。"

【解析】

这是一首七言律诗。首联叙写登上崆峒是为了听鹤鸣之声，但由于云雾厚重，未能如愿。颔联写崆峒寺院之景，前句写山中寺院建筑之高，后句写寺院之静谧。颈联禅意甚浓，在静谧之中品茗悟道，悠然自得。尾联写发愿功成之后，定当归来隐居，山中神灵可以作证。

宿雷声峰[1]

（清）胡大定[2]

道岸高如许[3]，何由一径通。灯悬千嶂月[4]，钟度五台风。
听法还应难，谈经岂落空。相期招隐处，定有桂花丛。

【注释】

［1］雷声峰：又作雷神峰，在小马鬃山前东南折曲而下，如主峰舒出之右臂。左右皆深谷，顶纯石如鱼脊。阵雨起时，雷鸣风狂，夺人心魄而得名。宋代始于峰巅凿石建殿数重，有雷祖殿。通插香台、棋盘岭。过狐仙桥通南崖宫、上天梯。

［2］胡大定（生卒年不详）：明末清初平凉人，廷佐子。清顺治十一年（1654）中举，十五年（1658）进士。任淮徐兵备道，迁登州知州，擢兵部员外郎。旧志存录游崆峒诗作多首。

［3］如许：像这样。《后汉书·方术传下·左慈》："忽有一老羝屈前两膝，人立而言曰：'遽如许。'"李贤注："言何处遽如许为事。"

［4］千嶂：形容山峰之多。

【解析】

这是一首五言律诗。前四句写雷声峰之景，首联写雷声峰之高，只有一条通山之路。颔联从视听两方面写雷声峰人文之景。后四句抒情，一抑一扬，抒发只要诚心悟道，定有收获。

招鹤堂晤传庵和尚[1]

（清）胡大定

清晨曳履一登台[2]，云白山青翠作堆。
拂槛烟霞招鹤住，飞空楼阁候龙来。
法参临济心元净[3]，路入庐峰眼倍开。
如此风光留且去，落花啼鸟恐疑猜。

【注释】

［1］招鹤堂：在中台北下方百米处转轮岗上。岗上旧有茅庵祀弥勒佛，清康熙三十九年（1700），整饬分巡陕西平庆盐法道按察副使李经政游山，于此见玄鹤翱翔，遂出资由僧人传庵住持，将弥勒殿扩建为面南菩萨大殿5楹，建坐东弥陀殿3楹，坐西文昌殿3楹，于东侧掘池蓄水称浴鹤泉，总称招鹤堂。又购置耕地230亩，以田租为香火供奉之资。院内有紫果云杉（俗称孔雀柏）1株。清同治兵燹，寺废泉湮。光绪十八年（1892），道士彭元发前来住持修复面北大殿。民国时期，道士杨永龄经营20多年，于1937年将正殿改建为三清殿，恢复坐西文昌殿，增建武圣宫，在院东建客厨库房30余间，整修山门，共花费银洋五百余元。名人游山多题字作画或留宿于此。1985年后渐次倾圮，所藏书画文物散失殆尽。1984年朱明募资修建坐西土木房4间。1988年崆峒乡民朱天宝出资新建坐南砖木厢房5间。

［2］曳履：拖着鞋子。形容闲暇、从容。

［3］临济：即临济宗。佛教南宗禅宗五宗（沩仰、临济、曹洞、云门、法眼）之一。源出六祖曹溪慧能，下传怀让（南岳）、马祖、百丈、黄蘗，至临济玄义禅师。玄义住镇州滹沱河侧临济院，为该派之祖，故

名临济宗。禅风痛快峻烈，以“棒喝”著称。临济下传六世至楚圆禅师，其门下有黄龙慧南、杨歧方会，二禅师又创杨歧黄龙二派，其教特盛。禅宗五家合此二派，称为五家七宗。

【解析】

这是一首七言律诗。首联叙事兼写景，叙写清晨登上中台，翠绿的青山白云缭绕。颔联以虚实相映之手法写招鹤堂烟霭之景。颈联写对佛法的参悟。尾联写对招鹤堂风光的流连忘返之情。

招鹤堂用壁间韵（二首）

（清）胡大定

其一

自顾须眉不似吾[1]，忽惊落日满平芜。
同看卓锡山头水[2]，握手溪边入画图。

【注释】

［1］须眉：胡须与眉毛。《韩非子·观行》："目失镜则无以正须眉，身失道则无以知迷惑。"也指男子。古时以男子之美在须眉，故以须眉称男子。

［2］卓锡：卓，植立；锡，锡杖，僧人外出所用。因谓僧人居留为卓锡。

【解析】

这是一首七言绝句。前两句写作者的多情，被平芜落日所触动。后两句写招鹤堂风景之美，有如画图。

其二

招鹤堂前望帝宫[1]，诸天尽在白云中。
此行不为传灯录[2]，谁向山头叩远公[3]。

【注释】

［1］帝宫：即问道宫。

［2］传灯录：《景德传灯录》的省称。宋·释道原撰，三十卷。刊行于景德年间。灯能照暗，以法传人，如同传灯，故以为名。书中专记佛教禅宗各家语录，自七佛以下，凡五十二世，一千七百零一人，附有语录者九百五十一人。

［3］远公：晋高僧慧远，居庐山东林寺，世人称为远公。

【解析】

这是一首七言绝句。第一句实写问道宫，第二句虚写白云中之诸天。后两句写此山之行的目的是追求佛法。

拟制军[1]题崆峒

（清）胡大定

遥望峒山仟浊泾[2]，曾经帝辇访仙灵[3]。
诸峰气夺重关紫[4]，绝顶光分太华青。
苍壁盘空松百尺[5]，丹崖栖老鹤千龄。
临风若问修真地，一朵芙蓉列翠屏。

【注释】

［1］制军：明清时总督的别称。

［2］仟：同“阡”，阡陌。

［3］帝辇：天帝或皇帝之车。

［4］重关：谓重深的关塞。

［5］盘空：绕空；凌空。

【解析】

这是一首七言律诗。首联由远望崆峒联想到泾渭清浊之辨和黄帝问道之事。颔联写崆峒山之气势，气夺重关，光分太华。颈联写崆峒自然景观，色彩对比鲜明，运用倒装句式，用词精巧。尾联夸赞崆峒山的确是修真之宝地，悟道之仙山。

游崆峒

（清）张水苍[1]

境内名山久莫攀，同游此日吏人闲[2]。
披云曲磴云林仄[3]，待月危峰月石顽。
半览诸峰通帝座，空疑老鹤守禅关[4]。
新诗不尽清琴意[5]，晓起峰巅问道还。

【注释】

［1］作者生平事迹不详，张伯魁《崆峒山志》载为邑令。

［2］吏人：指官府中的胥吏或差役。《左传·襄公三十一年》："敝邑以政刑之不修，寇盗充斥……是以令吏人完客所馆，高其闬闳，厚其墙垣，以无忧客使。"泛指当官的人。

［3］云林：隐居之所。

［4］禅关：禅门。

［5］清琴：音调清雅的琴。

【解析】

这是一首七言律诗。首联写作者借公务闲暇之际来登临崆峒名山。颔联写登山过程中所见崆峒之景，突出描写崆峒之高峻。颈联写崆峒之人文景观，相信真有元鹤持守禅关。尾联写用新诗无法表达清幽闲适之情，还得好好参禅修道，感悟自然。

和游崆峒元韵

（清）梁联馨[1]

黄帝龙髯不可攀，空山夕照暮云闲。
曾闻炼鼎金能化，无奈衔觞我作顽。
戏谑何尝妨性理[2]，淡忘宁待叩禅关。
广成说有长生诀，不见凭虚跨鹤还[3]。

【注释】

［1］梁联馨（生卒年不详）：平凉人。康熙三十年（1691）进士。由内阁中书升兵部员外郎。今存游崆峒诗作。

［2］戏谑：以诙谐的话取笑，开玩笑。

［3］凭虚：凌空。

【解析】

这是一首七言律诗。首联写黄帝飞升，不可追攀，唯有崆峒空山夕照闲适之景，可以尽情领略。颔联写曾经听说炼丹炉连黄金都能融化，而自己却顽固不化。颈联写戏谑并不妨害性理，对世俗的淡忘有待于对禅机的参悟。尾联写对长生之术的企羡。

赠刘濯虚羽士[1]

（清）梁联馨

半白巅毛木瘿冠[2]，衲衣坐补夕阳残。
有时涧石因饥煮，无日山云不饱看。
世上风尘一枕梦，炉中离坎九还丹[3]。
能闲便是神仙诀，愧我劳劳行路难[4]。

【注释】

[1] 羽士：道士的别称。宋·蔡绦《铁围山丛谈》卷三：“政和以后，道家者流始盛，羽士因援江南故事，林灵素等多赐号‘金门羽客’。”

[2] 木瘿：树木外部隆起的瘤状物。可因其天然形状，雕刻成用具或工艺品。

[3] 离坎：八卦中的离卦和坎卦。离，代表火。又为六十四卦之一，离下离上。《易·离》：“离，利贞。亨，畜牝牛吉。”《易·说卦》：“离，为火，为日，为电，为中女，为甲胄，为戈兵。其于人也，为大腹，为干卦，为鳖，为蟹，为蠃，为蚌，为龟。其于木也，为科上槁。”坎，代表水，为北方之卦。《易·习坎》：“象曰：‘习坎，重险也。’”王弼注：“坎以险为用，故特名曰重险。”孔颖达疏：“两坎相重，谓之重险。”《易·说卦》：“坎者，水也。正北方之卦也，劳卦也，万物之所归也。”九还丹：即九转丹。

[4] 劳劳：辛劳；忙碌。

【解析】

这是一首七言律诗。首联描写道士的服饰及坐补衲衣的情态。颔联写道士在山中闲适恬淡的生活。颈联写俗世犹如梦寐，唯有炼丹求仙才是真实体验。尾联慨叹道士的闲适与作者劳碌奔波的对比，流露出对炼丹求仙的向往。

和崆峒抚琴元韵

（清）曹渭阳[1]

羡君乘兴蹑青岑[2]，苏岭高人发啸音[3]。
好句争传香令调[4]，清谈宜奏醉翁吟[5]。
数声仙子松风操[6]，半夜僧斋山水临。
此日伯牙惜未接，笑予空抱子期心。

【注释】

［1］作者生平事迹不详，张伯魁《崆峒山志》载为训导，平凉人。

［2］青岑：青翠的高峰。泛指青山。

［3］高人：志行高尚的人。多指隐士、修道者。

［4］香令：晋·习凿齿《襄阳记》：“刘季和曰：‘荀令君至人家，坐处三日香。’”后以“香令”指三国魏荀彧。亦用以借指高雅才识之士。

［5］清谈：清雅的谈论。汉·刘桢《赠五官中郎将》之二：“清谈同日夕，情盼叙忧勤。”醉翁吟：即《醉翁操》，琴曲名。也称《醉翁引》。沈遵作曲，庐山道士崔闲谱声，苏轼配歌。歌中“醉翁”指欧阳修。此曲曲目见于《琴苑要录》。则全和尚曾以此曲为例，介绍宋代“调子”节奏的特点，可见《醉翁操》曾是很流行的作品。现存曲谱首见于明初《风宣玄品》。

［6］松风操：即《松风曲》。省称《松风》。

【解析】

这是一首七言律诗。首联写乘兴登上崆峒之巅，山中时时传来高人之啸声。颔联写高人们一边争相传写佳句，一边清谈赏琴。颈联写夜半仍雅兴不减，一边欣赏《松风曲》，一边欣赏《高山流水》。尾联用伯牙与子期的典故慨叹知音之难遇。

元　鹤

（清）李　瑛[1]

元鹤高飞唳碧天，一声清澈到人间。
千秋剩有仙禽在[2]，偶下青冥道已传。

【注释】

[1] 作者生平事迹不详，张伯魁《崆峒山志》载为县尉。

[2] 仙禽：指鹤。相传仙人多骑鹤，故称。语本唐·欧阳询《艺文类聚》卷九十引《相鹤经》：“鹤，阳鸟也，而游于阴，盖羽族之宗长，仙人之骐骥也。”

【解析】

这是一首七言绝句。前两句描写元鹤高飞青天，鹤鸣之声传递甚远。后两句联想元鹤从青冥来到人间传道之情形。

登山绝顶

（清）合兆元[1]

仙家以山为依据，世网尘劳免拮据[2]。
曾闻轩皇问道来，时乘六龙从天御。
赤松高隐不屈节，避之松间身箕踞[3]。
后来缙绅游览至[4]，谁到幽岩绝巘处[5]。
独我公心必探奇[6]，鸟道攀援不足虑。
琼章一帙酬名山[7]，犹觉徘徊不能去。

【注释】

[1] 作者生平事迹不详，张伯魁《崆峒山志》载为训导，号雨村，平凉人。

[2] 世网：比喻社会上法律、礼教、风俗等对人的束缚。尘劳：佛教徒谓世俗事务的烦恼。也泛指事务劳累。拮据：本指鸟之筑巢，口足劳苦。《诗经·豳风·鸱鸮》："予手拮据。"《传》："拮据，撠挶也。"《笺》引《韩诗》云："口足为事曰拮据。"后以喻艰难困顿，或境况窘迫。唐·杜甫《秋日荆南送石首薛明府》："文物陪巡狩，亲贤病拮据。"《笺》："谓皇子流离多辛苦也。"

[3] 箕踞：《庄子·至乐》："庄子妻死，惠子吊之，庄子则方箕踞鼓盆而歌。"古时无椅凳，坐于席上，坐则跪，行则膝前，足皆向后，以是为敬。若伸两足，则手据膝，故若箕状。箕踞为傲慢不敬之容。

[4] 缙绅：插笏于绅。缙同"搢"，插；绅，束腰的大带。《荀子·礼论》："说（设）亵衣，袭三称，缙绅而无钩带矣。"注："缙，与

搢同。”古之仕者，垂绅插笏，故称士大夫为搢绅、缙绅。

［5］绝巘：笄头山吴同春题有“崆峒绝巘”四字。

［6］探奇：寻找奇景。

［7］琼章：对人诗文的美称。

【解析】

这是一首七言古诗。前六句写崆峒因黄帝问道、赤松高隐而成为仙境名山。后六句写历代官吏、文人到崆峒游览之事。自己对探奇览胜尤为爱好，即使攀缘鸟道，也无所畏惧。用诗文描绘崆峒圣境，犹觉不能尽意。

西　台

（清）合兆元

西峰曲径窄[1]，巨石复当前。诸寺皆无水，兹台独近泉。
虎踪恒历乱[2]，人迹罕盘旋。近有箪瓢衲[3]，删林补数椽。

【注释】

[1] 曲径：亦作“曲迳”。弯曲的小路。

[2] 历乱：凌乱。

[3] 箪瓢：箪食瓢饮。《论语·雍也》：“一箪食，一瓢饮，在陋巷，人不堪其忧，回也不改其乐。贤哉回也！”后用为生活简朴，安贫乐道的典故。

【解析】

这是一首五言律诗。首联写通往西台的道路蜿蜒曲折，而且还有巨石挡路，为后句写人迹罕至作好铺垫。颔联写西台的独特之处在于离泉水很近，有水便活了起来。颈联写人迹罕至，用虎踪历乱作为反衬。尾联写寺院里的僧人在修补僧舍，他们在此山中能够安贫乐道，与世无争。

灵龟台访石粮和尚[1]

（清）合兆元

才上层峦又下山[2]，灵龟峰隐在深湾。
仙楼稳负丹纹背，古树危生峭壁间。
洞外木鱼声断续[3]，枝头幽鸟韵缠绵。
我来惟访潜修者[4]，礼佛摊经自掩关[5]。

【注释】

［1］灵龟台：在中台西北幽谷中，以形而名。清初补岩大师建通道，建文殊庵、七佛阁，至民国年间建筑颇多，盛极一时。

［2］层峦：重叠的山峰。

［3］木鱼：佛教法器。相传佛家谓鱼昼夜不合目，故刻木像鱼形，用以警戒僧众应昼夜忘寐而思道。

［4］潜修：专心修养。

［5］掩关：闭门。

【解析】

这是一首七言律诗。首联写灵龟台所处位置及作者到达灵龟台之情形。颔联写灵龟台之景，寺院建在龟背之上，周围古松林立。颈联写木鱼声夹杂着鸟鸣声，时断时续，缠绵缭绕，充满禅意。尾联点题，写自己来此处的目的就是寻访高僧，潜修佛法。

北台五松

（清）合兆元

百尺龙鳞四望无[1]，霜摧雪压总难枯。
后凋劲节高今古[2]，俗杀秦封五大夫[3]。

【注释】

［1］龙鳞：松桧之属。松桧之皮如龙鳞，故称。

［2］后凋：《论语·子罕》：“子曰：‘岁寒，然后知松柏之后凋也。’”劲节：谓坚贞的节操。

［3］五大夫：秦始皇二十八年封禅泰山，风雨暴至，避于树下，因此树护驾有功，按秦官爵封为五大夫。汉·应劭《汉官仪》谓始皇所封的是松树。后因以为松树的别名。

【解析】

这是一首七言绝句。前两句写松树之高大与坚韧。后两句引经据典，取《论语》之意歌颂松树之高节，又用秦始皇之典故赞扬松树之功绩。

登崆峒

（清）董清江[1]

岧嶤曾向马头看[2]，杖履初登鸟道攀。
肘后萧关通朔漠[3]，掌中泾水入长安。
晓窗云气孤峰隐，落日松涛五月寒[4]。
黄帝广成都不问，凭高一望海天宽。

【注释】

［1］作者生平事迹不详，张伯魁《崆峒山志》载为羽士，富平人。

［2］岧嶤：即“岧峣”。高峻；高耸。亦形容绵长。

［3］朔漠：北方沙漠地带。

［4］松涛：风撼松林，声如波涛，因称松涛。

【解析】

这是一首七言律诗。首联写崆峒之高峻与攀登之艰难。颔联写崆峒所处地理位置，以写远景为主。颈联写崆峒近景，孤峰云隐，落日松涛，虽在五月，仍有一丝寒意。尾联写作者来游此山并非为探寻黄帝广成，而是尽凭高登临之兴。

题崆峒

（清）韩观奇[1]

叠叠阴云拨不开，鲛绡一幅倩谁裁[2]。
雨珠认是天花落[3]，宝阁疑从海市来。
人卧崆峒闲眺望，鸟飞烟树任徘徊[4]。
苍茫不辨风尘色[5]，钟磬声鸣第几台[6]。

【注释】

［1］作者生平事迹不详，张伯魁《崆峒山志》载为乡贡，平凉人。

［2］鲛绡：传说中鲛人所织的绡。亦借指薄绢、轻纱。南朝梁·任昉《述异记》卷上："南海出鲛绡纱，泉室潜织，一名龙纱。其价百余金，以为服，入水不濡。"倩：请；使。

［3］天花：亦作"天华"。佛教语。天界仙花。《维摩经·观众生品》："时维摩诘室有一天女……见诸大人闻所说法，便现其身，即以天华散诸菩萨大弟子上。"

［4］烟树：云烟缭绕的树林、丛林。

［5］苍茫：模糊不清的样子。

［6］钟磬：钟和磬。佛教法器。

【解析】

这是一首七言律诗。首联写崆峒阴雨天气，因而将崆峒之景用鲛绡作比，谁能剪裁此美景呢？颔联将雨珠比作天花，比喻贴切奇特，并将整个崆峒雨景比作海市蜃楼。颈联用一“闲”字写出崆峒之人的悠闲自适，用一“任”字写崆峒之鸟的自由自在。尾联写烟雨苍茫，不辨风尘，唯有静听钟磬之音了。

宿问道宫

（清）王　湜[1]

玲珑谁削玉芙蓉，眼界雄开第一峰。
地肺钟灵连陇道，天关辟极小秦封[2]。
秋林雨过藏云气，梵宇风来扫鹤踪。
欲悟真诠无是处，鹿蕉忽尔破晨钟[3]。

【注释】

[1] 作者生平事迹不详，张伯魁《崆峒山志》载为乡贡。

[2] 秦封：指秦始皇巡游各地时给予山川、物类的封号。

[3] 鹿蕉：谓人间的得失荣辱。

【解析】

这是一首七言律诗。首联将崆峒比作玉芙蓉，玲珑剔透，使自己“雄开”眼界。颔联写天地集灵秀之气于崆峒，仅次于泰山接受秦封。颈联写崆峒秋雨过后，烟霭缭绕，秋风清扫通向梵宇之径。尾联写到达此处，人间的得失荣辱，如晨钟破晓，顿然开悟。

秋日崆峒夜坐

（清）单好问[1]

翩翩宿鸟尽飞还[2]，远岫钟催上夜阑[3]。
减睡殊怜蝶梦扰[4]，探元因忆鹤栖间[5]。
收来眼底千峰月，坐断云中万仞山。
若使幽居无此意[6]，也同错误入尘寰。

【注释】

［1］单好问（生卒年不详）：字希哲。平凉人，回族。弱冠补弟子员，性格沉静，工诗善文，不慕荣利，尤喜深究理学。闻关中李二曲（即李颙），投其门下习学。归平凉后闭门谢客，留心著述。常居崆峒山。所作夜坐诗10首，被誉为有“月到天心，风来水面”之意境。旧志录其诗作。

［2］翩翩：飞行轻快貌。《易·泰》：“六四，翩翩，不富以其邻，不戒以孚。”程颐传：“翩翩，疾飞之貌。”《诗经·小雅·四牡》：“翩翩者鵻，载飞载下，集于苞栩。”朱熹集传：“翩翩，飞貌。”

［3］夜阑：夜残，夜将尽时。

［4］蝶梦：《庄子·齐物论》：“昔者庄周梦为胡蝶，栩栩然胡蝶也，自喻适志与！不知周也。俄然觉，则蘧蘧然周也。不知周之梦为胡蝶与，胡蝶之梦为周与？周与胡蝶，则必有分矣。此之谓物化。”后因以“蝶梦”喻迷离惝恍的梦境。亦指超然物外的玄想心境。

［5］探元：探求玄理。元，同“玄”。

［6］幽居：隐居，不出仕。《礼记·儒行》：“儒有博学而不穷，笃

行而不倦，幽居而不淫，上通而不困。”孔颖达疏：“幽居，谓未仕独处也。”

【解析】

这是一首七言律诗。首联以宿鸟归巢，远岫钟催点题。颔联写为探求玄理而夜阑不能入睡。颈联写为悟道而久坐。尾联写幽居于此，仍无法悟道，与错入尘寰无异。

登崆峒（二首）

（清）武全文[1]

其一

名山崒嵂翠微横，蹑履攀龙趁晚晴[2]。
拔地峰孤回日驭[3]，摩天岭断撼云行[4]。
迢迢远水三千里，渺渺关河百二城[5]。
此际红尘飞欲尽，落花啼鸟自新声。

【注释】

［1］武全文（1620—1692）：字藏夫，号石庵。明末清初山西盂县人。顺治四年（1647）进士。初任崇信（今属甘肃）知县，作《续崇人苦难歌》《谕崇邑父老》《厘时四弊》《劝民十事》《革俗五条》《芹宫六约》等。顺治十五年（1658）后，任分巡关西道陕西布政使参议兼按察副使，整饬固原兵备道等职。有《登崆峒》《泾源辨》等诗文。今山中存其诗碣。

［2］蹑履：穿鞋。亦指趿拉着鞋。

［3］回日：却日回行。语出《淮南子·览冥训》："鲁阳公与韩构难，战酣日暮，援戈而撝之，日为之反三舍。"

［4］撼：摇动。

［5］关河：关山河川。

【解析】

这是一首七言律诗。首联描写崆峒苍翠高峻，趁着晚晴登山观景。

颔联用夸张手法渲染崆峒之高。颈联写登山远眺之景，“迢迢”“渺渺”重叠词运用巧妙。尾联写落花将尽，啼鸟自鸣新声，应为春末夏初之景。

其二

巉岩鸟道郁崔嵬，碧水重重逐涧开。
云气迴移千嶂出，天边远驾六鳌来[1]。
山深窟宅龙蛇伏，风急溪林燕鹜回。
谁向襄城寻帝辙[2]，五峰烟树锁苍台。

【注释】

［1］六鳌：神话中负载五仙山的六只大龟。相传渤海之东，有一深壑，中有岱舆、员峤、方壶、瀛洲、蓬莱五山，乃仙圣所居之地。然五山皆浮于海，常随潮波上下往还。《列子·汤问》：“帝恐流于西极，失群仙圣之居，乃命禺强使巨鳌十五，举首而戴之。迭为三番，六万岁一交焉。五山始峙而不动。而龙伯之国有大人，举足不盈数步而暨五山之所，一钓而连六鳌，合负而趣归其国，灼其骨以数焉。于是岱舆、员峤二山流于北极，沈于大海，仙圣之播迁者巨亿计。”唐·李白《登高丘而望远海》：“登高丘，望远海，六鳌骨已霜，三山流安在?”

［2］襄城：在河南省许昌市。黄帝向大隗问道襄城之野。典故出自《庄子·徐无鬼》：“黄帝将见大隗乎具茨之山，方明为御，昌寓骖乘，张若、謵朋前马，昆阍、滑稽后车；至于襄城之野，七圣皆迷，无所问途。适遇牧马童子，问途焉，曰：‘若知具茨之山乎?’曰：‘然。’‘若知大隗之所存乎?’曰：‘然。’黄帝曰：‘异哉小童！非徒知具茨之山，又知大隗之所存。请问为天下。’小童曰：‘夫为天下者，亦若此而已矣，又奚事焉！予少而自游于六合之内，予适有瞀病，有长者教予曰：“若乘日之车而游于襄城之野。”今予病少痊，予又且复游于六合之外。夫为天下亦若此而已。予又奚事焉！’黄帝曰：‘夫为天下者，则诚非吾子之事。虽然，请问为天下。’小童辞。黄帝又问。小童曰：‘夫为天下者，亦奚以异乎牧马者哉！亦去其害马者而已矣！’黄帝再拜稽首，称天师而退。”

【解析】

这是一首七言律诗。首联写高峻雄伟的崆峒山，四周碧水环绕。颔联写崆峒高空之景，运用神话渲染崆峒之仙灵。颈联写崆峒山中之景，一隐一显，以隐为主。尾联写只要到达崆峒，就无须去襄城寻访黄帝问道之圣迹了。

崆　峒（二首）

（清）吴　镇[1]

其一

海内崆峒五，高平第一奇。洞盘老元鹤，台息大灵龟。
至道非遥问，长生未可期。偶经仙客路，如见古皇师[2]。

【注释】

［1］吴镇（1721—1797）：字信辰，一字士安，号松崖，别号松花道人。狄道州（今甘肃临洮）人。康熙六十年（1721）吴镇出生于临洮菊巷旧宅，就在他诞生之前夜，其母梦挖井，从井中挖得明珠一枚，以手拭净珠上泥土，霎时光辉满室，梦醒告诉其父，其父道："昌吾宗者，其此子乎?"遂取名曰"昌"。十二岁时他就通解声律，能诗善文，读书五行齐下，私塾中皆称之为神童。二十岁中拔贡，当时牛运震主讲兰山书院，二十六岁的吴镇即负笈从学。乾隆三十四年（1750）中举人，历任山东陵县知县，累官湖南沅州知府。吴镇所著《松花庵全集》是他全部著作的汇集，共十二卷。其中属于诗词作品的有《松花庵诗草》《游草》《逸草》《兰山诗草》。

［2］皇师：皇帝之师，此应指广成子。

【解析】

这是一首五言律诗。首联写有"崆峒"之称的山岳有五处，其中以平凉"崆峒"堪称第一奇山。颔联承接首联写崆峒之奇，以元鹤洞和灵龟台著称。颈联写至道与长生求之不易。尾联写只要到圣迹一游，便有亲见皇师之感。

其二

胜地分姑射[1]，精言等具茨[2]。飞龙何处去[3]，害马几人知[4]。

鼎气云全族[5]，弓形月半规[6]。百神兼七圣，都在此山垂。

【注释】

［1］姑射：山名。在山西临汾县西，即古石孔山，九孔相通。《山海经·东山经》："卢其之山……又南三百八十里，曰姑射之山，无草木，多水。"郝懿行笺疏："《庄子·逍遥游》篇云，'藐姑射之山，汾水之阳'；《隋书·地理志》云，'临汾有姑射山'。山在今山西平阳府西。"

［2］精言：精妙的言辞。具茨：山名，在今河南省密州市。《庄子·徐无鬼》："黄帝将见大隗乎具茨之山，方明为御，昌寓参乘。"陆德明释文引司马彪云："在荥阳密县东，今名泰隗山。"

［3］飞龙：《庄子·逍遥游》："藐姑射之山，有神人居焉……乘云气，御飞龙，而游乎四海之外。"《楚辞·九歌·湘君》："驾飞龙兮北征，邅吾道兮洞庭。"《史记·赵世家》："四年，王梦衣偏裻之衣乘飞龙上天。"此诗句中用"黄帝在鼎湖乘龙升天"之典故。

［4］害马：《庄子·徐无鬼》："小童曰：'夫为天下者，亦奚以异乎马者哉？亦去其害马者而已矣！'"郭象注："马以过分为害。"成玄英疏："害马者，谓分外之事也。"害马者，原意为有害于马的天性的事情。后亦用以比喻有危害性的事物。

［5］鼎气：《史记·封禅书》："天子使验问巫得鼎无奸诈，乃以礼祠，迎鼎至甘泉，从行，上荐之。至中山，曣?，有黄云盖焉。"后因以"鼎气"指鼎所在上空的云气，为国运昌隆的吉祥之兆。

［6］半规：半圆形。有时借指太阳或月亮。

【解析】

这是一首五言律诗。整首诗写《庄子·徐无鬼》中"黄帝向大隗问道襄城之野"以及黄帝"鼎湖飞升"之事。尾联写继黄帝于此山得道飞升后，一切仙灵皆聚此山。

崆　峒（集古）

（清）吴　镇

寄想崆峒外（高允生），瑶池命羽觞[1]（江总）。
广成参日月（刘孝胜），天老教轩皇[2]（张衡）。
冷色含山峭（陈后主），秋声杂塞长（陈后主）。
云间有玄鹤（阮籍），寥廓已高翔[3]（谢朓）。

【注释】

［1］羽觞：古代一种酒器。作鸟雀状，左右形如两翼。一说，插鸟羽于觞，促人速饮。《楚辞·招魂》："瑶浆蜜勺，实羽觞些。"王逸注："羽，翠羽也。觞，觚也。"洪兴祖补注："杯上缀羽，以速饮也。一云作生爵形，实曰觞，虚曰觯。"《汉书·外戚传下·孝成班倢伃》："顾左右兮和颜，酌羽觞兮销忧。"颜师古注引孟康曰："羽觞，爵也，作生爵形，有头尾羽翼。"唐·李白《春夜宴从弟桃花园序》："开琼筵以坐花，飞羽觞而醉月。"

［2］天老：相传为黄帝的辅臣。《韩诗外传》卷八："（黄帝）乃召天老而问之曰：'凤象何如？'"《后汉书·张衡传》："方将师天老而友地典，与之乎高睨而大谈。"李贤注："《帝王纪》曰：'黄帝以风后配上台，天老配中台，五圣配下台，谓之三公。'"后因以指宰相重臣。

［3］寥廓：空旷深远。《楚辞·远游》："下峥嵘而无地兮，上寥廓而无天。"洪兴祖补注引颜师古曰："寥廓，广远也。"

【解析】

这是一首集古人诗句五言律诗。第一句出自《乐府诗集》卷二十七梁·高允生《王子乔》："寄想崆峒外，翱翔宇宙间。"第二句出自《文苑英华》卷一百六十九陈·江总《秋日侍宴娄湖苑应诏》："翠渚还鸾辂，瑶池命羽觞。"第三句出自《乐府诗集》卷六十三梁·刘孝胜《升天行》："广成参日月，方朔问星辰。"第四句出自《玉台新咏》汉·张衡《同声歌》："众夫所希见，天老教轩皇。"第五句出自《乐府诗集》卷二十三陈·陈后主《关山月》："寒光带岫徙，冷色含山峭。"第六句出自《乐府诗集》卷三十八陈·陈后主《饮马长城窟行》："月色含城暗，秋声杂塞长。"第七句出自三国魏·阮籍《咏怀》："云间有玄鹤，抗志扬哀声。"第八句出自南朝齐·谢朓《暂使下都夜发新林之京邑赠西府同僚》："寄言罻罗者，寥廓已高翔。"

重游崆峒山

（清）顾光旭[1]

崆峒天下奇，乃是羽人宅[2]。去郭三十里[3]，亭亭荫松柏。

涖郡半载余[4]，时时望绝壁。及暇思一登，昨秋有双屐。

当时数同游，吾友一彭泽。其余四五人，元度最莫逆[5]。

今春元度来，重与理轻策[6]。林峦余故情，人代忽如客。

数子各分散，彭泽去安适。时鸟已变声[7]，苔草亦含碧。

临风一俯仰，潇洒脱巾帻[8]。心知神仙幻，聊复寻灵跡[9]。

形骸不自检[10]，何由炼气魄[11]。落花满空坛，飞雨湿瑶席[12]。

君欲求长生，山下问黄石[13]。

【注释】

[1] 顾光旭（1731—1797）：字华阳，号晴沙，又号响泉。江苏无锡人，顾可久后裔。乾隆十七年（1752）进士，乾隆三十四年（1769）任平凉知府时，主持扩建平凉柳湖书院。官至甘肃平凉道员、署四川按察使。工书法，与王文治、刘墉、孔东山、梁同书、周稚圭相颉颃。求书必索润笔，亦甚廉。即取以市大布制棉衣以施寒者，乡里称善人。卒年六十七。著有《响泉集》《梁溪诗钞》。

[2] 羽人：道家学仙，因称道士为羽人。

[3] 郭：城墙。

[4] 涖：同“莅”。来到。

[5] 莫逆：语出《庄子·大宗师》：“（子祀、子舆、子犁、子来）四人相视而笑，莫逆于心，遂相与为友。”后遂以谓彼此志同道合，交谊

深厚。

［6］轻策：竹杖。

［7］时鸟：应时而鸣的鸟。

［8］巾帻：冠类。汉以来，盛行以幅巾裹发，称巾帻。隋大业二年（606）制定舆服，武官平巾帻、袴褶。唐昭宗时，十六宅诸王以华侈相尚，巾帻各自为制度。

［9］灵跡：亦作“灵蹟”“灵迹”。

［10］形骸：人的形体，躯壳。

［11］气魄：魄力。

［12］瑶席：以玉饰席。瑶，瑶草，传说中的仙草名。一说指用瑶草编成的坐席。皆状华贵之意。

［13］黄石：此处用黄石公授张良兵书之典。语出《史记·留侯世家》：“十三年孺子见我济北，谷城山下黄石即我矣。”

【解析】

这是一首五言古诗。前四句写崆峒为天下奇山，仙灵所居，离城三十里地，山上松柏茂密。接下来四句写作者来郡府已半年余，时时想再登崆峒，并回忆去年和朋友登临的情形。再四句写友人中的莫逆之交，今春又来，相约一同再登崆峒。下四句写相聚时间的短暂。再下四句写登山所见之景。后八句将议论、写景、抒情融为一体，写对求仙长生的追求，以及其虚幻而不可求的感慨。

雨中登马鬃峰[1]

（清）顾光旭

万树酣霜万叶风[2]，乱山秋雨一枝筇[3]。
不知石海云涛上，何处餐霞访赤松。

【注释】

［1］马鬃峰：即绝顶。

［2］酣：剧烈。

［3］筇（qióng）：竹名。实心，节高，宜于做拐杖。《广韵·钟韵》："筇，竹名，可为杖，张骞至大宛得之。"

【解析】

这是一首七言绝句。前两句写万树万叶经受着霜风侵袭，在秋雨蒙蒙中拄杖登山。后两句写雨中登崆峒犹如在石海云涛之上，到哪里能寻访到赤松呢？诚然一片仙境，而神仙又在何处，求仙之不可得的惆怅之情暗含其中。

飞仙引·登飞仙阁作

（清）顾光旭

我欲使蓬莱海水挂眼前，波涛不动蛟龙眠[1]。
我欲使昆仑西极在庭户，鸾车虎节迎群仙[2]。
群仙往来竟安托，我欲乘风控元鹤。
广成一去五千年，登此烟岚缥缈之飞阁[3]。
飞阁何玲珑，巉岩望如削。
骑肉马以升天兮，乞不死之良药。
人拾级以联臂兮[4]，飒霜林而卷萚[5]。
铿鸣钟兮韵松柯，振石而欲落。
蹑飞景兮焉留[6]，云横洞兮归壑。
我独胡为此踯躅兮[7]，盍从风纵体逍遥乎层穹[8]，
苍崖合沓在杯底[9]，倏烁晦冥风雨作[10]。
悄空山兮响杜鹃，盘秋旻兮厉雕鹗[11]。
练余心兮浸寥廓，虎拊琴兮龙歌。
指金墉兮银幕[12]，御阊阖之长风，听钧天之广乐[13]。
仙乎仙乎，化形隐景兮吾乌知其有无。
我不能学彭祖之偃仰[14]，讵信乔松之呼吸呴嘘[15]。
亦不能击碎长房之玉壶，毁弃巾笥之白驴[16]。
一冥然于万物刍狗兮天地洪炉[17]，东海扬尘几千载。
轩辕弓剑今安在，惟有崆峒万仞常不改。
碧天高高元鹤飞，冰壶倒月澄光彩[18]。
我欲从赤松子游兮，但见青冥浩荡云如海。

【注释】

［1］蛟龙：古代传说的两种动物，居深水中。相传蛟能发洪水，龙能兴云雨。《礼记·中庸》："今夫水，一勺之多，及其不测，鼋鼍蛟龙鱼鳖生焉，货财殖焉。"

［2］虎节：周代山国使者出行时所持的符节。《周礼·地官·掌节》："凡邦国之使节，山国用虎节，土国用人节，泽国用龙节，皆金也。"郑玄注："使节，使卿大夫聘于天子诸侯，行道所执之信也，土，平地也。山多虎，平地多人，泽多龙，以金为节铸象焉。"孙诒让《周礼正义》引江永曰："此即小行人之虎、人、龙节，列国之使，各用其虎、人、龙节，以为行道之信。观其用虎节，知其自山国而来，人、龙亦然。"泛指符节。

［3］烟岚：山林间蒸腾的雾气。

［4］拾级：逐级登阶。《礼记·曲礼上》："拾级聚足，连步以上。"郑玄注："谓前足蹑一等，后足从之并。"

［5］萚（tuò）：草木的落叶。

［6］飞景：指日光。

［7］踯躅：徘徊不进貌。

［8］騫：山峰。

［9］合沓：重叠；攒聚。

［10］倏烁：闪烁不定貌。晦冥：昏暗；阴沉。

［11］秋旻：秋季的天空。鹗：雕属猛禽。

［12］金墉：犹金城。坚固的城墙。

［13］钧天广乐：《史记·赵世家》："赵简子疾，五日不知人……居二日半，简子寤。语大夫曰：'我之帝所甚乐，与百神游于钧天，广乐九奏万舞，不类三代之乐，其声动人心。'"后因以"钧天广乐"指天上的音乐，仙乐。

［14］彭祖：汉·刘向《列仙传·彭祖》载："因封于彭，故称。"传说他善养生，有导引之术，活到八百高龄。偃仰：安居；游乐。

［15］诎（qū）信：指进退、出处随时、势而变化。呴嘘（xǔxū）：谓道家的吐纳之术。《文选》王褒《圣主得贤臣颂》："雍容垂拱，永永万年，何必偃仰诎信若彭祖，呴嘘呼吸如侨松，眇然绝俗离世哉？"李善

注："《庄子》曰：'吹呴呼吸，吐故纳新……为寿而已矣。'"

［16］巾笥：即巾箱。

［17］万物刍狗：《老子》第五章："天地不仁，以万物为刍狗。"洪炉：比喻天地。晋·葛洪《抱朴子·勖学》："鼓九阳之洪炉，运大钧乎皇极。"

［18］冰壶：盛冰的玉壶。常用以比喻品德清白廉洁。南朝宋·鲍照《白头吟》："直如朱丝绳，清如玉壶冰。"李周翰注："玉壶冰，取其洁净也。"

【解析】

这是一首七言古诗。题为"登飞仙阁作"，全诗围绕"飞仙"展开丰富的想象，借崆峒之景写仙境之缥缈。前八句写登上飞仙阁联想到广成子居此成仙已经五千年，五千年来人们从未停止对神仙的追求。从"飞阁何玲珑"到"听钧天之广乐"，写飞仙阁之景，穿插神话及想象，虚实相映，以虚衬实。从"仙乎仙乎"到结尾，首先怀疑神仙之有无和自己求仙的能力，接着慨叹造化之伟大，神仙之不可追。唯有崆峒永恒不变，想追随神仙遨游太空，但见宇宙之浩渺。

元鹤歌

（清）汪皋鹤[1]

名山产异物，伯禹传图经[2]。
青牛白鹿俱奇质[3]，碧鸾丹凤非常翎[4]。
崆峒北极粤戴斗[5]，轩皇问道蕲长生[6]。
上有岩洞双鹤出，健翮黝漆车轮横[7]。
帝尧甲申繄始见[8]，迄今四千九十犹余龄。
我尝读书久浮慕，管领名山真异数[9]。
政闲五度踏云衢[10]，极目胎仙但延素[11]。
己亥月春仲[12]，抽暇邀良俦[13]。
揞筇著两蜡[14]，出谷除鸣驺[15]。
宿宿信信上方顶[16]，灵踪欲去还迟留。
时维五日日亭午[17]，天清云静风和柔。
经邱寻壑正谭笑[18]，瞥见神物双双游。
褵褷者翅元墨鳖[19]，嵯峨者顶丹砂球。
飞仙阁迥倚天汉[20]，盘空三匝声飂飕[21]。
忽然奋翼远飞去，浮云灭没神何悠。
无心物色意外遇，宾僚拊掌相腾咻[22]。
仙乎可望不可即，人间弋慕夫何求。
吁嗟乎！乾坤名迹难悉数，此处仙区尤邃古[23]。
凭虚常啸御风行[24]，恍若凡骨翩翩尘外舞[25]。

【注释】

［1］汪皋鹤（生卒年不详）：字立亭，河南洛阳人。曾任平凉知府。乾隆四十四年（1779），主持重修平凉柳湖书院，并募金二千，分给典肆，以每年所收利息为在学生员膳食津贴，清《柳湖书院志》所载较详。又募金重修皇城太和宫，见元鹤翱翔，作《元鹤歌并序》，均有碑刻，今存。

［2］伯禹：夏禹。《尚书·舜典》："伯禹作司空。"孔颖达疏引贾逵曰："伯，爵也。禹代鲧为崇伯，入为天子司空，以其伯爵，故称伯禹。"图经：附有图画、地图的书籍或地理志。

［3］青牛：千年木精所变之牛。《太平御览》卷九百引《嵩高记》："山有大松，或千岁，其精变为青牛。"

［4］翎：本指鸟翅和尾上的长羽毛，此指鸟类。

［5］北极粤戴斗：《尔雅·释地》："北戴斗极为空桐。"粤：于。

［6］蕲：通"祈"，祈求。

［7］健翮：矫健的翅膀。借指矫健的飞禽。亦比喻有才能的人。黝漆：青黑色，漆黑。

［8］帝尧：传说中古帝陶唐氏之号。《易经·系辞下》："神农氏没，黄帝、尧、舜氏作。"《史记·五帝本纪》："帝喾崩，而挚代立。帝挚立不善，而弟放勋立，是为帝尧。"繄：语气助词。

［9］异数：奇异的术数。

［10］云衢：云中的道路。

［11］极目：纵目，用尽目力远望。胎仙：鹤的别称。古代鹤有仙禽之称，又相传胎生，故名。

［12］己亥：干支纪年。春仲：即"仲春"，农历二月。

［13］良俦：好友。

［14］搘（zhī）：支拄，支撑。筇：竹杖。蜡：蜡屐。

［15］除：整治。鸣驺：车马。

［16］宿宿信信：《诗经·周颂·有客》："有客宿宿，有客信信。"《尔雅·释训》："有客宿宿，言再宿也；有客信信，四宿也。"毛传："一宿曰宿，再宿曰信。"晋·郑丰《答陆士龙诗》之二："有客信信，独寐寤语。"宋·王安石《烝然来思》："言秣其马，率西水浒。有客宿宿，于

时语语。”

［17］亭午：正午。

［18］经邱寻壑：语出晋·陶渊明《归去来兮辞》：“既窈窕以寻壑，亦崎岖而经丘。”

［19］褵褷：羽毛初生时濡湿黏合貌。唐·王维《鸬鹚堰》：“独立何褵褷，衔鱼古查上。”赵殿成注：“褵褷，木华《海赋》：‘凫雏褵褷，鹤子淋渗。’张铣注：‘褵褷、淋渗，羽毛初生貌。’”氅：羽毛。

［20］天汉：天河。《诗经·小雅·大东》：“维天有汉，监亦有光。”毛传：“汉，天河也。”

［21］飂飕：风疾吹貌。

［22］咻：喧嚷。

［23］邃古：远古。

［24］御风行：乘风飞行。

［25］凡骨：凡人或指凡人的躯体、气质。尘外：犹言世外。

【解析】

这是一首七言古诗。前六句叙写崆峒之奇异与古老以及所处地理位置。从“上有岩洞双鹤出”到“极目胎仙真异数”，写想象中的元鹤并表达极目欲睹之愿。从“己亥月春仲”到“瞥见神物双双游”，叙写携友人登临崆峒，偶遇元鹤。从“褵褷者翅元墨氅”到“宾僚拊掌相腾咻”，描写元鹤的外貌及遇见元鹤的欣喜之情。最后六句写对神仙可望而不可即的慨叹并想象仙界的逍遥自在。

和汪郡伯元鹤诗

（清）王备极[1]

灵禽毓太古[2]，健翮何矫矫[3]。栖真依涧松，振羽摩苍昊[4]。
有顶冠丹砂，有羽衣绨皂[5]。盘空奋双翅，百里望了了。
春秋有佳日，偶一翔瀛岛。所以山中人，见者颇尠少[6]。
梁国贤太守，乘暇出旟旐[7]。宾从乐长昼，啸咏超物表。
忽然见双鹤，飞掠半天杪[8]。元裳舞褵褷，不异道士葆[9]。
太守輾然喜[10]，有若睹异宝。胜缘非偶然[11]，仰首目饫饱[12]。
拈毫赋长句[13]，落纸不用稿。琳琅金石声，绝胜谢家朓。
鲰生困章句[14]，俗累莫排扫[15]。吟笺枉神慕[16]，徒见青缥缈。
仙禽四千载，俯视媿绮皓[17]。想见轩皇初，问道苦不早。

【注释】

［1］作者生平事迹不详，张伯魁《崆峒山志》载为教谕，平凉人，号鹤轩。

［2］灵禽：珍禽，神鸟。毓：生养，养育。

［3］矫矫：飞动貌。

［4］振羽：鼓翅。《诗经·豳风·七月》：“五月斯螽动股，六月莎鸡振羽。”毛传：“莎鸡羽成而振讯之。”苍昊：苍天。《昭明文选》王延寿《鲁灵光殿赋》：“据坤灵之宝势，承苍昊之纯殷。”张铣注：“苍昊，天也。”

［5］绨（tì）：厚缯。

［6］尠（xiǎn）：同“鲜”。

［7］旟旐（yúzhào）：泛指旌旗。

［8］杪：末尾，末端。

［9］葆：古代有鸟羽装饰的一种仪仗。《礼记·杂记下》：“匠人执羽葆御柩。”孔颖达疏：“羽葆者以鸟羽注于柄头，如盖，谓之羽葆。葆谓盖也。”《汉书·司马相如传下》“总光燿之采旄”颜师古注引三国魏张揖曰：“旄，葆也。总，系也。系光耀之气于长竿以为葆也。”又唐·颜师古注：“葆，即今所谓纛头也。”

［10］辴（chǎn）然：笑貌。《文选》左思《吴都赋》：“东吴王孙辴然而咍。”刘逵注：“辴，大笑貌。”

［11］胜缘：佛教语。善缘。

［12］饫饱：饱食。吃得很饱。

［13］拈毫：拿笔写字作画。

［14］鲰生：犹小生。多作自称的谦辞。章句：指文章、诗词。

［15］俗累：世俗事务的牵累。

［16］吟笺：诗稿。

［17］媿：同“愧”。绮皓：即绮里季。《昭明文选》江淹《杂体诗·效孙绰〈杂述〉》：“领略归一致，南山有绮皓。”张铣注：“绮，绮里季。皓，老人貌。”

【解析】

这是一首五言古诗。从开端到“见者颇尠少”为第一部分，写元鹤孕育时间的久远及外形特征、生活习性。从“梁国贤太守”到“仰首目饫饱”为第二部分，首先赞美汪郡伯的贤明及出游之盛况，其次写汪郡伯遇见元鹤之欣喜，将其视为珍宝。从“拈毫赋长句”到结尾为第三部分，盛赞汪郡伯《元鹤歌》胜过谢朓，自己作诗困难，无法企及汪郡伯，只有羡慕之情。最后通过典故抒发感慨：无论修道还是建立功业都要趁早。

和汪郡伯元鹤歌

（清）王蓄极[1]

胎禽孕毓崆峒峰，悬崖息养饶仙风[2]。
有唐迄今四千载，代毛换骨空山中。
翩翩者翮双黝墨，排空清唳遥天通。
青田玉海不足道，俯看尘世谁樊笼。
猗欤太守浮邱伯[3]，拥鹊飞凫传往迹。
灵禽异代几相逢，自是君身有仙骨。

【注释】

［1］作者生平事迹不详，张伯魁《崆峒山志》载为优廪，平凉人，号天衢。

［2］仙风：神仙的风致。形容人的潇洒。

［3］猗欤：亦作“猗与”。叹词。表示赞美。《诗经·周颂·潜》：“猗与漆沮，潜有多鱼。”郑玄笺：“猗与，叹美之言也。”浮邱伯：即浮丘公。或谓汉儒浮丘伯。清·赵翼《陔余丛考·安期生浮邱伯》：“世以安期生浮邱伯皆为列仙之徒。《汉书·儒林传》：‘申公与楚元王交，俱事齐人浮邱伯受诗……则浮邱伯实儒者也。’”清人避孔子讳，改“丘”为“邱”。

【解析】

这是一首七言古诗。前八句写四千年前，元鹤孕育于崆峒之中，并不断发生变化，才有今天的外形。元鹤因崆峒之灵而带有仙风，翱翔于天空，俯视尘世犹如樊笼，即使青田玉海也不在眼中。后四句赞扬汪郡伯也具有仙风道骨，因此才能与元鹤相遇。

和汪郡伯元鹤歌

（清）孙　俑[1]

万里终南驰向东，支龙停结为崆峒。
洞天福地此第一，巍巍轩皇问道宫。
宫侧蜿蜒临丛薄[2]，峭壁巉岩形如削。
尔来四千九十年，相传古洞伏元鹤。
双鹤仙仙出无期，半在四月五月时。
不容俗眼会瞥见，深护健翮秘仙姿[3]。
和风吹彻中星北[4]，碧落青云映双翼。
自非莲花上品生，欲觅青唳听不得。
洛阳才子汪使君，多文为富四海闻。
银章黄阁良马五[5]，高平遥将虎符分[6]。
荡荡周道平如砥，四野民和政悉理。
乐山巉美谢宣城，蜡屐踏破灵窟里。
太白山上瀹灵源[7]，甘雨随车活黎元[8]。
我邦何幸能借寇，关函珠玉锦十番。
囊中佳句李太白，铁画银钩抵双璧[9]。
写生直逼李龙眠[10]，记序何让马第伯[11]。
我曾三度到此山，芳踪森森牢闭关。
回思四十年前事，披榛扪棘空往还。

【注释】

[1] 孙俑（生卒年不详）：字仲山，甘肃武威人。乾隆十六年（1751）进士，曾官广东翁源知县。

［2］蜿蜒：亦作“蜿蜑”。萦回屈曲貌。

［3］仙姿：仙人的风姿。形容清雅秀逸的姿容。

［4］和风：温和的风。多指春风。吹彻：吹遍。中星：十八宿分布四方，按一定轨道运转，依次每月行至中天南方的星叫中星。观察中星可确定四时。《尚书·尧典》“历象日月星辰”孔传：“星，四方中星。”孔颖达疏：“‘星，四方中星’者，二十八宿布在四方，随天转运，更互在南方，每月各有中者。”

［5］银章：银印。其文曰章。汉制，凡吏秩比二千石以上皆银印。隋唐以后官不佩印，只有随身鱼袋。金银鱼袋等谓之章服，亦简称银章。唐·陈子昂《为司刑袁卿让官表》：“复蒙玺诰之荣，骤绾银章之贵。”黄阁：汉代丞相、太尉和汉以后的三公官署避用朱门，厅门涂黄色，以区别于天子。汉·卫宏《汉旧仪》卷上：“（丞相）听事阁曰黄阁。”《宋书·礼志二》：“三公黄合，前史无其义……三公之与天子，礼秩相亚，故黄其合，以示谦不敢斥天子，盖是汉来制也。”后因以黄阁指宰相官署。

［6］虎符：古代帝王授予臣下兵权和调发军队的信物，为虎形。初时以玉为之，后改用铜。背有铭文，剖为两半，右半留中央，左半给予地方官吏或统兵的将帅。调发军队时，朝廷使臣须持符验对，符合，始能发兵。此制盛行于战国、秦、汉，直至隋代。到了唐代始改用鱼符。《史记·魏公子列传》：“嬴闻晋鄙之兵符常在王卧内，而如姬最幸，出入王卧内，力能窃之……公子诚一开口请如姬，如姬必许诺，则得虎符夺晋鄙军，北救赵而西却秦，此五霸之伐也。”

［7］瀹（yuè）：疏导。灵源：对水源的美称。

［8］黎元：即黎民。

［9］铁画银钩：唐·欧阳询《用笔论》：“徘徊俯仰，容与风流，刚则铁画，媚若银钩。”后用“铁画银钩”谓书法家运笔，其点画既刚劲，又柔媚。

［10］李龙眠：即李公麟（1049—1106），北宋著名画家。字伯时，号龙眠居士。庐江郡舒城县（今属安徽）人。神宗熙宁三年（1070）进士，历泗州录事参军，以陆佃荐，为中书门下省删定官、御史检法。好古博学，长于诗，精鉴别古器物。尤以画著名，凡人物、释道、鞍马、

山水、花鸟，无所不精，时推为“宋画中第一人”。李公麟因风痹致仕，归居龙眠山庄，自作《山庄图》，为世所宝。传世作品有《五马图》《维摩居士像》《免胄图》等。

[11] 马第伯：东汉光武帝刘秀时的侍从官，曾作《封禅仪记》。

【解析】

这是一首七言古诗。从开端到“峭壁巉岩形如削”为第一部分，描写崆峒山之地形地势。从“尔来四千九十年”到“欲觅青唳听不得”为第二部分，描写元鹤的生活习性。从“洛阳才子汪使君”到“记序何让马第伯”为第三部分，首先赞扬汪郡伯的文治武功，其次歌颂汪郡伯的乐山壮游，最后夸赞汪郡伯在艺术上的高深造诣。这一部分用典较多，其作用在于烘托汪郡伯的政治才能及文艺造诣。最后四句追忆自己游历崆峒之事。

和汪郡伯元鹤

（清）周宗泰[1]

胎禽天半忽凌空，墨翅如轮西复东。
匿迹三峰藏道骨[2]，潜灵千古带仙风[3]。
晴岚旋绕闲云静[4]，古洞幽深碧雾通[5]。
应是轩辕青鸟使，遥迎五马到崆峒。

【注释】

［1］作者生平事迹不详，张伯魁《崆峒山志》载为知府，平凉人，号霁峰。

［2］道骨：修道者的气质。

［3］潜灵：神灵隐居。

［4］晴岚：晴日山中的雾气。

［5］碧雾：青色的云雾。

【解析】

这是一首七言律诗。首联写元鹤在天空中翱翔之情形。颔联写元鹤经过千古潜隐修炼，终成仙风道骨。颈联写元鹤洞之景，云雾缭绕，恬静幽深。尾联写千年元鹤应该是轩辕黄帝的使者，迎接来崆峒修道之人。

游崆峒山

（清）毕　沅[1]

笄头障陇云，灵气抉双眦[2]。荡摇虚无中，群峰倚天起。
奥区泄神秀[3]，秦陇互表里。西极冠名山[4]，真灵实萃此[5]。
策马冲风烟，泉壑斗奇诡[6]。异境开恍惚[7]，一步一移徙[8]。
盘旋入山心，愈进进不已。千松万松巅，苍翠润石髓。
远眺金银台，瑶宫近咫尺[9]。轩皇问道处，丹灶未全圮[10]。
鼎湖龙上升，至道泯终始[11]。日月沃精华，石色变金紫。
我来游福地，万古一瞬耳。尘鞅绊羁踪[12]，飞光迅如驶。
元鹤近可招，白云坦可履。芝草长灵苗[13]，食之能不死。
入山复出山，欲问广成子。

【注释】

［1］毕沅（1730—1797）：字镶蘅，一字秋帆，自号灵岩山人。江苏镇洋（今太仓）人。乾隆进士，官至湖广总督。治学范围较广，由经史旁及小学、金石、地理。能诗文，有《灵岩山人集》《灵岩山人诗集》等。乾隆四十一年（1776）游览崆峒，题赠“治参颖矩”匾，今存皇城太和殿。旧志录有游山题诗。

［2］抉：挑开，拨开。双眦：双眼。

［3］奥区：腹地。《后汉书·班固传上》：“防御之阻，则天下之奥区焉。”李贤注：“奥，深也。言秦地险固，为天下深奥之区域。”泄：泄露，透露出去。神秀：神奇秀美。

［4］西极：西边的尽头。谓西方极远之处。又指长安以西的区域。

［5］真灵：真人，神仙。萃：荟萃。

［6］奇诡：奇特，诡异。

［7］异境：奇妙的境界。

［8］移徙：搬动住处；迁移。

［9］瑶宫：传说中的仙宫，用美玉砌成。

［10］圮（pǐ）：塌坏，倒塌。

［11］泯：消灭，消失。

［12］尘鞅：世俗事务的束缚。鞅，套在马颈上的皮带。

［13］芝草：灵芝。菌属。古以为瑞草，服之能成仙。

【解析】

这是一首五言古诗。从开端到“真灵实萃此”为第一部分，总写崆峒之胜景。从“策马冲风烟”到“至道泯终始”为第二部分，叙写登山途中所见之景，由写景过渡到议论。从“日月沃精华”到结尾为第三部分，写来崆峒游历之感受，慨叹时光之易逝，表达对永恒之企羡。

崆峒北台

（清）龚景瀚[1]

双桥袅层云[2]，俯视但深黑。
参天松万株，拔地石千尺。
时闻啼鸟声，不见行人迹。

【注释】

［1］龚景瀚（1747—1802）：字海峰。福建闽县（今福建福州）人。曾祖龚其裕，康熙初年以诸生从军，授江西瑞州府通判。景瀚为乾隆三十六年（1771）进士。乾隆四十九年（1784），授甘肃靖远知县，受总督福康安提拔，檄署中卫县，开渠利民。乾隆五十二年（1787），调平凉任知县。与知府秦震钧重修平凉柳湖书院。乾隆五十五年（1790），署固原州。乾隆五十七年（1792），调为循化厅同知。乾隆五十九年（1794），迁陕西邠州知州。嘉庆元年（1796），以功擢庆阳知府。嘉庆五年（1800），调兰州。嘉庆七年（1802），送部引见，卒于京师。著有《澹静斋文钞》《循化志》等。

［2］袅：摇曳，颤动。

【解析】

这是一首五言古诗。前两句写北台双桥之高，颤颤袅袅，在层云之中。中间两句用夸张手法描写山中松树和巨石之高。最后两句以啼鸟衬托山中之幽静。

绝顶香山寺

（清）龚景瀚

扪罗踏微月[1]，仄径绕深松[2]。
凭高眺四远，一气青濛濛[3]。
森然不可久[4]，浩荡来天风[5]。

【注释】

［1］扪罗：应为“扪萝”。攀缘葛藤。微月：犹眉月，新月。指农历月初的月亮。

［2］仄径：狭窄的小路。

［3］濛濛：迷茫貌。《诗经·豳风·东山》“零雨其濛”汉·郑玄笺：“归又道遇雨，濛濛然。”

［4］森然：耸立貌。

［5］浩荡：广大旷远。

【解析】

这是一首五言古诗。前两句叙写乘微月绕仄径登攀绝顶。中间两句写登上绝顶极目远眺，一派烟雨蒙蒙之景映入眼帘。最后两句写登绝顶之感受，由于景象阴森而不可久留，而天风吹来，顿觉广大阔远。

崆峒归看牡丹

（清）龚景瀚

崆峒昨见鹤飞还，又向方园看牡丹。
仙鸟名花都入眼，衡途何惜作粗官[1]。

【注释】

［1］粗官：指武官。唐代重内轻外，凡不历台省便出任节镇者称粗官。

【解析】

这是一首七言绝句。前两句叙写看完元鹤又看牡丹之事。后两句写只要能历览仙鸟名花，做粗官又有什么可以惋惜的呢？

同龚海峰明府游崆峒

（清）王兆蛟[1]

群山蜿蜒来，峘岋争重沓[2]。秀拔独空同[3]，数峰青可踏。
我久淹旅踪，时将蜡屐蜡。明府亦萧放[4]，乘兴期朋盍[5]。
不携九节筇[6]，只挈三升榼[7]。上天竟有梯，直欲叩阊阖。
峭壁触面起，杰阁凌霄搭[8]。一径白云深，两崖苍树合。
崎岖入古寺，微风吹飒飒[9]。龙松撑枝柯，松下逢老衲。
小憩问仙踪，仰视笑不答。留连憺忘归[10]，夕阳衔半塔。

【注释】

［1］作者生平事迹不详，张伯魁《崆峒山志》载为山阴人，号雪舫。

［2］峘岋（huánè）：应为“峘岌（jí）”，高山。重沓：重叠；重复。

［3］秀拔：美好特出；秀丽挺拔。

［4］萧放：潇洒放浪。

［5］朋盍（hé）：朋友聚合。

［6］九节筇：竹杖名。宋·陆游《老学庵笔记》卷三：“筇竹杖蜀中无之，乃出徼外蛮峒，蛮人持至泸叙间卖之，一枝才四、五钱，以坚润细瘦九节而直者为上品。”

［7］榼（kē）：古代盛酒器具。

［8］杰阁：高阁。凌霄：凌云。

［9］飒飒：象声词。

［10］憺：恬静，清静。

【解析】

这是一首五言古诗。前四句总写崆峒之高峻雄伟。从“我久淹旅踪”到“祇挈三升榼”，写同龚海峰明府相邀登崆峒之事，赞扬龚海峰的潇洒放浪。从“上天竟有梯”到“两崖苍树合”，写登山途中所见之景。最后八句写到达寺院与僧人相遇之情形。结尾表达对崆峒之景的留恋之情。

崆峒山纪游一百韵

（清）杨芳灿[1]

崆峒镇西陲[2]，五岳推为伯。古帝所登临，仙真此窟宅[3]。
山经纵荒诡[4]，尔雅最详覈[5]。漆园志轶事[6]，龙门证群籍[7]。
刚武著八风[8]，博厚辨土脉[9]。传疑名偶同[10]，考信记征昔[11]。
惟兹蕴灵奇[12]，孰能并雄特[13]。神功谢雕镂[14]，天骨立癯瘠[15]。
万景开丽崎[16]，一元閟寥閴[17]。际野褰鹏噣，排空露鲸额。
三霄烂金光[18]，百里纯黛色。望望神为驰，卒卒身未历。
非无邱壑志，苦为风尘迫。今来值休暇，小住息劳役。
霁景湛清澄[19]，春容蔼明婳[20]。挈伴果幽寻，逃俗得佳觌。
超遥出重闉[21]，逶迤越广陌[22]。腰下悬火铃[23]，足底蹑云屐。
真诀呼林央[24]，灵符辟魃魊[25]。意行无滞碍[26]，锐进忘惊惕[27]。
水曲浅可乱，山椒勇先陟。石堕星沦精，崖空月留霸[28]。
巍宫焕丹艧[29]，杰构倚岩壁。轩皇传秘典，广成留化迹。
政途七圣迷[30]，茏关万灵直[31]。膝行下风进，口授至道极。
守一契窈冥，处和尚昏默。大隗害马去[32]，罔象遗珠得[33]。
幻梦游华胥[34]，神瀵饮终北[35]。由来真人踪，非可常理测。
中峰耸处尊，众皱郁如积。攒峰小日峃[36]，列嶂属者峄[37]。
梵宇厂十楹，贝典藏万册[38]。文从身毒求[39]，字记鸠摩译[40]。
前朝夸创造，帝子慕禅寂[41]，空香绕芬橑[42]，天花散衣裓[43]。
白业彼所躭[44]，黑学我未识[45]。径纡修蛇蟠，台压伏龟息。
群峭纷上干，重隒忽南辟[46]。异境屡回换，旧迹穷搜剔[47]。
仰瞻浮图高，稍喜僧院僻。风镊鸣清锵[48]，石泉疏滴沥[49]。

东风削高青，古穴洞深黑。上真驻法从[50]，元鹤腾健翮。
回翔影或觏[51]，杳渺迹难觅。北岭最崛奇，中断砉崩圻[52]。
移非夸蛾负[53]，豁岂巨灵擘[54]。蚴蟉架雄蝀[55]，连蜷截雌蜺[56]。
石磴百五盘，铁锁八千尺。呀喘口忽呿[57]，重膇足疑躄[58]。
首俯尻益高[59]，脰悁目光逆[60]。高登灵鳌背[61]，危立老蛟脊[62]，
林莽如积苏[63]，城郭同摘埴[64]。齐州九点青[65]，长河一丝白。
危峰名礣磄[66]，长松荫交格[67]。掀腾轧波涛[68]，拗怒摧霹雳[69]。
乖龙奋鳞鬣[70]，猛兕觝角格[71]。窘束贰负尸[72]，蟹乾女丑腊[73]。
常含烟露滋，不受斤釜阨[74]。樛枝络鬼丝[75]，盘极孕虎魄[76]。
齐年多梗柟[77]，后辈列栝柏[78]。帝台尚置碁[79]，仙人亦耽奕[80]。
巨碣谁磨治，方罫自刻画[81]。石腴髓流丹[82]，草劲发擢铁。
华池冷宜漱，上药佳可择[83]。山叟试赭鞭[84]，羽士斛元液[85]。
瑶涡荡虚明，翠岊混空碧[86]。繁花态婹娟[87]，幽鸟声格磔[88]。
西台瞰幽翳[89]，中夏失隆赫[90]。肎崖层冰凝[91]，哀壑迅湍激[92]。
岩峦皆轩昂[93]，气势忽凌轹[94]，或如威凤翔[95]，或如怒猊掷[96]。
森森拥旌仗[97]，霍霍交矛戟[98]。跬步错阴阳[99]，弹指变朝夕[100]。
神光倏合离[101]，怪气或紫赤[102]，回头诧险恶，却坐转惶惑[103]。
冥濛久霏敛[104]，晻暧斜景昃[105]。偶投招提境，快得清旷域[106]。
云卧爱高寒[107]，尘襟尽荡涤[108]。象纬俨在旁[109]，精灵恍疑逼[110]。
梵放静钟鱼，广乐开筝笛。小憩凭藤轮[111]，歌眠拂莞席[112]。
藿食分钵盂[113]，茗饮对鼎铛[114]。我本山水人，夙负林霞癖。
冲情竚飚驾，清虑驰烟驿[115]。曾览九仙方[116]，疑自三清谪[117]。
谁今嗜臭腐，遂致困羁靮[118]。墨会久乖离[119]，丹经浪紬绎[120]。
难求邯郸枕[121]，空慕阜乡舄[122]。尘根未祛六[123]，人寿稀满百。
安能超世网，长此依仙客。幽怀得忻畅[124]，弱植免沦溺[125]。
兹游冠平生，触境皆创获[126]。寻思去来因[127]，顿恐仙凡隔。
良期难再遇，往事劳追忆。发倡联吟朋[128]，纪胜命子墨[129]。
绝呼互击壶，高谈同岸帻[130]。健笔扛龙文[131]，余力洞犀革[132]。
奇观摇心魂[133]，狂吟豁胸臆[134]。思将一长剑，耿耿倚穹石[135]。

【注释】

［1］杨芳灿（1753—1815）：字才叔，号蓉裳。江苏金匮（今无锡）人。乾隆丁酉拔贡，任甘肃伏羌知县，擢灵州知州，累官户部员外郎。著有《吟翠轩初稿》。历过平凉游览崆峒和柳湖，旧志书籍多收录其题诗。

［2］西陲：亦作“西垂”。西面边疆。

［3］仙真：道家称升仙得道之人。窟宅：指神怪的居处。

［4］山经：《山海经》的简称。《汉书·张骞李广利传赞》：“故言九州岛山川，《尚书》近之矣。至《禹本纪》、《山经》所有，放哉！”泛指记录山脉的舆地之书。

［5］尔雅：书名。我国最早解释词义的专著。由秦汉间学者缀辑先秦诸书旧文，递相增益而成，为考证词义和古代名物的重要资料。详覈（hé）：亦作“详核”。详细确实。

［6］漆园：指庄子。轶事：不见于正式记载的事迹。

［7］龙门：司马迁出生于龙门，故以“龙门”指代司马迁。北周·庾信《哀江南赋》：“信生世等于龙门，辞亲同于河洛。”倪璠注：“迁生龙门；太史公留滞周南，病且卒，而子迁适反，见父于河洛之间。”群籍：原指五经以外诸书，后泛指各种书籍。

［8］刚武：刚健勇武。八风：八方之风。《吕氏春秋·有始》：“何谓八风？东北曰炎风，东方曰滔风，东南曰熏风，南方曰巨风，西南曰凄风，西方曰飂风，西北曰厉风，北方曰寒风。”《淮南子·墬形训》：“何谓八风？东北曰炎风，东方曰条风，东南曰景风，南方曰巨风，西南曰凉风，西方曰飂风，西北曰丽风，北方曰寒风。”《说文·风部》：“风，八风也。东方曰明庶风，东南曰清明风，南方曰景风，西南曰凉风，西方曰阊阖风，西北曰不周风，北方曰广莫风，东北曰融风。”《左传·隐公五年》：“夫舞所以节八音，而行八风。”陆德明释文：“八方之风，谓东方谷风，东南清明风，南方凯风，西南凉风。西方阊阖风，西北不周风，北方广莫风，东北方融风。”

［9］博厚：广大深厚。《礼记·中庸》：“博厚所以载物也，高明所以覆物也。”土脉：语出《国语·周语上》：“农祥晨正，日月底于天庙，土乃脉发。”韦昭注：“脉，理也。”此谓土壤开冻松化，生气勃发，如人

身脉动。后以“土脉”泛指土壤。

［10］传疑：谓将自己认为有疑义的问题如实告人。亦谓传授有疑义的问题。《穀梁传·庄公七年》：“《春秋》著以传著，疑以传疑。”

［11］考信：谓查考其真实。语出《礼记·礼运》：“此六君子者，未有不谨于礼者也，以着其义，以考其信。”

［12］灵奇：神异，神奇。

［13］雄特：雄奇突兀。

［14］神功：神灵的功力。《南史·谢惠连传》：“（灵运）忽梦见惠连，即得‘池塘生春草’，大以为工。常云：‘此语有神功，非吾语也。’”雕镂：比喻刻意修饰文辞。

［15］天骨：指骏马的躯干。此喻崆峒。癯瘠：瘦弱；消瘦。《昭明文选》沈约《齐故安陆昭王碑文》：“若此移年，癯瘠改貌。”李善注：“《尔雅》曰：‘臞，瘠也。’与癯同。”

［16］丽崎：绮丽峻伟。

［17］一元：宋·邵雍《皇极经世·观物篇一》把世界从开始到消灭的一个周期叫作一元。一元有十二会，一会有三十运，一运有十二世，一世有三十年，故一元共有十二万九千六百年。《朱子语类》卷二四：“到得一元尽时，天地又是一番开辟。”闷：掩蔽；隐藏。寥闃（qù）：即“寥阒”。寂静。

［18］三霄：高空。喻仕途得意，占居高位。金光：金黄色的光辉。

［19］霁景：雨后晴明的景色。

［20］蔼：美好，和善。明婳（huà）：清亮美好。《昭明文选》嵇康《琴赋》：“轻行浮弹，明婳睽慧。”李善注：“婳，静好也。”

［21］重闉（yīn）：指多重宫门或城门。

［22］广陌：大路。

［23］火铃：道士所用的法器。

［24］真诀：指道士作法念咒时所捏的诀。

［25］灵符：道教的符箓。魊魖（qíyù）：指鬼魅。

［26］滞碍：今作窒碍。阻碍，不通畅。

［27］锐进：谓迅速进军。

［28］覇（bà）：同“魄”，月体黑暗部分。

［29］丹臒：同“丹雘”。红色颜料。

［30］七圣：指传说中的黄帝、方明、昌寓、张若、謵朋、昆阍、滑稽七人。《庄子·徐无鬼》：“黄帝将见大隗乎具茨之山，方明为御，昌寓骖乘，张若、謵朋前马，昆阍、滑稽后车；至于襄城之野，七圣皆迷，无所问涂。”

［31］万灵：众生灵；人类。《鹖冠子·度万》：“唯圣人能正其音，调其声，故其德上及太清，下及泰宁，中及万灵。”

［32］大騩（guī）：山名。在今河南新郑县西南。《山海经·中山经》：“又东三十里，曰大騩之山，其阴多铁。”《汉书·地理志上》：“（河南郡）密，故国。有大騩山，潩水所出。”

［33］罔象：亦作“罔像”。古代传说中的水怪。或谓木石之怪。《国语·鲁语下》：“水之怪曰龙、罔象。”韦昭注：“或曰罔象食人，一名沐肿。”《庄子·达生》：“水有罔象。”陆德明释文：“司马本作‘无伤’。云：状如小儿，赤黑色，赤爪，大耳，长臂。一云：水神名。”遗珠：谓遗失珍珠。语出《庄子·天地》：“黄帝游乎赤水之北，登乎昆仑之丘，而南望还归，遗其玄珠。”

［34］华胥：《列子·黄帝》：“（黄帝）昼寝，而梦游于华胥氏之国。华胥氏之国在弇州之西，台州之北，不知斯齐国几千万里。盖非舟车足力之所及，神游而已。其国无帅长，自然而已；其民无嗜欲，自然而已……黄帝既寤，怡然自得。”后用以指理想的安乐和平之境，或作梦境的代称。宋·王安石《书定林院窗》之一：“竹鸡呼我出华胥，起灭篝灯拥燎炉。”

［35］神瀵（fèn）：传说中水名。《列子·汤问》：“终北国之中有山。山名壶领，状若甔甀。顶有口，状若员环，名曰滋穴。有水涌出，名曰神瀵。臭过兰椒，味过醪醴。”终北：神话中的国名。《列子·汤问》：“禹之治水土也，迷而失涂，谬之一国。滨北海之北，不知距齐州几千万里，其国名曰终北。”

［36］岿（kuī）：高峻独立貌。

［37］峄：山连绵不断。

［38］贝典：佛经。

［39］身毒：印度的古译名之一。《史记·大宛列传》：“（大夏）东

南有身毒国。”司马贞索隐引孟康曰：“即天竺也，所谓浮图胡也。”

［40］鸠摩：即鸠摩罗什。中国佛教史上四大译经家之一。父籍天竺，鸠摩罗什则生于西域的龟兹国（今新疆库车一带）。七岁随母亲出家。博读大、小乘经论，名闻西域诸国。后秦弘始三年（401）姚兴派人迎入长安，翻译佛典。共译出《大品般若经》《维摩诘经》《妙法莲华经》《金刚经》《大智度论》《中论》《百论》《成实论》等三十五部二百九十四卷。他的成就，不仅在于系统地介绍般若、中观之学，在翻译上更一改过去滞文格义的现象，辞理圆通，使中土诵习者易于接受理解，开辟后来宗派的义海。弟子多达三千人，著名者数十人，其中以僧肇、僧叡、道融、道生最著，称“什门四圣”。著作不多且多亡佚，有《十喻诗》《通三世论》等传世。简称为“罗”“什”。

［41］禅寂：佛教语。释家以寂灭为宗旨，故谓思虑寂静为禅寂。又谓坐禅习定。

［42］橑（lǎo）：屋椽。

［43］裓（gé）：衣襟。

［44］白业：佛教语。谓善业。躭：沉溺，迷恋。

［45］黑学：即黑业，佛教语。谓恶业。

［46］重隒（yǎn）：重叠的山崖。

［47］搜剔：搜寻。

［48］镊（niè）：古代簪端垂饰。

［49］滴沥：象声词。水下滴声。

［50］上真：真仙。

［51］觏（gòu）：遇见。

［52］砉（huā）：象声词，形容迅速动作的声音。崩坼：倒塌断裂。

［53］夸蛾：传说中的大力神。《列子·汤问》：“帝感其诚，命夸蛾氏二子负二山，一厝朔东，一厝雍南。自此冀之南，汉之阴，无陇断焉。”

［54］巨灵：神话传说中劈开华山的河神。《文选》张衡《西京赋》：“缀以二华，巨灵赑屃，高掌远跖，以流河曲，厥迹犹存。”薛综注：“巨灵，河神也……古语云：此本一山当河，水过之而曲行，河之神以手擘开其上，足蹋离其下，中分为二，以通河流。手足之迹，于今尚在。”

擘：劈开。

［55］蚴蟉（yòuliú）：亦作“蚴虬”。树木盘曲纠结貌。宋·苏轼《题过所画枯木竹石》之二：“散木支离得自全，交柯蚴蟉欲相缠。”雄蝀（dōng）：虹有二环时，内环色彩鲜盛为雄，名虹。

［56］连蜷（quán）：长曲貌。雌蜺：虹外环色彩暗淡为雌，名蜺，即霓，今称副虹。

［57］呿（qù）：张口貌。

［58］躄（bì）：瘸腿，足不能行。

［59］尻（kāo）：臀部。

［60］脰（dòu）：颈项。悁（yuān）：疲乏。

［61］灵鳌：神话传说中的巨龟。语出《楚辞·天问》：“鳌戴山抃，何以安之?”王逸注引《列仙传》：“有巨灵之鳌，背负蓬莱之山而抃舞。”

［62］蛟：古代传说中的一种龙。常居深渊，能发洪水。《楚辞·九歌·湘夫人》：“麋何食兮庭中？蛟何为兮水裔?”王逸注：“蛟，龙类也。”

［63］林莽：泛指乡野。积苏：指丛生的野草。

［64］城郭：亦作“城廓”。泛指城市。摘埴：即“擿埴”。“擿埴索途”的省称。亦作“擿植索涂”。谓盲人以杖点地摸索道路。常喻暗中求索。汉·扬雄《法言·修身》：“擿埴索涂，冥行而已矣。”李轨注：“埴，土也。盲人以杖擿地而求道，虽用白日，无异夜行。夜行之义，面墙之谕也。”

［65］齐州：犹中州。古时指中国。《尔雅·释地》：“岠齐州以南，戴日为丹穴。”郭璞注：“岠，去也；齐，中也。”邢昺疏：“中州，犹言中国也。”《列子·汤问》：“汤又问曰：‘四海之外奚有?’革曰：‘犹齐州也。’”张湛注：“齐，中也。”

［66］䃸磹（xiāndiàn）：电光。

［67］交格：谓抗拒。《公羊传·庄公三十一年》“齐，大国也，曷为亲来献戎捷”汉·何休注：“古者方伯征伐不道，诸侯交格而战者，诛绝其国，献捷于王者。”徐彦疏：“格，犹距也。谓与交战而距王。今人谓不顺之处为格化之类。”

［68］掀腾：翻腾；翻动。轧：压倒。

［69］拗怒：愤怒不平。霹雳：响雷，震雷。

［70］乖龙：传说中的孽龙。奋：振动。鳞鬣（liè）：指龙的鳞片和鬣毛。亦指鱼的鳞片和背鳍。

［71］猛兕：犀牛。觝：用角顶；触。

［72］窘束：约束；拘谨。贰：匹敌。负尸：鞍下有回毛的马。古人以为骑之不祥，故名。

［73］蠥（niè）：妖孽。女丑：亦作“女仞”。神名。《山海经·海外西经》：“女丑之尸，生而十日炙杀之。在丈夫北，以右手鄣其面。十日居上，女丑居山之上。”腊（xī）：干肉。

［74］阨：困厄；困窘。

［75］樛（liáo）枝：向下弯曲的树枝。

［76］虎魄：亦作“虎珀”。树脂入地多年，经过石化而成。质优者，用作珍贵装饰品；较差者，用作药物。亦有用作器物，如杯、瓶、枕之类。今写作“琥珀”。

［77］梗柟（nán）：即“楩柟”，亦作“楩楠”。黄楩木与楠木。皆大木。

［78］栝（guā）：柏叶松身。

［79］帝台：帝阙。唐·骆宾王《和孙长史秋日卧病》：“霍第疏天府，潘园近帝台。”碁：同“棋”，围棋。

［80］奕：通“弈”，下棋。

［81］方罫（guǎi）：指棋盘上的方格。《文选》韦昭《博弈论》：“然其所志不出一枰之上，所务不过方罫之间。”张铣注：“罫，线之间方目也。”

［82］流丹：流动着红色。形容色彩飞动。

［83］上药：指仙药。《神农本草经》卷三：“上药令人身安命延，升天神仙，遨游上下。”唐·李商隐《高松》：“上药终相待，他年访伏龟。”冯浩注引《本草注》：“茯苓通神灵，上品仙药也。”

［84］山叟：住在山中的老翁。赭鞭：相传为神农氏用以检验百草性味的赤色鞭子。晋·干宝《搜神记》卷一：“神农以赭鞭鞭百草，尽知其平毒寒温之性，臭味所主，以播百谷。”古代用为驱邪之物。《汉书·王莽传下》：“桃汤赭鞭，鞭洒屋壁。”颜师古注：“桃汤洒之，赭鞭鞭

之也。”

［85］斢（jū）：舀取。元液：即“玉液”，道家炼成的所谓仙液。

［86］岊（jié）：山峰。空碧：指澄碧的天空。

［87］姬（pián）娟：美好貌。

［88］格磔：鸟鸣声。

［89］幽翳：草木繁茂。

［90］中夏：仲夏，夏季之中，指农历五月。后亦指盛夏。隆赫：高厚。

［91］窅（yǎo）：深远。

［92］哀壑：凄凉冷落的深谷。湍激：水流猛急。

［93］轩昂：高峻貌；扬起貌。

［94］凌轹（lì）：欺压；压倒。

［95］威凤：瑞鸟。旧说凤有威仪，故称。

［96］怒猊（ní）：愤怒的狮子。形容笔势或文风遒劲。《新唐书·徐诰传》：“尝书二十四幅屏，八体皆备，草隶尤工。世状其法曰‘怒猊抉石，渴骥奔泉’云。”掷：腾跳；纵跃。

［97］旄仗：指游行队伍前列所举的旗帜、标志等。

［98］霍霍：晶莹闪烁貌。北魏·贾思勰《齐民要术·笨曲并酒》：“（作春酒法）其七酘以前，每欲酘时，酒薄霍霍者，是曲势盛也，酘时宜加米，与次前酘等。”缪启愉校释：“霍霍，形容酒薄。这里所谓酒薄，指糖化、发酵作用旺盛，出酒情况良好，即液化迅速产酒量较多，实际是发酵醪较为稀薄，不是指酒味淡薄，所以用‘霍霍’来形容。霍霍犹言闪闪、亮晶晶，也是醪稀液多的状况。”

［99］跬步：半步，跨一脚。《大戴礼记·劝学》：“是故不积跬步，无以致千里；不积小流，无以成江海。”王聘珍解诂：“跬，一举足也。”《荀子·劝学》作“蹞步”。杨倞注：“半步曰蹞，蹞与跬同。”

［100］弹指：捻弹手指作声。佛家多以喻时间短暂。

［101］神光：神异的灵光。《楚辞》王逸《九思·哀岁》：“神光兮颎颎，鬼火兮荧荧。”原注：“神光，山川之精能为光者也。”倏：犬疾行貌。引申为疾速，忽然。合离：聚合与分离。《管子·侈靡》：“夫运谋者，天地之虚满也；合离也，春秋冬夏之胜也。”尹知章注：“若天地之

有满虚合离，乃理之不可已者也。”

［102］怪气：怪异的云气。

［103］惶惑：疑惧；疑惑。

［104］冥濛：亦作“瞑蒙”。幽暗不明。

［105］晻（àn）暧：昏暗貌。《文选》王延寿《鲁灵光殿赋》：“遂排金扉而北入，宵蔼蔼而晻暧。”张铣注：“晻暧，暝色。”景昃：太阳偏西。

［106］清旷：清朗开阔。

［107］云卧：高卧于云雾缭绕之中。谓隐居。高寒：地势高而严寒。

［108］荡涤：冲洗；清除。

［109］象纬：象数谶纬。亦指星象经纬，谓日月五星。晋·王嘉《拾遗记·殷汤》：“师延者，殷之乐人也。设乐以来，世遵此职。至师延，精述阴阳，晓明象纬，莫测其为人。”齐治平注：“象纬，象数谶纬。象数谓龟筮之类；谶纬谓谶录图纬、占验术数之书。”

［110］精灵：犹精神。亦指神仙；精怪。《文选》左思《吴都赋》：“舜禹游焉，没齿而忘归，精灵留其山阿，玩其奇丽。”吕向注：“精灵，神仙之类。”

［111］藤轮：藤制的靠枕。置之坐侧，可凭倚而卧。唐·杜甫《赠王二十四侍御契四十韵》：“长歌敲柳瘿，小睡凭藤轮。”浦起龙心解：“当如隐囊之类。”一说即蒲团。《事物异名录·器用·蒲团》引明·彭大翼《山堂肆考》：“藤轮即蒲团也。”

［112］莶（xiān）席：用细莞编织的席。

［113］藿食：以豆叶为食。指粗食。

［114］茗饮：饮茶。鬲瓦（lì）：同“鬲”，古代炊具。

［115］清虑：思虑的敬辞。

［116］九仙：九类仙人。梁武帝《登名山行》：“采药逢三岛，寻真遇九仙。”《云笈七签》卷三：“九仙者，第一上仙，二高仙，三火仙，四玄仙，五天仙，六真仙，七神仙，八灵仙，九至仙。”泛指众仙。

［117］三清：道教所指玉清、上清、太清三清境。

［118］羁靮（dí）：马络头和缰绳。泛指驭马之物。《礼记·檀弓下》：“如皆守社稷，则孰执羁靮而从？”陈澔集解：“羁，所以络马；靮，

所以鞚马。”比喻束缚。

［119］墨会：文友聚会。乖离：离别；分离。

［120］丹经：讲述炼丹术的专书。紬（chōu）绎：引出端绪。引申为阐述。《汉书·谷永传》：“燕见紬绎，以求咎愆。”颜师古注：“紬绎者，引其端绪也。”

［121］邯郸枕：唐·沈既济《枕中记》载：卢生于邯郸客店中遇道士吕翁，翁探囊中枕以授之，曰：“子枕吾枕，当令子荣适如志。”其枕青瓷，而窍其两端。生就枕入梦，历尽人间富贵荣华。梦醒，店主蒸黄粱未熟。后因以“邯郸枕”喻虚幻之事。

［122］阜乡舄（xì）：指仙人的鞋子。旧题汉·刘向《列仙传·安期先生》载，秦始皇东游，与之语三日夜，赐金璧数千万。出阜乡亭，皆置去，留赤玉舄一双为报。

［123］尘根：佛教以色、声、香、味、触、法为六尘，眼、耳、鼻、舌、身、意为六根。根尘相接，便产生六识，导致种种烦恼。

［124］忻（xīn）畅：欢畅。

［125］弱植：谓陷入不良的境地或痛苦的境界而难以自拔。

［126］创获：谓过去没有的成果或心得。

［127］寻思：思索；考虑。去来：佛教语。指过去、未来。

［128］联吟：犹联句。两人或多人共作一诗。

［129］子墨：汉扬雄作品中虚构的人名。后借指文章、文辞。《文选》扬雄《〈长杨赋〉序》：“聊因笔墨之成文章，故藉翰林以为主人，子墨为客卿以风。”李周翰注：“子者，男子之通称。借以为主客而讽焉。”

［130］岸帻：推起头巾，露出前额。形容态度洒脱，或衣着简率不拘。

［131］健笔：雄健的笔，谓善于为文。亦借指雄健的文章。龙文：喻雄健的文笔。语出唐·韩愈《病中赠张十八》：“龙文百斛鼎，笔力可独扛。”

［132］犀革：犀牛皮。《左传·庄公十二年》：“陈人使妇人饮之酒，而以犀革裹之。”

［133］奇观：罕见的景象；奇异少见的事情。心魂：心神，心灵。

［134］胸臆：内心；心中所藏。

［135］耿耿：烦躁不安，心事重重。《楚辞·远游》：“夜耿耿而不寐兮，魂茕茕而至曙。”洪兴祖补注：“耿耿，不安也。”穹石：大岩石。《文选》司马相如《上林赋》：“赴隘狭之口，触穹石，激堆埼。”李善注引张揖曰：“穹石，大石也。”

【解析】

这是一首五言古诗。从开端到“卒卒身未历”，叙写崆峒在史书及古代典籍中的记载。突出崆峒从形成到现在时间的久远及其奇异的自然景观，并表达无限向往之情。从“非无邱壑志”到“小住息劳役”，叙写自己终于有一点闲暇实现登临之愿。从“霁景湛清澄”到“广成留化迹”，写作者结伴登临崆峒，在道教法术的护佑下穿行于山中领略崆峒山自然及人文之景。从“政途七圣迷”到“非可常理测”，由黄帝向广成问道之事联想道家对“道”的阐发。“中峰耸处尊”四句写中峰之景。从“梵宇广十楹”到“黑学我未识”，写佛寺建筑，藏经及对佛法的感悟。从“径纡修蛇蟠”到“石泉疏滴沥”，写灵龟台之景。从“东冈削高青”到“杳渺迹难觅”，写元鹤洞之景。从“北岭最崛奇”到“长河一丝白”，写北岭之景。从“危峰名礶磹”到“后辈列栝柏”，写雷声峰之景。从“帝台尚置碁”到“幽鸟声格磔”，写棋盘岭之景。从“西台瞰幽翳”到“茗饮对鼎铛”，写西台之景。从“我本山水人”到结尾，抒写作者热爱山林，求仙悟道之感受。最后说明此次游历是平生最有收获的，自己也倍加珍惜，因而将此次游历记录下来，括成洋洋洒洒的一百韵。结尾气势雄健，虽有仙凡之隔，但求仙之心仍未泯。一生为追求理想犹如求仙，应孜孜不懈。

崆　峒（集古）

（清）王　骏[1]

树樑山如画[2]（梁元帝），风光满上兰[3]（庾信）。

云间有玄鹤（阮籍），雾里见飞鸾（梁简文帝）。

河广风威厉[4]（刘孝威），楼空月色寒（刘孝先）。

年来空自老（荀济），高驾且盘桓[5]（邢邵）。

【注释】

［1］作者生平事迹不详，张伯魁《崆峒山志》载为拔贡，平凉人，字驾飞。

［2］樑：同“杂”。

［3］上兰：上兰观。

［4］威厉：犹威严。

［5］盘桓：徘徊；逗留。《文选》班固《幽通赋》：“承灵训其虚徐兮，伫盘桓而且俟。”李善注：“盘桓，不进也。”

【解析】

这是一首集古人成句五言律诗。第一句出自南朝梁·梁元帝《巫山高》：“树樑山如画，林暗涧疑空。”第二句出自北周·庾信《拟咏怀》：“日色临平乐，风光满上兰。”第三句出自三国魏·阮籍《咏怀》：“云间有玄鹤，抗志扬哀声。”第四句出自南朝梁·梁简文帝《夜望浮图上相轮》：“光中辩垂凤，雾里见飞鸾。”第五句出自南朝梁·刘孝威《公无渡河》：“请公无渡河，河广风威厉。”第六句出自南朝梁·刘孝先《和兄孝绰夜不得眠》:“叶惨风声异,楼空月色寒。”第七句出自南朝梁·荀济《赠阴梁州》:“年来空自老,岁去不知春。”第八句出自北齐·邢邵《冬夜酬魏少傅直史馆》:“寄语东山道,高驾且盘桓。”

游崆峒

（清）邱中涟[1]

泾渡仙桥石，归来许暂登。碧摩天一色，峭拔地千层[2]。

洞化云中鹤，禅空月下僧。广成何处去，泉水尚频仍[3]。

【注释】

［1］作者生平事迹不详，张伯魁《崆峒山志》载为举人，号松峰，平凉人。

［2］峭拔：高而陡。

［3］频仍：连续不断。

【解析】

这是一首五言律诗。首联写作者跨过仙人桥登临崆峒。颔联写崆峒山峭拔高耸，山天一色。颈联写元鹤洞与月下僧，突出“化”与“空”，皆佛道思想。尾联感慨广成之不可寻，长生之不可期，唯有泉水在绵延不断地流淌。以物之永恒衬托人生之短暂。

丙辰九月登崆峒

（清）鄂云布[1]

结伴登临处，丹枫万木稠。五台空眺望，一雨便淹留[2]。
云海吞山岳，松涛撼寺楼。明朝归路迥，泾水送鸣驺。

【注释】

［1］鄂云布（生卒年不详）：号虚谷，伊尔根觉罗氏，喀尔吉善孙，满洲正黄旗人。初授笔帖式，三迁工科给事中。嘉庆元年（1798），授陕西汉中知府。擢甘肃西宁道。再迁江苏布政使，护安徽巡抚。旋以秋审诸案原拟缓决，刑部多改情实，责鄂云布宽纵，下吏部议降调，命留任。寻迁贵州巡抚，年老召还，鄂云布闻命即行。上闻之，不怿，下吏部议，夺官，授笔帖式，赏蓝翎侍卫，充叶尔羌办事大臣。旋卒。

［2］淹留：滞留，停留。

【解析】

这是一首五言律诗。首联写结伴登临崆峒，首先映入眼帘的是丹枫葱茏，万木竞碧。颔联写登五台观景遇雨，淹留山中。颈联写雨后云海和寺楼松声。尾联写归途之遥远，泾水东流，依依送别。

登东台

（清）鄂云布

鸟道嵚崎天际开[1]，相将策杖履崔嵬。
叶铺山径无人扫，苔绽云根有客来[2]。
飞瀑溜残千涧雨[3]，苍松声饱六丁雷[4]。
登高一望增惆怅，古洞风清鹤未回。

【注释】

［1］嵚崎（qīnqí）：高峻貌。也以比喻人之杰出不群。《世说新语·容止》："周伯仁（顗）道桓茂伦（彝），嵚崎历落可笑人。"又见《晋书·桓彝传》。

［2］云根：道院僧寺。为云游僧道歇脚之处，故称。

［3］溜：水流。

［4］六丁：道教认为六丁（丁卯、丁巳、丁未、丁酉、丁亥、丁丑）为阴神，为天帝所驱使；道士则可用符箓召请，以供驱使。《后汉书·梁节王畅传》："从官卞忌自言能使六丁。"李贤注："六丁，谓六甲中丁神也。若甲子旬中，则丁卯为神，甲寅旬中，则丁巳为神之类也。役使之法，先斋戒，然后其神至，可使致远方物及知吉凶也。"

【解析】

这是一首七言律诗。首联首句写崆峒之高峻，次句写相约拄杖攀登高峰。颔联写山路之景色。颈联首句为视觉描写，次句为听觉描写，均写出崆峒之气势。尾联写因未见到元鹤而心生惆怅。这里也包含求仙而不得的惆怅。

和鄂道台登崆峒

（清）阎曾履[1]

九月崆峒上，霜清落叶稠。山容看不尽，天意若为留。
杳霭云生壁，萧疏雨入楼[2]。鸿鸣应待泽，愿与导前驺。

【注释】

［1］阎曾履（生卒年不详）：号柱峰，孟津（今属河南）人。乾隆四十三年（1778）进士。曾任平凉知府，在任二十年，卒于平凉。乾隆末年奉檄编纂《平凉府志》，未能刊行即调任宁夏道。嘉庆二年（1797），主持重修柳湖书院。曾命王肇衍采编崆峒事迹，编纂山志，惜其亦未刊行。旧志存其诗文。

［2］萧疏：亦作“萧踈”。稀疏，稀少。

【解析】

这是一首五言律诗。首联写暮秋登崆峒，落叶已满地。颔联对应鄂云布诗，山雨欲留人，山容看不足。颈联写雨景。尾联以鸿鸣待泽象征作者与鄂云布的僚属关系。

登崆峒

（清）阎曾履

崆峒直上势峥嵘，连步疑从蜀道行[1]。
绝顶凭临亲斗极[2]，遥峰环列拟公卿。
为寻元鹤来天半，不觉青云接地平。
岩谷有灵还助我，一声长啸万山鸣。

【注释】

［1］连步：行走时，后脚迈到前脚相齐的位置，再迈前脚向前进。《礼记·曲礼上》："拾级聚足，连步以上。"郑玄注："连步，谓足相随不相过也。"

［2］凭临：据高俯瞰。

【解析】

这是一首七言律诗。首联描写崆峒之峻峭，登山之艰难犹如攀登蜀道。颔联写崆峒绝顶之高，其余众峰犹如公卿环列朝拜。颈联写为了追寻元鹤，来到半空，与青云为伴。尾联暗含追寻元鹤而不得，祈求山灵相助。

崆峒

（清）常　立[1]

崆峒多秀色，仙籍载山林[2]。雨洗瑶阶翠[3]，烟迷石径深。

披云时见鹤，对月偶弹琴。欲叩长生诀，赤松何处寻。

【注释】

［1］常立（生卒年不详）：平凉人。乾隆五十七年（1792）恩赐举人。六十年乙卯科会试，钦赐进士。授官翰林院检讨。旧志录其诗作。

［2］仙籍：神仙之乡。亦形容清幽之境。

［3］瑶阶：亦作“瑶堦”。玉砌的台阶。亦用为石阶的美称。

【解析】

这是一首五言律诗。首联写崆峒因山色秀丽、静谧，成为神仙所居之地。颔联写山中石径烟雨蒙蒙之景。颈联写山中生活的闲适、恬静。尾联写对长生的企羡和对神仙的追寻。

崆峒

（清）陈　元[1]

扶杖临飞阁[2]，飘飘入太空。遥瞻三岛秀[3]，高并六盘雄。
鹤舞丹霞里[4]，龙归碧涧中[5]。嗟余生也晚，难挹广成风。

【注释】

［1］陈元：生平事迹不详，张伯魁《崆峒山志》载为秀才，字文登。

［2］飞阁：亦作“飞閣”。架空建筑的阁道。《三辅黄图·汉宫》：“帝于未央宫营造日广，以城中为小，乃于宫西跨城池作飞阁，通建章宫，构辇道以上下。”

［3］三岛：指传说中的蓬莱、方丈、瀛洲三座海上仙山。亦泛指仙境。

［4］丹霞：红霞。

［5］碧涧：碧绿的山间流水。

【解析】

这是一首五言律诗。首联写扶杖登上崆峒高阁，有飘飘欲仙之感。颔联写登山所见之远景。颈联通过想象描写丹霞及碧涧。尾联慨叹自己生不逢时，未能亲历广成之风采。

拟游仙诗用唐人韵（四首）

（清）王肇衍[1]

其一

昔有广成子，跨鹤驻碧峰。朝来煮白石，夕或餐青松。
洞前花簇簇[2]，洞上草茸茸[3]。丹成泉尚在，至今有神龙[4]。（李白）

其二

林卧招提境，西山日已暝。生公夜谈禅，山鬼来窃听。
顽石皆点头，老僧方入定。门外闻晨钟，虎迹满萝径。（孟浩然）

其三

杖策登灵山[5]，忽遇山中客。山上来赤松，山下逢黄石。
洞里看残棋，不知日已夕。归来城市变，满山云无迹。（韦应物）

其四

弃家入名山，尘缘犹未了。煮羊羊不烂，起视江天晓。
仙人骑白鹿，仙女乘青鸟[6]。相邀赴瑶池，东望蓬莱小。（杜甫）

【注释】

［1］王肇衍（生卒年不详）：字秋浦，平凉人。嘉庆七年（1802）

任平凉知县时，奉平凉知府阎曾履之邀，采辑崆峒山志稿，并经曾履删改。惜未刊行，即调宝鸡任司铎。官至西安教授。其采志稿后经张伯魁删定刻板印行，即现存《崆峒山志》。旧志录存其诗文较多。

［2］簇簇：一丛丛；一堆堆。

［3］茸茸：柔细浓密貌。

［4］神龙：谓龙。相传龙变化莫测，故有此称。《韩诗外传》卷五："如神龙变化，斐斐文章，大哉，《关雎》之道也！"

［5］杖策：亦作"杖筴"。拄杖。《庄子·让王》："（大王亶父）因杖筴而去，民相连而从之，遂成国于岐山之下。"成玄英疏："因拄杖而去。"

［6］青鸟：神话传说中为西王母取食传信的神鸟。《山海经·西山经》："又西二百二十里，曰三危之山，三青鸟居之。"郭璞注："三青鸟主为西王母取食者，别自栖息于此山也。"《艺文类聚》卷九一引旧题汉·班固《汉武故事》："七月七日，上于承华殿斋，正中，忽有一青鸟从西方来，集殿前。上问东方朔，朔曰：'此西王母欲来也。'有顷，王母至，有两青鸟如乌，侠侍王母旁。"后遂以"青鸟"为信使的代称。

【解析】

这是一组五言古诗。模拟游仙诗，以歌咏神仙为内容，表达对仙界之向往。第一首描写广成子在崆峒山的生活，广成遗风，至今留存。第二首写山中寺院谈禅诵经之佛事活动。第三首想象登山途中遇仙之事。第四首写自己入名山求仙，但尘缘未了，也只能想象仙境了。

秋日登崆峒访张年友希孔

（清）王肇衍

秋染崆峒色，疏林醉夕阳[1]。山深红叶路，僧老白云乡。
招隐寻元晏[2]，游仙忆子房[3]。烟霞高卧处，风景暮苍苍[4]。

【注释】

［1］疏林：叶子稀疏的林木。唐·王昌龄《途中作》：“坠叶吹未晓，疏林月微微。”

［2］元晏：即玄晏。皇甫谧（215—282），幼名静，字士安，自号玄晏先生。安定郡朝那县（今甘肃灵台）人，后徙居新安（今属河南）。三国西晋时期学者、医学家、史学家，东汉名将皇甫嵩曾孙。他一生以著述为业，后得风痹疾，犹手不释卷。晋武帝时累征不就，自表借书，武帝赐书一车。其著作《针灸甲乙经》是中国第一部针灸学的专著。在文学、史学方面，他编撰了《历代帝王世纪》《高士传》《逸士传》《列女传》，著有《元晏先生集》。

［3］子房：张良（约前250—前186），字子房，河南颍川城父（今河南宝丰）人，秦末汉初杰出的谋士、大臣，与韩信、萧何并称为“汉初三杰”。他精通黄老之道，不留恋权位，据说晚年跟随赤松子云游。张良去世后，谥文成。《史记·留侯世家》专门记载了张良的生平。汉高祖刘邦在洛阳南宫评价他说：“夫运筹帷幄之中，决胜于千里之外，吾不如子房。”

［4］苍苍：深青色。《庄子·逍遥游》：“天之苍苍，其正色也。”《史记·天官书》：“正月，与斗、牵牛晨出东方，名曰监德。色苍苍

有光。”

【解析】

这是一首五言律诗。首联写秋日的崆峒在夕阳照射下，山色如醉。颔联写红叶铺满山经，老僧行走在白云缭绕的山路上。红白色彩相映，视线由近及远。颈联用历史人物皇甫谧和张良比自己要寻访的友人，表达对他的赞赏之情。尾联继续写景，衬托友人的高隐之风。

登崆峒

（清）王肇衍

凭空削出秀芙蓉，选胜登攀翠霭重。
石壑烟深藏虎豹[1]，松崖风动起蛟龙。
僧归碧嶂千寻寺[2]，鹤舞青宵第一峰[3]。
欲向广成参至道，丹台终古白云封。

【注释】

［1］石壑：山间石谷。

［2］碧嶂：青绿色如屏障的山峰。

［3］青宵："宵"应为"霄"。

【解析】

这是一首七言律诗。首联将崆峒之美景以芙蓉作比，并叙写在重重翠霭中攀登崆峒。颔联写在石壑和松崖之中，虎豹深藏，蛟龙起舞。颈联虚实相映，以虚衬实，写山中自然之景与人文之景。尾联表达对至道的追求，以及对丹台尘封已久、至道不易得的感慨。

望驾山[1]（集唐）

（清）王肇衍

日暮苍山远（刘长卿），逍遥望晴川（储光羲）。

轩游会神处（张说），龙驾空茫然[2]（李白）。

【注释】

［1］望驾山：崆峒山之前幛，海拔1926米，山顶与阴坡多茂林。泾水与后峡胭脂水交汇于东，其西有堑，隔堑与东台诸峰相望。崆峒水库大坝从刘家山直抵山腰。山麓村落称甘家坟，曾发掘出齐家文化遗址。多传说故事，山顶有望驾亭遗址。

［2］龙驾：龙拉的车。《楚辞·九歌·云中君》：“龙驾兮帝服，聊翱游兮周章。”王逸注：“言天尊云神，使之乘龙。”后泛指神仙的车驾。

【解析】

这是一首集唐人诗句的五言绝句。第一句出自刘长卿《逢雪宿芙蓉山主人》：“日暮苍山远，天寒白屋贫。”第二句出自储光羲《同王十三维偶然作》：“落日临层隅，逍遥望晴川。”第三句出自张说《奉和途中经华岳应制》：“轩游会神处，汉幸望仙情。”第四句出自李白《金沙泉见寄》：“鼎湖梦渌水，龙驾空茫然。”

饮月石（集唐）

（清）王肇衍

来拂溪边石（白居易），清辉照衣裳[1]（刘昚虚）。
长留一片月（李白），每夜吐光芒（杜甫）。

【注释】

[1] 清辉：清光。多指日月的光辉。

【解析】

这是一首集唐人诗句五言绝句。第一句出自白居易《溪中早春》："爱此天气暖，来拂溪边石。"第二句出自刘昚虚《阙题》："幽映每白日，清辉照衣裳。"第三句出自李白《送杨山人归嵩山》："长留一片月，挂在东溪松。"第四句出自杜甫《蕃剑》："如何有奇怪，每夜吐光芒。"

蜡烛峰（集唐）

（清）王肇衍

望远试登山（李冶），数峰相向绿（赵嘏）。
仙人游碧峰（李白），夜夜当秉烛[1]（李白）。

【注释】

［1］秉烛：谓持烛以照明。

【解析】

这是一首集唐人诗句五言绝句。第一句出自女道士李冶《寄朱昉》："望远试登山，山高湖又阔。"第二句出自赵嘏《越中寺居》："数峰相向绿，日夕郡城东。"第三句出自李白《游太山六首》之六："仙人游碧峰，处处笙歌发。"第四句出自李白《古风》其二十三："三万六千日，夜夜当秉烛。"

西　台（集唐）

（清）王肇衍

夕阳度西岭（孟浩然），结宇依空林[1]（孟浩然）。
寺远僧来少（许浑），萧疏松柏阴（张九龄）。

【注释】

［1］结宇：建造屋舍。

【解析】

这是一首集唐人诗句五言绝句。第一句出自孟浩然《宿来公山房期丁大不至》："夕阳度西岭，群壑倏已暝。"第二句出自孟浩然《大禹寺义公禅》："义公习禅寂，结宇依空林。"第三句出自许浑《题韦隐居西斋》："寺远僧来少，桥危客过稀。"第四句出自张九龄《郢城西北有大古冢数十观，其封域多是楚时诸王，而年代久远不复可识。唯直西有樊妃冢，因后人为植松柏，故行路尽知之》："牢落山川意，萧疏松柏阴。"

北　台（集唐）

（清）王肇衍

北山白云里（孟浩然），磴道盘虚空（岑参）。
但与双峰对（岑参），双桥落彩虹[1]（李白）。

【注释】

［1］彩虹：日光与水气相映，呈现在天空中的弧形彩色光带。

【解析】

这是一首集唐人诗句五言绝句。第一句出自孟浩然《秋登万山寄张五》：“北山白云里，隐者自怡悦。”第二句出自岑参《与高适薛据同登慈恩寺》：“登临出世界，磴道盘虚空。”第三句出自岑参《终南山双峰草堂作》：“昼还草堂卧，但与双峰对。”第四句出自李白《秋登宣城谢朓北楼》：“两水夹明镜，双桥落彩虹。”

登崆峒

（清）王槐衍[1]

古洞烟消瑞气攒[2]，胎禽天外振风翰。

毓灵恰际唐虞盛[3]，托迹欣逢宇宙宽[4]。

清唳几声冲汉表[5]，浓云一片渡重峦。

翔霞乍向晴光杳，卧月犹疑曙色寒[6]。

道骨中虚元似墨，法冠高耸渥成丹[7]。

登临共庆仙缘近[8]，五马风高此日看。

【注释】

［1］作者生平事迹不详，张伯魁《崆峒山志》载为知县，平凉人，字荫沂。

［2］攒：聚集。

［3］唐虞：唐尧与虞舜的并称。亦指尧与舜的时代，古人以为太平盛世。

［4］托迹：犹寄身。多指寄身方外，或遁处深山或贱位，以逃避世事。

［5］汉表：犹天表，天外。

［6］曙色：拂晓时的天色。

［7］法冠：古代冠名。本为楚王冠，从秦汉起，御史、使节和执法官皆戴此冠。《史记·淮南衡山列传》："汉使节法冠。"裴骃集解引蔡邕曰："法冠，楚王冠也。秦灭楚，以其君冠赐御史。"亦指监察御史之职。《旧唐书·德宗纪上》："监察御史张著以法冠弹中丞严郢浚陵阳渠匿诏不

行，削郢官，着赐绯鱼。”

［8］仙缘：道家谓修道成仙的缘分。

【解析】

这是一首七言排律。首联写元鹤洞瑞气凝聚，元鹤在天外振翰高翔。第二联写元鹤孕育时间之久远，寄身地域之宽广。第三联写元鹤在天空中飞翔时的叫声传递之远，可达天外。第四联写天空翔霞卧月之景。第五联用拟人手法描写元鹤外形特征。第六联慨叹自己有幸来此山接近仙缘。

元鹤行

（清）朱愉梅[1]

崆峒南峰绝壁下，鹤巢高嵌芙蓉朵。
胎禽孕精邃古初，丹穴幻毓元阴卵[2]。
盘空羽化几千年，传闻出世当尧天。
奇寒大雪曾闻语，明月吹笙空控仙。
边风塞雪恒匿迹，翔舞人间亦偶然。
灵禽两两为前导，仙侣重逢是夙缘[3]。
踏破烟霞石蹬仄，车轮蓦展摩天翼。
清唳霜高出九霄，元裳影带残阳黑。
克使遥传阆苑书，餐风那觅芝田食[4]。
白云无际碧山青，飞飞点破寥天色。
歌调招鹤鹤归来，玉宇高寒阊阖开。
游戏沧溟水清浅，御风送我到蓬莱。

【注释】

［1］朱愉梅（生卒年不详）：字子芳，号峒鹤。平凉人。嘉庆十五年（1810）举人，官同知。于嘉庆十八年（1813）纂成《柳湖书院志》刊行。著有《峒鹤诗集》，旧志录存愉梅诗文较多。

［2］元阴：中医学名词。亦称“真阴”“真水”。与“元阳”相互依存为用，同为生命的本原，故名。

［3］夙缘：前生的因缘。

［4］芝田：传说中仙人种灵芝的地方。

【解析】

这是一首七言古诗。第一、第二句写元鹤洞的位置。第三句到第六句写元鹤孕育时间之久远。第七句到第十句写元鹤来此边塞之地纯属偶然。第十一句到第二十句写元鹤双双翱翔于天空，鹤鸣九皋，装点苍穹。最后四句写作者期待元鹤能带其到达仙界。

登崆峒

（清）张伯魁[1]

直到崆峒顶，见石不见土。危途履巉岩[2]，曲折不可数。

前峰高百丈，元鹤焉能睹。力尽未暇喘，目眩不敢俯。

阴洞星象寒[3]，阳崖日月聚。石状森相向，距角欲眷怒[4]。

中有神仙迹，腾上分金缕[5]。绝顶多悲风，飘飖黄鹄羽[6]。

不忍舍此去，何当出寰宇[7]。

【注释】

［1］张伯魁（生卒年不详）：字春溪，海盐（今属浙江）人。嘉庆二十二年（1817）调任平凉知府，于王肇衍、阎曾履志稿“删繁就简，重加纂修”，于嘉庆二十四年（1819）五月刻板印行。今海内外流传《崆峒山志》，多系同治十一年（1872）秋，皇城太和宫主持重新刻板印行本。伯魁山志分 2 卷，约 3 万字，分图、辨、古迹、名胜、寺观、仙踪（附释）、隐逸、物产、诗、赋、记、论共 12 目。张维评论此志：“于李（应奇）志删去分野、建革、疆域、田赋等目，而于阎稿亦多删减，盖亦山水志之稍近严整者。然古迹所载，多属故事。而见于寺观之唐宋旧迹，转不载入，去取已嫌失据。”“名山金石，国故攸关，此志不列专目，未免轻其所重。”旧志录存伯魁诗文较多。

［2］危途：亦作“危塗”。艰险难行的道路。亦指危险的途程。

［3］星象：指星体明、暗、薄、蚀等现象，古代天文术数家据以占验人事的吉凶。

［4］眷：回视。怒：怒目。

［5］金缕：金属制成的穗状物。

［6］飘飖：飞翔貌。黄鹄：鸟名。《商君书·画策》：“黄鹄之飞，一举千里。”

［7］寰宇：天下，宇宙。

【解析】

这是一首五言古诗。前八句写登临崆峒途中之感受。崆峒山峰高耸，山路曲折，令人息不暇喘，目不暇视。后八句写登上崆峒绝顶所见之景。崆峒乃神仙遗迹，有高处不胜寒之感。结尾两句写被崆峒仙境吸引，不忍离去。

崆峒山歌

（清）张伯魁

君不见崆峒之山直上四万八千尺，乃是广成子之所宅。
天光树影相磨欲[1]，石状万古空中白。
二十八宿森开张[2]，三十六帝参翱翔[3]。
天风吹落瑶台雪，千崖万洞争浩洁。
日月徘徊于其中，不知出入光景灭[4]。
五台高下列层峦，璀璀灿灿尤奇绝[5]。
夕阳倒影摇石彩，一塔照耀金银阙。
穴网毗卢相对起[6]，普贤五老如附耳[7]。
百泉同会仙人桥[8]，日夜奔流泾河水。
疾则礔嚦徐则文[9]，清濑皓石相与终[10]。
水风相生霅然止[11]，无恶兽兮与毒蛇。
嗥苍鹿兮啼青兕[12]，澌水狂夫惊魂魄[13]。
以手据石而直视，问道宫前五株松。
万年青青青不死，松树根如青铜屈。
老龙抱归幽潭里，若有人兮松之下。
骑北斗兮履天纪[14]，授我以五龙之秘法[15]。
金泥玳检青云笈[16]，尧舜文康已邈矣[17]，我思古人何嗟及。
吾闻西方有昆仑，其上可以摘星辰。
中有西王母，朝朝朝紫宸[18]。
八骏天上来[19]，元鹤如车轮。
元气出入仙人迎，朝日夕月含神光。
黄河九曲曲入海，使我目极空断肠。

肠空断，君不见崆峒之山万千峰，峰峰相向磨青苍[20]。

【注释】

［1］欸：笑，含笑。

［2］二十八宿：指我国古代天文学家把周天黄道（太阳和月亮所经天区）的恒星分成二十八个星座。《淮南子·天文训》："五星、八风，二十八宿。"高诱注："二十八宿，东方：角、亢、氐、房、心、尾、箕；北方：斗、牛、女、虚、危、室、壁；西方：奎、娄、胃、昴、毕、觜、参；南方：井、鬼、柳、星、张、翼、轸也。"

［3］三十六帝：道教所称三十六天帝。据《云笈七签》卷二十一记载，道教称神仙居住的天界有欲界六天、色界十八天、无色界四天、四梵天、三清天、大罗天，共三十六重。每一重有一帝，共三十六帝。

［4］光景：日月的光辉。又作"光影"。景，同"影"。后指时光，同"光阴"。

［5］璀灿：亦作"璀璨"。光彩绚丽。

［6］毗卢：佛名。毗卢舍那（亦译作毗卢遮那）之省称。即大日如来。一说，法身佛的通称。宋·苏辙《夜坐》："知有毗卢一迳通，信脚直前无别巧。"

［7］普贤：佛教菩萨名。也译为"遍吉"。与文殊菩萨并称为释迦牟尼佛之二胁士。寺院塑像，侍立于释迦之右，乘白象。以"大行"著称，其道场为四川峨眉山。五老：神话传说中的五星之精。《竹书纪年》卷上："率舜等升首山，遵河渚，有五老游焉，盖五星之精也。"附耳：贴近耳朵。指窃窃私语状。《淮南子·说林训》："附耳之言，闻于千里也。"高诱注："附，近也。近耳之言，谓窃语。"

［8］仙人桥：又称"朽木桥"，在北台莲花寺后。有桥两道，通观音堂。创建无考，民国三十一年（1942）马德福、叶万春等人募资重修，后存径不盈尺长约6米原木两根架于二堑间。1985年佛教协会架槽铁两根通行。1989年佛教居士王菊英募化7000元，管理处筹款1万元，改建成拱形钢筋水泥桥，一称飞云桥，又称修渡桥。

［9］礔嚦：嚦应为"礰"之误。亦作"礔砺"。响声巨大的急雷。亦用作象声词。《素问·著至教论》："三阳者，至阳也，积并则为惊，病

起疾风，至如磷礰，九窍皆塞，阳气滂溢，乾嗌喉塞。”

［10］濑：水流石上。

［11］霅（shà）：形容时间极短。

［12］嗥（háo）：吼叫。青兕：青兕牛。古代犀牛类兽名。一角，青色，重千斤。《楚辞·招魂》：“君王亲发兮惮青兕。”王逸注：“言怀王是时亲自射兽，惊青兕牛而不能制也。”洪兴祖补注：“《尔雅》：兕，似牛。注云：一角，青色，重千斤。”

［13］淅水：根据诗意应为“游水”之误。

［14］天纪：星名。属天市垣，凡九星。《汉书·天文志》：“天纪属贯索。”

［15］五龙：古代传说中五个人面龙身的仙人，道教称为五行神。《鬼谷子·本经阴符》：“盛神法五龙。”陶弘景注：“五龙，千岁方婴孩。”李善注引《遁甲开山图》荣氏解：“五龙，皇后君也，昆弟五人，皆人面而龙身。长曰角龙，木仙也。次曰徵龙，火仙也。次曰商龙，金仙也。次曰羽龙，水仙也。次曰宫龙，土仙也。”亦谓五龙的法术。

［16］金泥玳检：即金泥玉检。以水银和金为泥作饰、用玉制成的检。古代天子封禅所用。《太平御览》卷五三六引晋·司马彪《续汉书·祭志》：“有玉牒十枚列于方石旁，东西南北各三，皆长三尺，广一尺，厚七寸。检中刻三处，深四寸，方五寸，有盖；检用金缕五周，以水银和金为泥。”因指封禅时所用的告天书函。《汉书·武帝纪》“夏四月癸卯，上还，登封泰山”颜师古注引三国魏·孟康曰：“王者功成治定，告成功于天……刻石纪号，有金策石函金泥玉检之封焉。”《梁书·许懋传》：“且燧人以前，至周之世，未有君臣，人心淳朴，不应金泥玉检，升中石刻。”青云笈：隐居学道之秘籍。

［17］文康：传说中胡人神仙名。生自上古，长生不死，能歌善舞，又善弄凤凰狮子。南朝梁·周捨《上云乐》歌其事。唐·李白有拟作，中有“大道是文康之严父，元气乃文康之老亲”句。

［18］紫宸：宫殿名，天子所居。唐宋时为接见群臣及外国使者朝见庆贺的内朝正殿，在大明宫内。后泛指宫廷。

［19］八骏：相传为周穆王的八匹名马。八骏之名，说法不一。《穆天子传》卷一：“天子之骏，赤骥、盗骊、白义、逾轮、山子、渠黄、华

骝、绿耳。”郭璞注：“八骏，皆因其毛色以为名号耳。”晋·王嘉《拾遗记·周穆王》：“王驭八龙之骏：一名绝地，足不践土；二名翻羽，行越飞禽；三名奔霄，夜行万里；四名越影，逐日而行；五名逾辉，毛色炳耀；六名超光，一形十影；七名腾雾，乘云而奔；八名挟翼，身有肉翅。”明·胡应麟则认为王嘉所载，皆一时私意诡撰，不足为征。(《少室山房笔丛》卷三四）后亦用以泛指骏马。

［20］青苍：借指天。

【解析】

这是一首七言古诗。从开端到“不知出入光景灭”，写崆峒山之阔大雄伟。从“五台高下列层峦”到“普贤五老如附耳”用拟人手法写五台之景。从“百泉同会仙人桥”到“淅水狂夫惊魂魄”写仙人桥与泾水。从“以手据石而直视”到“若有人兮松之下”写问道宫前五棵松树。从“骑北斗兮履天纪”到“朝日夕月含神光”写神仙之事。最后五句抒发求仙而不得的悲伤情感。

游崆峒（三首）

（清）张伯魁

其一

纵目穷天宇，清光扑面来。窗虚孤塔现，云净五峰开。
汉殿颓风雨，唐碑没草莱。登临同谢朓[1]，到此兴悠哉。

其二

仙人高卧处，回首望云山。寺出千峰上，僧归万木间。
平生难到此，迟暮薄游还。回忆家山路，何当识旧颜。

其三

独上崆峒顶，川原落日平。风来千里外，秋向万峰生。
天大容群物，山高入太清。慈云南海上[2]，引领倍关情。

【注释】

［1］谢朓（464—499），字玄晖，南朝齐陈郡阳夏（今河南太康）人。与“大谢”谢灵运同族，世称“小谢”。永明五年（487），与竟陵王萧子良西邸之游，初任其功曹、文学，为“竟陵八友”之一。永明九年（491），随随王萧子隆至荆州，十一年（493）还京，为骠骑谘议、领记室。建武二年（495），出为宣城太守。两年后，复返京为中书郎。之后，又出为南东海太守，寻迁尚书吏部郎，又称谢宣城、谢吏部。东昏

侯永元元年（499）遭始安王萧遥光诬陷，死狱中，时年 36 岁。谢朓善草隶，长五言诗，沈约云："二百年来无此诗也。"以山水风景诗最为出色，风格秀丽清新。并重声律，为"永明体"主要作家。后人集其作品为《谢宣城集》。

［2］慈云：佛教语。比喻慈悲心怀如云之广被世界、众生。

【解析】

三首均为五言律诗。第一首首联写登临崆峒放眼望去，清光扑面而来。颔联写凌空塔和五峰之景。颈联写崆峒古迹沧桑之感。尾联写登临之兴。第二首首联写云山仙人高卧。颔联写佛寺及僧侣。颈联慨叹与崆峒相见恨晚。尾联慨叹游宦已久，怎能辨别家乡之路。第三首首联写登上崆峒之顶所见平原落日之景。颔联写崆峒之秋景。颈联写崆峒阔大高耸之貌。尾联写佛教慈悲心怀如云之广被世界、众生。

登崆峒（二首）

（清）张伯魁

其一

绝顶岧峣接混茫[1]，常时云雾郁苍苍。
季秋摇落乾坤旷[2]，万里登临怀抱长。
山气北来当斗极，泾源东下入沧浪[3]。
天边陟屺愁何切[4]，南望白云是故乡。

其二

削立群峰列太清，莲花捧出化入城。
中天积气金银涌[5]，落日孤光霜雪生。
太华平临输磊落，众山同让遂峥嵘。
风尘不减登临兴，到处山灵识姓名。

【注释】

［1］混茫：亦作“混芒”。指广大无边的境界。唐·杜甫《滟滪堆》：“天意存倾覆，神功接混茫。”

［2］季秋：秋季的最后一个月，农历九月。《尚书·胤征》：“乃季秋月朔，辰弗集于房。”《礼记·月令》：“季秋之月，日在房，昏虚中，旦柳中。”

［3］泾源：泾水之源，在平凉。沧浪：古水名。有汉水、汉水之别流、汉水之下流、夏水诸说。《尚书·禹贡》：“嶓冢导漾，东流为汉。又

东为沧浪之水。”孔传：“别流在荆州。”北魏·郦道元《水经注·夏水》：“刘澄之著《永初山川记》云：‘夏水，古文以为沧浪，渔父所歌也。’”

［4］陟屺（qǐ）：《诗经·魏风·陟岵》：“陟彼屺兮，瞻望母兮。”郑玄笺：“此又思母之戒，而登屺山而望也。”后因“陟屺”为思念母亲之典。

［5］中天：犹参天。汉·班固《西都赋》：“树中天之华阙，丰冠山之朱堂。”李周翰注：“中天，高及半天。”

【解析】

这是两首同题七言律诗。第一首首联写崆峒与天界相接，郁郁苍苍。颔联写作者于深秋登临崆峒，兴致高亢。颈联写崆峒地理位置及为泾水之源头。尾联写作者登高思乡之情。第二首首联写崆峒群峰高耸入云。颔联写落日余晖中的崆峒景象。颈联写崆峒在众山中的地位。尾联写作者登临之兴。

题崆峒（三首）

（清）张伯魁

其一

直上崆峒颠[1]，满山生暮烟。
神仙不可见，秋月自娟娟[2]。

其二

翘首问山灵，朝朝云雾里。
岂徒惬隐沦，为国作霖雨[3]。

其三

朝出崆峒境，尘怀从此去[4]。
回首雾气生，知是经行处[5]。

【注释】

［1］颠：物体的顶部。《方言》卷六："颠，上也。"《六书故·人三》："头之上为颠，引之则山有颠，木亦有颠。凡高极皆曰颠。"

［2］娟娟：明媚貌。

［3］霖雨：甘雨，时雨。《书·说命上》："若岁大旱，用汝作霖雨。"又比喻济世泽民。

［4］尘怀：世俗的意念。元·张养浩《趵突泉》："每过尘怀为潇洒，

斜阳欲没未能回。”

［5］经行：佛教语。谓旋绕往返或径直来回于一定之地。佛教徒作此行动，为防坐禅而欲睡眠，或为养身疗病，或表示敬意。

【解析】

这是三首五言绝句。第一首写登上崆峒之巅，追寻神仙而不见，只见秋月玲珑娟娟。第二首写向山灵求雨之情形。第三首写到达崆峒之境，可以涤除世俗的意念，从而潜心奉佛。

东　台

（清）张伯魁

霜落山头度晓钟[1]，悬崖峭壁尽苍松。
人去遥指青云路，日落东岩第一峰。

【注释】

［1］晓钟：报晓的钟声。唐·沈佺期《和中书郎杨再思春夜宿直》："千庐宵驾合，五夜晓钟稀。"

【解析】

这是一首七言绝句。前两句写东台晓景，后两句写东台晚景。

雷声峰

（清）张伯魁

众山罗列见雷峰，谡谡风寒万壑松[1]。
磴道行空人不到，老僧常对碧芙蓉。

【注释】

［1］谡谡：劲风声。《初学记》卷三引晋·陆机《感时赋》："寒洌洌而寝兴，风谡谡而妄作。"亦喻风劲严峻。南朝宋·刘义庆《世说新语·赏誉》："世目李元礼谡谡如劲松下风。"刘孝标注引《李氏家传》："膺岳峙渊清，峻貌贵重。"

【解析】

这是一首七言绝句。前两句写雷声峰之松声。后两句写雷声峰人迹罕至，只有老僧以芙蓉为伴。

夜宿崆峒

（清）张伯魁

路入崆峒接太清，残星几点伴残更[1]。
惊回一枕松风梦[2]，耳畔惟闻钟磬声。

【注释】

［1］残更：中国古代将一夜分为五更，第五更时称残更。

［2］松风：即《风入松》，古琴曲名。《乐府诗集·琴曲歌辞四·风入松歌》宋·郭茂倩题解："《琴集》曰：'《风入松》，晋嵇康所作也。'"

【解析】

这是一首七言绝句。第一句写崆峒之高。第二句写崆峒夜半星空。第三、第四句写崆峒钟磬之声惊醒了作者的松风梦。

崆峒有感

（清）赵宜暄[1]

有客倦春游，偶登崆峒上。
狮岭自巑岏[2]，翠屏多幽畅。
灵谷尽仙踪[3]，长崖无俗状。
问道人已没，白云又谁访。
药灶生尘埃，丹邱委野旷[4]。
徒余千树桃，时来添新样。
处处斗芳华，佳人难比况。
春去似难留，颜色随风浪，
独有岱顶松，亭亭列青嶂，
霜雪炼奇姿，虬鳞老益壮[5]。
携琴盘根处，元鹤来相向。
目送兼手挥[6]，寸心空惆怅。
琴鹤且相随，千载遥瞻望。

【注释】

［1］赵宜暄（生卒年不详）：号霁园，江西南丰人。曾任狄道知州、固原知州，乾隆十一年（1746）任兰州知府。

［2］狮岭：即狮子岭。经过太阳掌北行可抵达，岭尽处呈绝堑，与天台山相望。此处隆起较广阔，巨石交错突出于两侧，远望如昂首雄狮而名。有“狮子望天台”胜景之称。有佛赖寺旧址。巑岏（cuánwán）：耸立貌。

［3］灵谷：神灵居住的山谷。

［4］野旷：荒野空阔。

［5］虬鳞：松树。

［6］出自三国魏·嵇康《赠兄秀才入军》："目送归鸿，手挥五弦。"

【解析】

这是一首五言古诗。前六句写登临崆峒所见之景。下四句写黄帝问道处，时间久远，苍凉空旷。中间六句写崆峒山桃树之景。其后四句写松树之品格。最后六句写琴鹤相随的闲适淡雅。

崆峒

（清）赵汝翼[1]

我闻陇坻界雍凉，变幻神奇灵根结[2]。
翠峰突兀撑青天，余岭纷然儿孙列[3]。
中通鸟道仅一线，窈深十里万盘折。
危哉石磴如云梯[4]，参差半为苔藓啮[5]。
既穷绝顶耸岩岩，俯瞩群峰皆蚁垤[6]。
森森石笋排云间[7]，药草绕砌丛细缬[8]。
高骞元鹤羽衣翩[9]，谁向胎仙求丹诀[10]。
来去自由称极乐[11]，懒随闲云飞寥泬[12]。

【注释】

[1] 赵汝翼（生卒年不详）：字辅臣，清代平凉人。

[2] 灵根：仙缘。

[3] 纷然：杂乱貌；混乱貌。

[4] 云梯：指高山上的石级或栈道。

[5] 啮（niè）：咬，侵蚀。

[6] 蚁垤（dié）：蚁穴外隆起的小土堆。

[7] 石笋：挺直的大石，其状如笋，故名。

[8] 细缬（xié）：草名，多年生草本植物。

[9] 高骞：高举；高飞。

[10] 丹诀：炼丹术。

[11] 极乐：非常快乐。

［12］寥泬（jué）：指天空。《太平广记》卷一〇二引《三宝感通记·新繁县书生》："每至斋日，村人四远就设佛供。常闻天乐，声震寥泬，繁会盈耳。"

【解析】

这是一首七言古诗。第一、第二句写崆峒之地理位置及神奇景象。第三、第四句写崆峒山峰众多，高耸入云。第五、第六句写山路蜿蜒曲折及攀登困难。第七、第八句写山路陡峭，如云梯通天。第九、第十句写登上绝顶俯视众山之小。第十一、第十二句写石笋之景象。最后四句写元鹤自由翱翔天空之情形。

登崆峒

（清）王　衮[1]

西来紫塞看崆峒，遥接昆仑一脉雄。
骑鹤客来三岛上[2]，吹箫人在五云中[3]。
禅灯朗朗天边月，细语啾啾草际虫[4]。
若遇赤松堪辟谷，香分一瓣问参同。

【注释】

［1］作者生平事迹不详，张伯魁《崆峒山志》载为教授，平凉人，字升卿。

［2］骑鹤：谓仙家、道士乘鹤云游。

［3］吹箫人：指萧史。汉·刘向《列仙传》："萧史者，秦穆公时人也，善吹箫，能致孔雀、白鹤于庭。穆公有女字弄玉好之，公遂以女妻焉。日教弄玉作凤鸣。居数年，吹似凤声，凤凰来止其屋。公为作凤台，夫妇止其上。不下数年，一旦皆随凤凰飞去。"五云：五色瑞云。多作吉祥的征兆。《南齐书·乐志》："圣祖降，五云集。"

［4］啾啾：象声词，鸟兽虫的鸣叫声。

【解析】

这是一首七言律诗。首联写崆峒与昆仑一脉相承，雄踞紫塞。颔联想象仙人骑鹤归来之情形。颈联写寺院的静谧之景。尾联写对仙道的追寻。

探泾源

（清）胡纪谟[1]

鼎峙泉飞大小珠[2]，老龙潭底贮冰壶[3]。
汪洋千顷无尘滓[4]，不到高陵不受诬[5]。

【注释】

［1］胡纪谟（生卒年不详）：号息斋，直隶通州（今属北京）人。乾隆五十五年（1890）任平凉知府时，奉谕探视泾河源流，上《泾水真源记》，为泾河之浊辩诬。题诗《探泾源》，均录旧志。

［2］鼎峙：亦作“鼎跱”。谓如鼎足并峙。

［3］老龙潭：老龙潭是泾河的源头，老龙潭背靠六盘山麓，由头潭、二潭、三潭、四潭组成。这里气候阴湿、降水充沛，潭区山高峡深，山清水秀，潭边松径幽雅，两侧悬崖怪石嶙峋，山、水、林、石景色秀丽。老龙潭不仅以渊深清澈之态、百泉汇流之势而闻名，而且以美妙神奇的传说著称于世。相传这里是《西游记》里魏征梦斩泾河老龙和唐代传奇故事柳毅传书发生的地方。乾隆皇帝曾对泾水清澈不污十分感兴趣，并派平凉知府胡纪谟亲往老龙潭考察，纪谟撰成《泾水真源记》。

［4］尘滓：比喻污秽或污秽的事物。

［5］高陵：高丘，山丘。

【解析】

这是一首七言绝句。前两句写泾源泉水之清澈貌。后两句写即使途经千里也不改清澈之质。

登崆峒

（清）朱绍洛[1]

曾闻长剑倚崆峒，仿佛登临意独雄。
此日峰头频放眼，飘飘衣振碧云中。

【注释】

[1] 作者生平事迹不详，张伯魁《崆峒山志》载为训导，平凉人，字石元。

【解析】

这是一首七言绝句。前两句写听说中的崆峒形象。后两句写亲自登上崆峒，有飘飘凌云之感。

问道宫（集苏）

（清）张绍先[1]

雾绕征衣滴翠岚[2]，尘埃一洗落毶毶[3]。
此方定是神仙宅[4]，到处先为问道庵[5]。

【注释】

［1］张绍先（生卒年不详）：字子开，甘肃循化（今甘肃积石山）人。

［2］出自苏轼《过岭》之二：“波生濯足鸣空涧，雾绕征衣滴翠岚。”征衣：旅人之衣。翠岚：山林中的雾气。

［3］出自苏轼《过岭寄子由》：“赖有祖师清净水，尘埃一洗落毵毵。”尘埃：飞扬的灰土。《礼记·曲礼上》：“前有水，则载青旌；前有尘埃，则载鸣鸢。”毶毶（sān）：同“毵毵”。垂拂纷披貌。《诗经·陈风·宛丘》“值其鹭羽”三国吴·陆玑疏：“白鹭，大小如鸱，青脚高尺七八寸，尾如鹰尾，喙长三寸许，头上有毛十数枚，长尺余，毵毵然与众毛异。”

［4］出自苏轼《宿建封寺晓登尽善亭望韶石》：“此方定是神仙宅，禹亦东来隐会稽。”

［5］出自苏轼《和子由寄题孔平仲草庵次韵》：“逢人欲觅安心法，到处先为问道庵。”道庵：寺庙。多为尼姑所居。

【解析】

这是一首七言绝句。前两句写崆峒中的雾霭可以洗涤身上的尘埃。后两句写崆峒定为神仙所居，要想问道得先去道庵。

王母宫（集苏）

（清）张绍先

流璃击碎走金丹[1]，物我终当付八还[2]。
尚爱此山看不足[3]，故留琼馆在人间[4]。

【注释】

［1］出自苏轼《富阳妙庭观董双成故宅，发地得丹鼎，覆以铜》："琉璃击碎走金丹，无复神光发旧坛。"流璃：苏轼诗《盘鼎在耳》句为"琉璃"。一种有色半透明的玉石。《后汉书·西域传·大秦》："土多金银奇宝，有夜光璧、明月珠、骇鸡犀、珊瑚、虎魄、琉璃、琅玕、朱丹、青碧。"

［2］出自苏轼《次韵道潜留别》："异同更莫疑三语，物我终当付八还。"八还：佛教语。谓八种变化相，各自还其本所因由处。

［3］出自苏轼《游道场山何山》："我从山水窟中来，尚爱此山看不足。"

［4］出自苏轼《洞霄宫》："上帝高居愍世顽，故留琼馆在人间。"琼馆：谓道观、仙宫。又《次韵张十七九日赠子由》："逍遥琼馆真堪羡，取次尘缨未可縻。"

【解析】

这是一首七言绝句。前两句写琉璃、金丹及修道者各有出处，各有因果。后两句写此山之美连神仙尚且都要留宫殿于此，何况人呢。

雷声峰

（清）韩荣佑[1]

一峰突出众峰巅，复道行空势若连。
銕锁牢攀幽磴转[2]，板桥危度断崖悬[3]。
探奇只在青萝外，揽胜惟依碧岫边。
谷底云腾雷送雨，倚栏红日艳中天。

【注释】

［1］作者生平事迹不详，张伯魁《崆峒山志》载为乡贡，字克锡。

［2］銕：古文“铁”。

［3］板桥：木板架设的桥。《墨子·备城门》：“为斩县梁，聆穿，断城以板桥。”孙诒让间诂：“连板为桥，架之城堑以便往来。”

【解析】

这是一首七言律诗。首联写雷声峰在众峰中出类拔萃，复道盘空，气势连贯。颔联通过描写铁锁和板桥衬托山路之险。颈联写作者探奇览胜的心理状态。尾联点题，写雷雨过后，艳阳高照。

崆峒怀古

（清）萧　练[1]

邃古崆峒称绝奇，轩皇曾此拜尊师。
广成洞里金经在[2]，问道宫前玉辇移[3]。
西望萧关通紫塞，东流泾水注瑶池。
至今真气钟元鹤[4]，不向人间赋别离。

【注释】

［1］作者生平事迹不详，张伯魁《崆峒山志》载为乡贡，泾州人。

［2］金经：指佛道经籍。

［3］玉辇：天子所乘之车，以玉为饰。

［4］真气：人体的元气，生命活动的原动力。由先天之气和后天之气结合而成。道教谓为"性命双修"所得之气。《素问·上古天真论》："恬淡虚无，真气从之；精神内守，病安从来?"

【解析】

这是一首七言律诗。首联写自黄帝在此山向广成子问道起，崆峒山一直以奇绝著称。颔联想象当年黄帝向广成子问道之情形。颈联写崆峒山的独特地理位置。尾联写当年广成子向黄帝传授长生之术时的真气聚集在元鹤体内，不轻易传给人间。

望崆峒

（清）王锡极[1]

余生岂肯着尘封[2]，放眼峒山第一峰。
万壑清幽如指掌，五台形胜可罗胸。
还丹未就思黄帝，辟谷无缘访赤松。
半世功名成底事，烟霞深处好潜踪。

【注释】

［1］作者生平事迹不详，张伯魁《崆峒山志》载为训导，平凉人，字泾干。

［2］尘封：搁置已久，被尘土盖满。

【解析】

这是一首七言律诗。首联写自己的余生岂能在尘世中度过，应该放眼山川，领略大自然的风姿，那么第一站应该是崆峒了。颔联写自己望见崆峒之概貌。颈联联想自己无缘于仙道。尾联感慨自己半世功名有什么用呢，还不如在烟霞深处潜隐下来，感悟自然。

登崆峒山

（清）田定年[1]

翠屏高耸势何雄，遥望浑疑无路通[2]。

径转峰回凌绝顶，此身飞出尘寰中。

【注释】

［1］田定年（生卒年不详）：河北邢台人，曾任甘肃兰州州判。

［2］浑疑：应为“浑凝”，融结为一体。

【解析】

这是一首七言绝句。前两句写翠屏山气势雄伟，远望茫茫一片好像没有通往山上的道路。后两句写登上绝顶之后，才感觉到自身已脱离尘寰，飘飘欲仙。

无　题

（清）觉罗善昌[1]

举手招元鹤，回头唤赤松。
呼来筵前酌美酒，与我万古开心胸。
千山万壑忽不见，天地混茫白一片。
云海仿佛黄山看，万倾云涛翻四面。
九霄此日天门开[2]，灵山恰遇真仙来。
飘然何妨竟飞入，倚亭共举陴筒杯[3]。
座中佳客尽不俗，大笑狂呼少拘束[4]。
王母欲步广成惊，欲前不前复踯躅。
果是天上是人间，开宴乃在浮云端。
此时下界人仰望[5]，当以我辈为神仙。
人生此乐何处有，千古一时莫轻负。
忘形何必问主宾，胜会不常君识否。

【注释】

[1] 觉罗善昌（生卒年不详）：满族，光绪三十四年（1908）任平凉知府。

[2] 九霄：道家谓仙人居住处。《文选》沈约《游沈道士馆》："锐意三山上，托慕九霄中。"张铣注："九霄，九天仙人所居处也。"唐·李白《明堂赋》："比乎昆山之天柱，矗九霄而垂云。"王琦注："按道书，九霄之名，谓赤霄、碧霄、青霄、绛霄、黅霄、紫霄、练霄、玄霄、缙霄也。一说以神霄、青霄、碧霄、丹霄、景霄、玉霄、琅霄、紫霄、火霄为九霄。"

［3］陴筒：即郫筒。竹制盛酒器。郫人截大竹二尺以上，留一节为底，刻其外为花纹，或朱或黑或不漆，用以盛酒。

［4］拘束：拘谨不自然。

［5］下界：指人间；对天上而言。

【解析】

这是一首七言古诗。作者通过浪漫手法描写在崆峒山上的一次宴会场面。通篇以仙界作比，极想象之能事，感情基调高亢，风格飘逸，颇具太白遗风。

住北台有感（五首）

（清）觉罗善昌

其一

天外哀鸣一雁飞，山窗独倚又夕晖。
他乡有酒宁辞醉，故里无家亦想归。
妻子尚分三处寄，市朝已届两年非[1]。
挑灯夜忆平生事，似我遭逢自古稀[2]。

【注释】

[1] 市朝：偏指“朝”，谓朝廷，官府。

[2] 遭逢：犹遭遇。

【解析】

这是一首七言律诗。首联以哀鸿衬托自己的孤寂心情，景为情设，情从景出。颔联写怀念家乡的心理。颈联写家人天各一方，自己官场失意，一片凄凉之意。尾联回顾自己一生的遭遇，感慨自古以来有几人和自己一样呢？

其二

闻说千秋上，神仙此地多。谁骑玄鹤去，我访赤松过。
酒但邀山饮，诗聊待月哦[1]。白云分一榻，几日宿岩阿。

【注释】

［1］哦：吟咏。

【解析】

这是一首五言律诗。首联写自古以来，神仙多居此山。领联写寻访神仙之事。颈联写在山间邀山待月，饮酒赋诗。尾联写流连山中，不想离去。

其三

眼底碧森森，楼临万壑深。平看山中刍[1]，俯听涧松吟。
枯坐得禅意[2]，忘机生道心[3]。诸天忽破寂[4]，一磬荡清音[5]。

【注释】

［1］刍：割草的人。
［2］禅意：犹禅心。
［3］道心：佛教语。菩提心；悟道之心。
［4］破寂：打破寂静。
［5］清音：清越的声音。

【解析】

这是一首五言律诗。首联写俯瞰山中，万木苍碧，楼临万壑。领联从视听两方面写山中之人。颈联写对禅意、道心的感悟。尾联写寺院的钟磬之声划破山中的寂静，以动衬静。

其四

到此山更好，奇峭莫能名[1]。云就峰头养，松争万隙生。
寻幽谁有癖，坐久我忘情。但得游仙境，何须问广成。

【注释】

［1］奇峭：谓山势奇特峻峭。

【解析】

这是一首五言律诗。首联写崆峒之奇峭无法用语言形容。颔联写崆峒云雾及奇松,“养”和“生”字运用巧妙。颈联写自己有寻幽忘情之癖好。尾联写只要到达仙境即可,又何须问道广成呢?

其五

大乱谁能已,幽栖我自闲[1]。孤亭一杯酒,落日万重山。
日与天俱远,心共石头顽。赤松呼不起,独醉白云间。

【注释】

[1] 幽栖:幽僻的栖止之处。亦指隐居。

【解析】

这是一首五言律诗。首联写面对大乱,谁也无能为力,只有幽栖避乱了。颔联写独自在落日孤亭中饮酒。颈联写天日俱远,不关我事,我心依旧,栖隐山林。尾联写饮酒自乐,连赤松呼我都不起,何况其他人呢?醉卧白云之间,神仙不过如此。

和胡卓峰军门游崆峒原韵[1]（二首）

（清）邓廷桢[2]

其一

域内争传问道山，无缘得见碧孱颜[3]。
试吟碎锦连珠句[4]，如在琼楼玉宇间[5]。
云涌鼎湖龙鬃动，风回琪树鹤翎闲[6]。
遥知九叠屏开处，定有星旒自往还[7]。

【注释】

［1］军门：明代有称总督、巡抚为军门者，清代则为提督或总兵加提督衔者的尊称。

［2］邓廷桢（1776—1846）：字嶰（xiè）筠，江宁（今江苏南京）人。嘉庆年间进士。道光十九年（1839），在广州与钦差大臣林则徐协力整顿海防，查禁鸦片，又调任闽浙总督。次年6月鸦片战争爆发，7月英国舰队攻厦门，廷桢率军击退英舰。与林则徐同时被革职，充军伊犁。后任甘肃布政使，受命举办招垦事宜。游览崆峒山题诗《和胡卓峰军门游崆峒原韵》二首。著有《双砚斋诗钞》。

［3］孱颜：险峻、高耸貌。

［4］碎锦：细碎的锦缎；小花纹的锦缎。连珠：文体名。起于汉代，班固、贾逵皆有作。其体不指说事情，借譬喻委婉表达其意，文辞华丽，历历如贯珠，故名。后人加以扩充，有演连珠、拟连珠、畅连珠、广连珠等称。《文选·连珠》题注、《文心雕龙·杂文》有论述。

［5］琼楼玉宇：指神话中月宫里的亭台楼阁。

[6] 琪树：仙境中的玉树。《文选》孙绰《游天台山赋》："建木灭景于千寻，琪树璀璨而垂珠。"吕延济注："琪树，玉树。"鹤翎：鹤的羽毛。

[7] 星旒：星旗。

【解析】

这是一首七言律诗。首联写自己听闻有问道名山，但却一直无缘登临。颔联写自己试用诗句描写崆峒山，仿佛到达琼楼玉宇之间。颈联想象黄帝当年得道飞升的情形和元鹤翱翔苍穹的风姿。尾联推想崆峒山上常有星旗往还，游客肯定不少。

其二

芝盖来游二月天，独携长剑倚岩前。
图经细考峰参五，气象真函界大千[1]。
叔子名题苍藓上[2]，阮孚屐蹑翠微边[3]。
何时挂笏从公去[4]，同嚼红霞访列仙。

【注释】

[1] 气象：自然界的景色、现象。也泛指景况、情态。大千：即大千世界，佛教语。也指广阔无边的世界。

[2] 叔子：晋名臣羊祜字。祜有治绩，通兵法，博学广闻，镇守荆州时曾以药赠吴将陆抗，抗服之不疑，当时成为美谈。后常用以为典。唐·周繇《以人参遗段成式》："惭非叔子空持药，更请伯言审细看。"

[3] 阮孚：字遥集，阮咸之子。西晋陈留尉氏（今属河南）人。《晋书·阮孚传》："初，祖约性好财，孚性好屐，同是累而未判其得失。有诣约，见正料财物，客至，屏当不尽，余两小簏，以著背后，倾身障之，意未能平。或有诣阮，正见自蜡屐，因自叹曰：'未知一生当著几量屐！'神色甚闲畅。于是胜负始分。"阮孚喜欢木屐，以至于经常擦洗涂蜡。后遂用"蜡屐、阮屐"等指对常物爱之过甚的癖好。

[4] 挂笏：辞官。

【解析】

这是一首七言律诗。首联写作者终于在仲春时节来游崆峒。颔联写作者在来崆峒之前，仔细察看了地图，来到崆峒果然气象不凡。颈联运用典故赞颂胡卓峰军门，既有功名，又好游名山。尾联表达企羡神仙之情。

崆　峒

（清）谭嗣同[1]

斗星高被众峰吞[2]，莽荡山河剑气昏[3]。
隔断尘寰云似海，划开天路岭为门。
松拿霄汉来龙斗，石负苔衣挟兽奔[4]。
四望桃花红满谷，不应仍问武陵源[5]。

【注释】

［1］谭嗣同（1865—1898）：字复生，号壮飞。湖南浏阳人。少年时因其父在兰州任官，多次赴兰州探望。途径平凉游览崆峒、柳湖，留下诗文。光绪二十三年（1897）著《仁学》，主张变法维新，参与新政。次年9月，慈禧太后发动政变，嗣同被捕。9月28日，与林旭、杨锐、刘光第、杨深秀、康广仁一起被杀害，史称“戊戌六君子”。

［2］斗星：北斗星。

［3］莽荡：辽阔无际。

［4］苔衣：泛指苔藓。

［6］武陵源：晋·陶渊明《桃花源记》载：晋太元中，武陵渔人误入桃花源，见其屋舍俨然，有良田美池，阡陌交通，鸡犬相闻，男女老少怡然自乐。村人自称先世避秦时乱，率妻子邑人来此，遂与外界隔绝。后渔人复寻其处，迷不复得。后以“武陵源”借指避世隐居的地方。

【解析】

这是一首七言律诗。首联写崆峒上被北斗，寥廓无垠。颔联写崆峒之高可隔断尘寰，山上云海翻滚，山岭之上有通天之路。颈联运用拟人和夸张手法写崆峒奇景。尾联写桃花开遍山谷，犹如仙境，无须再问武陵桃源。

游崆峒题

（清）安维峻[1]

昔我戍沙塞[2]，题诗灵泉寺[3]。长剑倚天磨，隐寓崆峒志。
不意十年中，公然履福地。我友郑光文，请游同揽辔。
行行过石桥，处处益神智。如寻桃花源[4]，绝境人少至。
又似蓬莱宫[5]，神仙可立致。穿林上青宵，径曲步代骑。
望驾空极目，烛峰光远被。古塔回凌空，中台巧位置。
东西南北台，各自标灵异[6]。琳宫梵宇开[7]，瑶草琪花閟[8]。
松柏高摩云，群木如栉比[9]。天门可阶升，引绳心惴惴。
绝顶得攀跻，喘定神犹悸[10]。雷峰声訇訇[11]，阁空踏欲坠。
泾川尽一览，道路辽难记。五台近罗列，有似儿孙侍。
路转下西岩，崎岖行之字。夜来宿西台，星斗罗胸次。
如闻钧天乐，空际铙鼓吹。明月伴元谈[12]，清风醒余醉。
有鸟巡山鸣，名狗谅非戏[13]。晨起一凭栏，满地烟云腻[14]。
药草杂花发，异香时扑鼻。连日骋游目[15]，穷险探奇秘。
云归龙洞入，狮蹲天台回。朽木桥飞仙，侧屏峰拥翠。
龟台及凤岭，殿尚灵光巍。惟有太统山，令人思名义。
笄头何处是，延望足频跂。俯瞰元鹤洞，窈然幽以邃。
自非凡骨换，仙禽不可企。今我尚浮沉[16]，几时脱尘累[17]。
到此心神清，富贵真敝屣[18]。乃知轩辕圣，问道非多事。
世无广成子，汉武亦空诣。徒令千载下，怀古发遥思。
鞭达及四夷[19]，武皇自英鸷[20]。持拟涿鹿功[21]，伯仲无轩轾[22]。
世人苟目前，饶舌恣恣议[23]。岂知神武姿[24]，电扫空异类。

不然烧回中，斯山且沦弃。白日即升天[25]，于世何所利。
感此意激昂，中宵耿无寐。轩武世不作，浮云苍狗肆[26]。
安得朝阳凤[27]，复鸣归昌瑞[28]。倚剑说平生，斯游心已遂。
泾清鉴我形，山静知我意。龙泉韬匣中[29]，终当惊魅魑[30]。

【注释】

［1］安维峻（1854—1925）：甘肃秦安人。光绪六年（1880）进士。官至福建道监察御史。光绪二十年（1894）中日甲午战争时，愤恨权臣误国，于14个月内上书60余次，痛斥李鸿章，涉及慈禧太后，声震一时，被称作“陇上铁汉”。辛亥革命后还乡，应聘主持编纂《甘肃通志》。还乡途中登览崆峒，题诗抒发其爱国情怀。

［2］沙塞：沙漠边塞。《后汉书·南匈奴传论》：“世祖以用事诸华，未遑沙塞之外，忍愧思难，徒报谢而已。”

［3］灵泉寺：灵泉寺位于宁夏平罗县陶乐庙庙湖。灵泉寺庙依山而建，苍松古柏，绿树成荫。山间有一泉，色碧味甘，终年不溢不涸，名曰“灵泉”，据载，苏东坡曾于石壁题书《七泉》一首，现已不存。

［4］桃花源：见前注“武陵源”。

［5］蓬莱宫：唐宫名。在陕西省长安县东。原名大明宫，高宗时改为蓬莱宫。亦指仙人所居之宫。

［6］灵异：神奇怪异。《西京杂记》卷一：“长安巧工丁缓者……作九层博山香炉，镂为奇禽怪兽，穷诸灵异，皆自然运动。”亦指神奇怪异之事物。

［7］琳宫：仙宫。亦为道观、殿堂之美称。《初学记》卷二三引《空洞灵章经》：“众圣集琳宫，金母命清歌。”梵宇：佛寺。《梁书·张缵传》：“经法王之梵宇，睹因时之或跃；从四海之宅心，故取乱而诛虐。”

［8］琪花：亦作“琪华”。仙境中玉树之花。

［9］栉比：像梳篦齿那样密密地排列。语出《诗经·周颂·良耜》：“其崇如墉，其比如栉。”

［10］悸：惊恐，惧怕。

［11］訇訇（hōngpēng）：即訇訇。形容大声。《广韵·耕韵》：“訇，訇訇，大声。”

［12］元谈：即“玄谈”。指汉魏以来以老庄之道和《周易》为依据而辨析名理的谈论。又指佛教语。对佛教义理的阐述。

［13］谅：诚然，的确。

［14］腻：形容雾气弥漫，使人感到模糊。

［15］游目：放眼纵观。

［16］浮沉：随波逐流。谓追随世俗。

［17］尘累（lěi）：佛教语。指烦恼、恶业的种种束缚。《楞严经》卷一：“应身无量，度脱众生；拔济未来，越诸尘累。”唐·王绩《薛记室收过庄见寻率题古意以赠》：“赖有北山僧，教我以真如。使我视听遣，自觉尘累祛。”亦指世俗事务的牵累。

［18］敝屣：亦作“敝蹝”“敝躧”。破烂的鞋子。比喻废物，视同破鞋，轻视。《孟子·尽心上》：“舜视弃天下犹弃敝蹝也。”《战国策·燕策一》：“夫实得所利，名得所愿，则燕赵之弃齐也，犹释敝躧。”吴师道补正：“躧字与蹝、屣通。”南朝陈·徐陵《梁禅陈策文》：“居之如驭朽索，去之如脱敝屣。”

［19］鞭达：即“鞭挞”。驾驭，征服。《三国志·魏志·武帝纪论》：“太祖运筹演谋，鞭挞宇内。”四夷：古代华夏族对四方少数民族的统称。含有轻蔑之意。《尚书·毕命》：“四夷左衽，罔不咸赖。”孔传：“言东夷、西戎、南蛮、北狄，被发左衽之人，无不皆恃赖三君之德。”《后汉书·东夷传》：“凡蛮、夷、戎、狄总名四夷者，犹公、侯、伯、子、男皆号诸侯云。”亦泛指外族、外国。清·魏源《〈圣武记〉叙》：“不忧不逞志于四夷，而忧不逞志于四境。”

［20］英鸷：勇猛强悍。亦指勇猛的人。

［21］涿鹿功：指黄帝擒蚩尤之功。《史记·五帝本纪》：“于是黄帝乃征师诸侯，与蚩尤战于涿鹿之野，遂禽杀蚩尤。”

［22］伯仲：兄弟的次第。亦代称兄弟。《诗经·小雅·何人斯》：“伯氏吹埙，仲氏吹篪。”汉·郑玄笺：“伯仲，喻兄弟也。”亦指关系亲密的人或事物。比喻事物不相上下。轩轾（zhì）：亦作“轩轾”。车前高后低叫轩，前低后高叫轾。引申为高低、轻重、优劣。《诗经·小雅·六月》：“戎车既安，如轾如轩。”朱熹集传：“轾，车之覆而前也。轩，车之却而后也。凡车从后视之如轾，从前视之如轩，然后适调也。”

［23］饶舌：唠叨；多嘴。《北齐书·斛律光传》："盲眼老公背上下大斧，饶舌老母不得语。"恣恣：肆意，尽情。

［24］神武：原谓以吉凶祸福威服天下而不用刑杀。《易经·系辞上》："古之聪明叡知，神武而不杀者夫。"孔颖达疏："夫《易》道深远，以吉凶祸福威服万物，故古之聪明叡知神武之君，谓伏羲等用此《易》道能威服天下，而不用刑杀而畏服之也。"后沿用为英明威武之意，多用以称颂帝王将相。

［25］白日升天：道教谓人修炼得道后，白昼飞升天界成仙。晋·葛洪《神仙传·阴长生》："后于平都山东白日升天而去。"《魏书·释老志》："其为教也，咸蠲去邪累，澡雪心神，积行树功，累德增善，乃至白日升天。"五代·王定保《唐摭言·好放孤寒》："元和十一年，岁在丙申，李凉公下三十三人，皆取寒素。时有诗曰：'元和天子丙申年，三十三人同得仙，袍似烂银文似锦，相将白日上青天。'"后遂以喻指一朝显贵。

［26］苍狗：青狗，天狗。古代以为不祥之物。《史记·吕太后本纪》唐·司马贞述赞："诸吕用事，天下示私。大臣葅醢，支孽芟夷。祸盈斯验，苍狗为菑。"后因以比喻世事变幻无常。

［27］朝阳凤：即"朝阳鸣凤"。比喻品德出众、正直敢谏之人。语出《诗经·大雅·卷阿》："凤凰鸣矣，于彼高冈。梧桐生矣，于彼朝阳。"

［28］昌瑞：兴盛的瑞应。

［29］龙泉：宝剑名。即龙渊。后用以泛指剑。唐·李白《在水军宴赠幕府诸侍御》："宁知草间人，腰下有龙泉。"王琦注："龙泉即龙渊也，唐人避高祖讳，改称龙渊曰龙泉。"韬：剑套。

［30］魅魑：即"魑魅"。古谓能害人的山泽之神怪。亦泛指鬼怪。《汉书·王莽传中》："敢有非井田圣制，无法惑众者，投诸四裔，以御魑魅。"颜师古注："魑，山神也。魅，老物精也。"

【解析】

这是一首五言古诗。前四句写自己镇守边塞之时，曾在灵泉寺题诗表达"长剑倚崆峒"之志。"不意十年中"四句写自己同友人相约登临崆峒。从“行行过石桥”到“崎岖行之字”，写白天登临崆峒所见之景。从“夜来宿西台”到“名狗谅非戏”，写崆峒夜景。从“晨起一凭栏”到“仙禽不可企”，又写所见崆峒之景。从“今我尚浮沉”到“怀古发遥思”，抒发摆脱尘世之累，追求仙界逍遥之感慨。从“鞭达及四夷”到“于世何所利”，一方面歌颂魏武帝及黄帝之武功，另一方面慨叹英明的君主今之不遇。从“感此意激昂”到结尾，感慨万端，慨叹世事变幻无常，何时能再遇轩武之世，施展自己的远大抱负。

山海经（节选）

《山海经·西山经》：又西百五十里曰高山[1]。其上多银，其下多青碧[2]雄黄[3]，其木多椶[4]，其草多竹[5]，泾水出焉而东流，注于渭[6]。其中多磬石[7]青碧。

【注释】

［1］清·郝懿行笺疏：《魏志·张郃传》云：“刘备保高山不敢战。”疑即此也。《淮南·坠形训》云：“泾出薄落之山。”是薄落山即高山之异名也。又《览冥训》云：“峣山崩而薄落之水涸。”高诱注云：“薄落、泾水是峣山，亦即高山矣。峣高声相近。”《初学记》六卷引“峣”作“高”。高注有“高山在雍”四字。为今本所无也。《玉篇》引此经作“商山”。《藏经》本“高山”上有“曰”字。

［2］郭璞注：碧，亦玉类也，今越嶲会稽县东山出碧。郝懿行笺疏：《说文解字》云：“碧，石之青美者。”《竹书》云：“周显王五年，雨碧于郢。”庄子曰：“苌宏死于蜀，其血化为碧。”李善注《南都赋》引《广志》云：“碧有缥碧，有绿碧。”郭注：“会稽当为会无字之譌。”《地理志》云：“越嶲郡会无东山有碧。”

［3］郭璞注：晋太兴三年，高平郡界有山崩，其中出数千斤雄黄。郝懿行笺疏：太兴三年，晋元帝之四年也。高平郡，《晋书·地理志》作高平国，故属梁国。晋初，分山阳置也。《博物志》云：“雄黄，似石流黄。”《本草经》云：“雄黄，一名黄金石。”《别录》云：“生武都山谷，燉煌山之阳。”

［4］椶（zōng）：郭璞注：椶树高三丈许，无枝条，叶大而员，枝生

梢头，实皮相裹，上行一皮为一节，可以为绳也，一名栟榈。

［5］郝懿行笺疏：竹之为物，亦草亦木，故此经或称木或称草。

［6］郭璞注：今泾水，出安定朝那县西笄头山，至京兆高陵县入渭也。郝懿行笺疏：高诱注《淮南子·坠形训》云："薄落之山，一名笄头山，安定临泾县西笄头即开头也。"高诱及郭注俱本《地理志》，又下文云："泾谷之山，泾水出焉。"复云："东南流注于渭。"与此非一水也。泾水又见《海内东经》，郭注与此通。

［7］郭璞注：《书》曰：泗滨浮磬是也。

【解析】

《山海经》一书旧说成书于唐虞之世，相传为夏禹所作。汉代刘向、刘歆父子编订成书流传于世，东晋郭璞为之作传作注，后来有明代王崇庆、清代吴任臣、汪绂、毕沅、郝懿行诸家作注。其中以郝懿行《山海经笺疏》最善，今人袁珂在诸家注解基础上重加诠释，有《山海经校注》。从诸家注解看出，《山海经》所录"高山"即崆峒山。如按旧说，这是有关崆峒山最早的典籍记录。

庄　子（节选）

《庄子·在宥》篇：黄帝立为天子十九年，令行天下，闻广成子在于空同之上，故往见之，曰："我闻吾子达于至道[1]，敢问至道之精[2]。吾欲取天地之精，以佐五谷[3]，以养民人，吾又欲官阴阳，以遂群生[4]，为之奈何？"广成子曰："而所欲问者[5]，物之质也[6]；而所欲官者，物之残也[7]。自而治天下，云气不待族而雨[8]，草木不待黄而落[9]，日月之光益以荒矣[10]。而佞人之心翦翦者，又奚足以语至道[11]？"黄帝退，捐天下[12]，筑特室，席白茅[13]，闲居三月[14]，复往邀之。

【注释】

[1] 达：精通。

[2] 精：精义。

[3] 五谷：成玄英云："五谷，黍、稷、菽、麻、麦也。欲取阴阳精气，助成五谷，以养苍生也。"

[4] 成玄英云："遂，顺也。言欲象阴阳设官分职，以顺群生之性也。"

[5] 而：你。

[6] 物：《老子》"有物混成"，物即道也。质：《广雅》："质，正也。"宣颖云："犹言未散质朴。"

[7] 宣颖云："犹言朴散之余，盖继言所欲乃道已散者。"

[8] 司马彪云："族，聚也。未聚而雨，言泽少。"

[9] 司马彪云："言杀气多也。"

[10] 荒：废。凡果不熟与四谷不升，皆谓之荒。此言日月之色替非不明，故亦以"荒"字状之。宣颖云："以上言天地之气凋丧如此。"

［11］翦翦：李颐云："短浅貌，一曰佞貌。"言汝居心浅陋，乃欲求媚于天下者，何足与言大道耶？

［12］捐：弃也。犹《逍遥游》篇"窅然丧其天下"之谓。

［13］特建净室，以白茅席地而坐，示斋戒清洁也。

［14］三月：言积戒之久。

【解析】

黄帝即位十九年时，德化诏令大行于天下。黄帝听说广成子在崆峒山，前往拜见向广成子请教"至道"。广成子认为黄帝虽以德化天下，但还很浅陋，无法与他交流"至道"。于是黄帝放弃九五尊位，闭关内守，三月之后再次前往拜见。

广成子南首而卧，黄帝顺下风膝行而进，再拜稽首而问曰[1]："闻吾子达于至道，敢问治身奈何而可以长久[2]？"广成子蹶然而起[3]，曰："善哉问乎[4]！来，吾语女至道[5]。至道之精，窈窈冥冥[6]；至道之极，昏昏默默[7]。无视无听，抱神以静，形将自正[8]。必静必清，无劳女形，无摇女精，乃可以长生[9]。目无所见，耳无所闻[10]，心无所知[11]，女神将守形，形乃长生[12]。慎女内[13]，闭女外[14]，多知为败[15]。我为女遂于大明之上矣，至彼至阳之原也[16]；为女入于窈冥之门矣，至彼至阴之原也。天地有官[17]，阴阳有藏[18]，慎守女身，物将自壮[19]。我守其一，以处其和[20]，故我修身千二百岁矣，吾形未尝衰[21]。"黄帝再拜稽首曰："广成子之谓天矣[22]！"

【注释】

［1］稽首：古时一种跪拜礼，叩头至地，是九拜中最恭敬者。《公羊传·宣公六年》："灵公望见赵盾，愬而再拜；赵盾逡巡北面再拜稽首，趋而出。"《史记·赵世家》："公子成再拜稽首曰：'臣固闻王之胡服也。'"

［2］治身：犹养生。

［3］蹶然：急起貌。

［4］郭象云："人皆自修而不治天下，则天下治矣，故善之也。"

［5］语（yù）：告诉。

［6］《老子》曰：“窈兮冥兮，其中有精。”

［7］《老子》“视之不足见，听之不足闻，用之不足既”即此义也。

［8］郭象云：“忘视而自见，忘听而自闻，则神不扰而形不邪也。”

［9］《老子》曰：“见素抱朴，少私寡欲，是谓深根固柢，长生久视之道。”宣颖云：“形劳则不静，精摇则不清，无劳无摇，神乃全也。此言安外以养内也。”

［10］忘视忘听，渐出自然。

［11］皆申明抱神之功效。

［12］宣颖云：“形乃固也，此言全内以养外也。”

［13］绝思虑以止于虚。

［14］杜耳目而安于寂。

［15］宣颖云：“内外交引，病在于知，故总言之。”

［16］成玄英云：“至人智照如日月，故名大明。有感而动，则在大明之上矣，故曰遂也。无感之时，深根凝寂，故曰窈冥之门。”遂，竟达也。至阳之原发乎地，至阴之原发乎天。《田子方篇》：“老聃语孔子曰：‘至阴肃肃，至阳赫赫。肃肃出乎天，赫赫发乎地，两者交通成和，而物生焉。’”据此知生之所以生，则凡调燮乎二至之原者，当亦原在即生在也。

［17］宣颖云：“两仪分职。”

［18］宣颖云：“互为其根。”

［19］宣颖云：“阴阳不在外也，守身则道得其养，将自成矣。‘物’即道也。”

［20］此《老子》“抱一为天下式，冲气以为和”者。宣颖云：“‘一’即上所谓‘原’，‘和’即二气之和，二语尤为扼要。”

［21］宣颖云：“形神相守，阴阳一原，长久之道不外是矣。”

［22］宣颖云：“言与天合德也。”以上说修身之要，分明是“致中和”三字工夫，而“天地位，万物育”便是自然而然，无烦再说。须知《庄子》引此，全不是为摄生者言。

【解析】

这次黄帝向广成子所问之道不是治理天下，而是自修，所以广成子乐于回答他的请教。因为道家主张人皆自修而不治天下，则天下治矣。广成子认为至道之精微，心灵不测，故寄托于窈冥深远，昏默玄绝。只有耳目无外听视，抱守精神，境不能乱，心与形合，自冥正道。清神静虑，体无所劳，不缘外境，精神常寂，心闲形逸，长生久视。任视听而无所见闻，根尘既空，心亦安静，照无知虑，应机常寂，神淡守形，可长生久视。全其真，守其分，少私寡欲，至于大明之上，入于窈冥之门。洞悉阴阳，守和处一，虽有寿考之年，终无衰老之日。黄帝慨叹圣道之清高，可与玄天合德。

广成子曰："来！余语女：彼其物无穷，而人皆以为有终；彼其物无测，而人皆以为有极[1]。得吾道者，上为皇而下为王[2]；失吾道者，上见光而下为土[3]。今夫百昌[4]，皆生于土而反于土[5]，故余将去女，入无穷之门，以游无极之野[6]。吾与日月参光，吾与天地为常[7]。当我缗乎！远我昏乎[8]！人其尽死，而我独存乎[9]！"

【注释】

[1] 道本始卒若环，而人皆以为有穷；本变化无端，而人皆以为有尽。

[2] 郭象云："皇、王之称，随世之上下耳，其于得通变之道以应无穷，一也。"

[3] 在世略见光明，未几与土壤同腐。

[4] 谓昌盛之百物。

[5] 宣颖云："人不体道，与物何异？"

[6] 谓与化为体，反归冥寂之本，应变天地之间也。

[7] 即《齐物论》"天地与我并生"之谓。成玄英云："吾将与三景其明，与二仪并久，岂千二百岁哉？"

[8] 缗，若冥，亦音昏。郭嵩焘云："《释文》：'缗，泯合也。''缗'、'昏'字通。'缗'亦'昏'也。当我，向我来；远我，背我而去。任人之向背，而一以无心应之。"

[9] 浮生若梦之人，其命尽形化，其心即与之俱死。而至人与道不息，故我之所以为我，自永久独存于天地之间。

【解析】

生死变化，物理无穷，俗人愚惑，谓有终始。万物不测，千变万化，愚人迷执，谓有限极。得自然之道，上逢淳朴之世，则作羲农；下遇浇季之时，应为汤武。皇王迹自夷险，道则一也。丧无为之道，滞有欲之心，生则睹于光明，死则便为土壤。迷执生死，不能均同上下，故有两名也。夫百物昌盛，皆生于地，及其凋落，还归于土。世间万物，从无而生，死归空寂。生死不二，不滞一方，今将去女任适也。返归冥寂之本，入无穷之门；应变天地之间，游无极之野。与三景齐明，将二仪同久。圣人无心若镜，机当感发，即应机冥符，若前机不感，即昏然晦迹也。一死生，明变化，未始非我，无去无来，我独存也。人执生死，故忧患之。

史　记（节选）

《史记·五帝本纪》："黄帝西至于空桐，登鸡头。"【集解】：应劭曰："山名。"韦昭曰："在陇右[1]。"【索隐】：山名也。后汉王孟塞鸡头道，在陇西，一曰崆峒山之别名。【正义】：《括地志》云："空桐山在肃州福禄县东南六十里[2]。《抱朴子·内篇》云：'黄帝西见中黄子，受九品之方，过空桐，从广成子受自然之经'，即此山。"《括地志》又云："笄头山一名崆峒山，在原州平高县西百里[3]，《禹贡》泾水所出。《舆地志》云或即鸡头山也。郦元云盖大陇山异名也。《庄子》云广成子学道崆峒山，黄帝问道于广成子，盖在此。"按：二处崆峒皆云黄帝登之，未详孰是。

【注释】

［1］陇右：古地区名。泛指陇山以西地区。古代以西为右，故名。约当今甘肃六盘山以西，黄河以东一带。《后汉书·隗嚣传》："（牛邯）雄于边垂。及降……以为护羌校尉，与来歙平陇右。"南朝梁·刘勰《文心雕龙·檄移》："陇右文士，得檄之体矣。"詹锳注："陇右，即陇西，今甘肃省陇山以西地区。"唐·韩愈《论捕贼行赏表》："陇右河西，皆没戎狄。"

［2］《括地志》是唐初魏王李泰主编的一部地理书。全书正文550卷、序略5卷。它吸收了《汉书·地理志》和顾野王《舆地志》两书编纂上的特点，创立了一种新的地理书体裁，为后来的《元和郡县志》《太平寰宇记》开了先河。全书按贞观十道排列358州，再以州为单位，分述辖境各县的沿革、地望、得名、山川、城池、古迹、神话传说、重大历史事件等。征引广博，保存了许多六朝地理书中的珍贵资料。原书字

数无考，今有中华书局《括地志辑校》四卷，约13万字。肃州福禄县：隋开皇三年（583），置酒泉郡，隶甘州；仁寿二年（602），从甘州分出，始置肃州（肃州名始于此），领福禄县；大业元年（605），罢肃州，以福禄县入张掖郡；义宁元年（618），改福禄县为酒泉县（酒泉县名始于此），实为李轨辖地。唐武德二年（619），平李轨，置酒泉、福禄二县，隶肃州。同时以福禄县驻地改为酒泉县驻地，移福禄县驻汉乐涫县旧址；贞观元年（627），以肃州隶陇右道；景云二年（711），分置河西道，肃州属之；天宝元年（742），改肃州为酒泉郡；乾元元年（758），复为肃州。

［3］唐武德元年（618）改平凉郡为原州。天宝元年（742）为平凉郡治，乾元元年（758）复为原州治。平高县，即高平县（今泾川县与长武县交界处）。

【解析】

这是崆峒山最早的史籍记载。《庄子》中为“空同”，《史记》中为“空桐”，诸家注为“崆峒”，这是崆峒之名由虚到实的一个变化过程。在《庄子》诸注中虽有分歧，但仍以平凉崆峒为主，《史记》诸注亦如此。至少在唐代已明确崆峒之名及崆峒之地，也与黄帝向广成子问道紧密关联。

创修崆峒山宝庆寺记

（元）商　挺[1]

国家宝运[2]，隆昌圣谟[3]。于赫百度[4]，修正方宇。宁谧皇帝[5]，躬上圣之姿[6]，抱元默之养[7]。清心恭己，蕴妙性海[8]。诞崇三宝[9]，宏转法轮[10]。龙飞之初[11]，诏槳思吉亦里拣卜八黑思八大士，起寺上都大内之西南，车驾时往幸焉。俾东宫皇太子及以次诸王，皆师事之。至元九年十一月，分封安西王于秦，仍以师之叔父槳里吉察思揭兀，受戒弟子商从行。商旦夕持诵，修作佛事，小心精进[12]，不懈益虔。安西王妃逊多礼，世子阿难丹[13]，帖古思不花阿董赤公主，讷论普演怯力密失，咸受戒于商，师事之惟谨。商请居平凉之崆峒山，建设道场。凡木石砖甓丹垩工役之费，皆王之所施予，毫厘不入于己。为殿为堂，轮奂翚飞[14]，金碧炫烂，无不赞叹。十五年秋八月落成，王与妃亲诣其所设佛供。周视规制，嘉其精敏。特授陕西四川西夏等路释教统摄[15]，仍刻银比三品印畀之[16]，平生行业及住持修建始末，命作文以志诸石。谨按，佛如来灭度后[17]，及今千五百有余岁。缁衣祝发称沙门弟子者[18]，不啻亿万计[19]。然其槁木空山，扫迹灭景者[20]，盖亦有人，未若槳思吉亦里拣卜八黑思八大士。由西土入帝廷，拱揖雍容，为一代人天师。非其学识洞微，沉几先物，岂能臻此。惟商亦能戒律自饬，淡泊为心，出入王家，始终如一。即其知遇之深，宠赉之厚[21]，岂非严洁精进[22]，真实勤恪[23]，累积之效欤。二师之道，有欲以佛图澄、鸠摩罗什比之[24]，是可为无愧矣。至元十五年秋八月十有八日，王相商挺撰。

【注释】

［1］商挺（1209—1288）：字孟卿，一作梦卿，号左山老人。曹州济阴（今山东曹县）人。年二十四，北走与元好问、杨奂游。东平严忠济辟为经历，出判曹州（今山东菏泽）。蒙古宪宗三年（1253）入侍忽必烈于潜邪，遣为京兆宣抚司郎中，就迁副使。至元元年（1264）入京拜参知政事。六年同签枢密院事，八年升副使。九年出为安西王阿难答相。十六年生事罢。二十年复枢密副使，以疾免。卒后赠太师鲁国公，谥文定。有诗千余篇，惜多散佚。《元诗选》癸集存其诗四首。《全元散曲》从《阳春白雪》辑其小令十九首，多写恋情及四季风景。

［2］宝运：国运；皇业。南朝梁·沈约《〈武帝集〉序》："夫成天地之大功，膺乐推之宝运，未或不文武兼资，能事斯毕者也。"

［3］隆昌：昌盛，兴旺发达。《新唐书·高祖纪赞》："而其后世，或寖以隆昌，或遽以坏乱，或渐以陵迟。"圣谟：语出《尚书·伊训》："圣谟洋洋，嘉言孔彰。"本谓圣人治天下的宏图大略。后亦为称颂帝王谋略之词。

［4］于赫：叹美之词。《诗经·商颂·那》："于赫汤孙，穆穆厥声。"《后汉书·光武帝纪赞》："于赫有命，系隆我汉。"李贤注："于赫，叹美之词。音乌。"百度：百事；各种制度。《尚书·旅獒》："不役耳目，百度惟贞。"

［5］宁谧：安定平静。

［6］上圣：犹至圣。指德智超群的人。《墨子·公孟》："昔者，圣王之列也：上圣立为天子，其次立为卿大夫。"

［7］元默：玄默。谓沉静无为。《文子·自然》："道之为君如尸，俨然元默，而天下受其福。"

［8］性海：佛教语。指真如之理性深广如海。《敦煌变文集·维摩诘经讲经文》："问我心，归性海；性海直应非内外。"

［9］三宝：佛教语。指佛、法、僧。《释氏要览·三宝》："三宝，谓佛、法、僧。"三国吴·康僧会《安般守意经序》："佛教三宝，众冥皆明。"后以指佛教。《南史·梁昭明太子统传》："太子亦素信三宝，遍览众经。"

［10］法轮：佛教语。比喻佛语。谓佛说法，圆通无碍，运转不息，

能摧破众生的烦恼。释迦牟尼佛成道之初，三度宣讲“苦、集、灭、道”四谛，称为“三转法轮”。《四十二章经》：“（世尊）于鹿野苑中，转四谛法轮，度憍陈如等五人而证道果。”

［11］龙飞：《易·乾》：“飞龙在天，利见大人。”孔颖达疏：“若圣人有龙德，飞腾而居天位。”遂以“龙飞”为帝王的兴起或即位。《文选》张衡《东京赋》：“我世祖忿之，乃龙飞白水，凤翔参墟。”薛综注：“龙飞凤翔，以喻圣人之兴也。”

［12］精进：精明上进；锐意求进。《汉书·叙传上》：“乃召属县长吏，选精进掾史，分部收捕。”颜师古注：“精明而进趋也。”亦指佛教语。为“六波罗蜜”之一。谓坚持修善法，断恶法，毫不懈怠。

［13］世子：太子，帝王和诸侯的嫡长子。《公羊传·僖公五年》：“世子，贵也。世子犹世世子也。”陈立义疏：“《白虎通·爵》篇云：‘所以名之为世子何，言欲其世世不绝也……明当世世父位也。’”

［14］轮奂：形容屋宇高大众多。语出《礼记·檀弓下》：“晋献文子成室，晋大夫发焉。张老曰：‘美哉轮焉！美哉奂焉！’”郑玄注：“轮，轮囷，言高大；奂，言众多。”南朝齐·王中《头陀寺碑文》：“丹刻翚飞，轮奂离立。”翚飞：《诗经·小雅·斯干》：“如翚斯飞。”朱熹集传：“其檐阿华采而轩翔，如翚之飞而矫其翼也。”后因以“翚飞”形容宫室的高峻壮丽。唐·玄奘《大唐西域记·吠舍厘国》：“层台轮奂，重阁翚飞，僧众清肃，并学大乘。”按，此种屋翼檐角向上的建筑形式，俗称“飞檐”，近代建筑学称“翚飞式”，为我国古代所特创。

［15］统摄：统领；总辖。《三国志·蜀志·张翼传》：“翼曰：‘不然。吾以蛮夷蠢动，不称职故还耳。然代人未至，吾方临战场，当运粮积谷，为灭贼之资，岂可以黜退之故而废公家之务乎？’于是统摄不懈，代到乃发。”

［16］畀（bì）：赐予。

［17］灭度：佛教语。灭烦恼，度苦海。涅槃的意译。亦指僧人死亡。

［18］缁衣：僧尼的服装。唐·韦应物《秋景诣琅琊精舍》：“悟言缁衣子，萧洒中林行。”沙门：梵语的译音。或译为“娑门”“桑门”“丧门”等。一说，“沙门”等非直接译自梵语，而是吐火罗语的音译。原为

古印度反婆罗门教思潮各个派别出家者的通称，佛教盛行后专指佛教僧侣。

［19］不啻：不仅；何止。《尚书·多士》："尔不克敬，尔不啻不有尔土，予亦致天之罚于尔躬。"孔传："不但不得还本土而已，我亦致天罚于汝身。"

［20］扫迹：指绝迹。宋·陆游《山园杂咏》之三："俗客年来真扫迹，清樽日暮独忘归。"灭景：隐蔽形影。谓隐居。景，同"影"。晋·陆云《荣启期赞》："常被裘带索，行吟于路，曰：'吾著裘者何求，带索者何索？'遂放志一邱，灭景林薮。"

［21］宠赉（lài）：指帝王的赏赐。

［22］严洁：整肃洁净。

［23］勤恪：勤勉恭谨。

［24］佛图澄：晋代高僧的法号。本姓帛，西域人，九岁出家，并曾两度到罽宾学法，晋怀帝永嘉四年（310）来洛阳，时年七十九岁。由于他学识渊博，一时名德如释道安、竺法雅等皆来受学，门下受业的常有数百人。洛阳一带也由于他的影响，竞造寺院，僧人甚众。后赵建武十四年（348）圆寂，年一百一十七岁。

【解析】

这是一篇台阁名胜记文。古人在修筑亭台、楼观，以及观览某处名胜古迹时，常常撰写记文，记叙建造修葺的过程，历史的沿革，以及作者伤今悼古的感慨等。本文记叙创修宝庆寺的过程及对佛法精微之理的赞许及弘扬。从开端到"宏转法轮"，赞颂元世祖忽必烈对佛法的热爱及感悟。从"龙飞之初"到"皆师事之"，记叙元朝在上都时建造寺院及信封佛教之事。从"至元九年十一月"到"师事之惟谨"，记叙作者成为安西王相及诸王子、公主皆从作者学习佛法之事。从"商请居平凉之崆峒山"到"命作文以志诸石"，记叙崆峒山宝庆寺创修始末。从"谨按"到结尾阐述王族信奉佛法及佛法精微之理。

游崆峒记

（明）赵时春

雍山之镇，维吴山之阪为陇。其西而北二百里为笄头山，泾水出焉。泾出山放之花平川，四十里来于崆峒山之前峡。至于山之东麓，与后峡水会，循龙尾山之北十余里，至于龙尾始与弹筝峡之水会而泾始大[1]。龙山下至平凉府十里而既，而南北两原郭然对峙，而川始阔。泾之水引而陟之两岸以为硙[2]、为池、为圃，卉木茂而禽鸟众，则府城西北之势愈增奇。凡游崆峒自城者西之，自东郭者循城之北而会于西。余家东郭，而别墅距笄头甚迩，故凡崆峒之首尾能悉之。

崆峒得泾而势愈尊，盖由凿前后峡以疏泾，而崆峒始琼出，譬犹正人君子礼义以峻其防，巍然莫屈。彼淫夫小人望之而可知其卑且陋，故凡言崆峒者，舍泾则无以见其尊。凡游崆峒遵泾南岸道，府西越乾沟、银洞沟，经石头寨、西岳庙，掠大峒山，乱泾汭至于问道宫。宫者，轩后与赤松、广成二子授受之所，故以为名。

正德间，有道流王翁自号全真，貌若七八十者，颇自矜大，然亦不能辟谷。但能啖巨豚肩，粟至数升，脝托一壮，酒饮百觥[3]。俗云解为五龙转降术，其术亦非道流，所甚异然。王持此术炫耀于士大夫间以居其资，将移其宫，群执役者艳而劫焉。王斥其名以怖之，盗惧败露，遂取其元以灭口。素与王全真者争执城市之恶少劫之狱。又期年，始获真盗乃云云，然其先枉死者已数辈矣。今宫之后建一阁，阁下为王全真像。云江南有商遘疾，得道士疗之而愈，自称崆峒道士王全真，命商肖像于崆峒，以为且彰其异。此为其徒羞全真之死，故设计以解之，不足信。

由宫之北，遂升前峡，坡皆流石飞沙，可四里许。至山腰一巨石僵道左，内有小石光圆如月状，攀跻而倦者，据石而休且饮。再登一里许，西壁有石碑嵌岩间，宋游师雄题名处。夫王全真求长生而横罹夭折[4]，游师雄欲得名而埋没荒芜，可一为慨叹。

又上穿荟蔚[5]，历曲盘如前途之半始得平地，为滹沱寺。寺之后稍东高峰寺，中峰益东之高峰为东峰寺，东峰之旁为眺丰亭。亭之下去崖几百丈有洞焉，皂鹤巢其中。亭上坐，则泾川南北山之流峙，城郭村坞之罗布，烟云花鸟之变态，掺之指掌而无遗，故曰眺丰。眺丰之南曰南峰，寺亦悬出泾之上。

中峰北行半里有小冈，冈上乔松六株。崆峒之松以万数，皆俯仰众植中，而此松独迥然透出。噫，可敬畏也！松冈有小宇亦禅居，北有二绝涧，独木为桥，南桥丈余，北桥倍之，号仙人桥。过桥登峻坂即北峰寺，寺后万壑峥嵘幽峭莫测，而一塔悬立其西北隅。塔后下数仞为丹穴，窦圮泐，余昔曾游焉，思之可竦神也。其西南林木愈茏郁，径愈险，扪藤萝百折而上为西峰寺。西峰之右为故虎穴。虎穴益西有洌泉，大旱则微而终不涸。泉之上，复里许，登马鬃山真武庙。庙之南平视为三官庙，其西仰攀为香山寺三峰，崆峒之绝巘。

下瞰眺丰五峰，览泾川南北山原，若波浪之伏挫焉。真武庙之东，直下滹沱寺，为石蹬千百级，折回以数十视，视诸径为极艰曲。余昔游未之及，今与大梁熊子修氏乃登之云。

熊子曰：余昔游嵩、岱、华，升峨嵋绝顶，视此山，互有异同，其俱得称为名山宜矣，独疑其灵泉抱。

呜呼，世代往矣，元化推移，陵谷变易。吾安知其终无是欤，吾安知其终无是欤！

【注释】

［1］弹筝峡：宁夏固原市三关口，古名弹筝峡，又名金佛峡，俗称三关口。据地方史资料记载：风吹流水，常闻弹筝之声，故名弹筝峡。峡中原有寺庙，庙内供有金佛，故名金佛峡。

［2］硙（wèi）：石磨。

［3］觥（gōng）：古代酒器，腹椭圆，上有提梁，底有圈足，兽头形盖，亦有整个酒器作兽形的，并附有小勺。

［4］罹：遭受苦难或不幸。

［5］荟蔚：草木繁盛貌。

【解析】

这是一篇山水游记。山水游记是一种模山范水、专门记游的文章。它以描写山川胜景、自然风物为题材，写法多样，可以描写，可以抒情，可以议论。第一段先写崆峒山地理位置，然后写自己家离崆峒山很近，可以不时登临。第二段写崆峒地势之尊犹如正人君子，令人望而生畏。然后写问道宫的位置及由来。第三段写明代道士王全真的传奇故事。第四段到第七段写崆峒山众景观之特征并论述其形成之缘由。最后两段慨叹自己游历甚多，其中崆峒也是不多见的名山胜境。面对如此胜境，深感时光之易逝，岁月之不居。

游崆峒记

（明）吴同春

崆峒在平凉西三十里。驷卿王阳父驻平凉[1]，约登崆峒，盖逾年前云。万历壬午孟秋，余自兰州抵平凉。毕谳务[2]，阳父及同卿马元复设具[3]，期以八月四日往。适同贰郭子称履任至[4]。五日，三君早至山下，为东道主[5]。而余出城西门，循南浒，巳刻至问道宫。宫乃轩辕与广成赤松子问道所，因名。

饭罢，由宫之东联舆北上二里许为观音庵[6]。又二里为月石。盖大石傍仆，中含小石圆明如月。又里许，读宋游师雄题名碑。有峰如柱，当路之中。道士曰："此蜡烛峰也。"由峰左侧盘曲而上，稍东而北，约二里为滹沱寺[7]。酒数举，余与三君谋曰，稍迟则不能尽览诸峰矣。由滹沱东上为东峰，旁有眺丰亭，今废。履旧址东眺，则平凉以东诸郡县犁然目中[8]。对东峰而峙，则望驾山也。旧传轩辕问道登此山，望驾因名。峰下数百丈，崖多内泐[9]，其深杳处则为元鹤洞。侧身下视，不见所谓元鹤者。以飞石击之，石訇訇震岩谷[10]，元鹤竟不出。由东峰稍北，为中峰。中峰下东峰十之二。不暇憩，且行且饮。稍北至北峰。过仙桥者，二石皆天成。坐峰头少顷，由峰之右北视，众壑奔驰，崖堑陡绝。扪藤而下，寻所谓丹穴，皆榛莽耳[11]。复扪藤而上西南，折登西峰。西峰寄西涧绝处，视四峰稍不属高，与北峰伯仲。由故道东数百余步望西南，有峰突起。道士曰："此崆峒绝顶也。"其路甚险。自麓之巅，道士创为三天门。余与三君且舆且步。至一天门，不能舆，子称蹙目视足，问路远近。余三人默知子称倦，促之行。至三天门，凿山为级，旁竖铁柱垂锁，径逼窄，人不得掖。余与二君蚁附而登，未及峰百余步，为磨针岩[12]。

稍坐，至峰顶，谒真武祠。祠西南高处有六角亭，匾曰："笄头胜概。"盖登此或可望笄头，而此非笄头也。坐良久，题"崆峒绝巘"四字于石。东视，五峰起伏向背，如垤如培，共讶其方浮而忽沉，若趯而遭踣也。由峰前南折，为三官祠。又其下为雷神祠，皆在绝岩间。酒数举，一青衣报子称倦，且回俟滹沱矣。余三人笑曰："此子称问路远近意也。"峰西望，有峰出山之半，与峰连。道士曰，此为马鬃山也。余疑所谓山巅，为诸峰莫与齐。今马鬃高踰兹峰，安得谓兹峰为巅。谋西登马鬃，顾日将暝，二君令以炬从，百步一息。至其半，五山突出崖端，秀拔峭削而无名。余三人笑曰，何不呼为小五峰。路南折，飞沙惊堕。足寸移，回视二君以绠牵挽，喘息而上。阳父意坚不可遏，元复呼茗润喉，问此去路犹几许。余与阳父笑曰："元复亦问远近矣。"又半里至其巅，峰峦拱护，林木葱茂。

履峻远视，汉江由西南前绕；黄河由西北后旋；洛水自巽而艮补其缺[13]；秦关四塞，其圆如璧；渭流潆洄于中，时作断璺[14]；太华昂首招于左，吴山鞠躬逊于右；终南太白蹲踞不恭，岷岭峨峰若跂足盼望而苦不及；惟昆仑远不可见。阳父指日北三舍曰："或不出此间。"元复叱曰："吾三人何不骑日往观之?"忽大笑。

无何，新月一钩，斜挂山外。人行树底，影落衣斑。山鸟闻人声，时或惊堕。岚光暝色，勃生须眉。清风荡林壑，飒飒作笙簧音。爽气侵骨，神思空寂，恍然见轩辕、赤松君色相，而隐然聆广成子守一处和之元指也。

席地坐香山寺，与僧论禅至色空极处，余三人怆然。念我等何异水上沤、石间火也已。持炬观朝阳洞，元复忽得句："山高平对月。"余与阳父应以"寺回俯看云"。因各足成近体，镌于石。问笄头所在，僧曰："此去西南而三十里，盖泾水发源所。其上有湫，即古朝那。秦投文诅楚处[15]。泾由峰下迤问道宫而东，此崆峒之前峡也。其后一支由峰北至北峰东南折，与泾合。此崆峒之后峡也。崆峒介在二峡之中，独立缥渺云外。兹峰虽名马鬃，实崆峒绝顶，为人迹所不到，故呼东高峰为顶。东南峰，一名小马鬃。揆地准天，崆峒当斗极之下，故为神仙之奥宅，寰宇之名区也。"余忆《尔雅》云："位当斗极"，其说盖不诬。因题"峰连北斗”四大字于巅。二君曰：“吾等不登此，安知崆峒别有巅?”余谓二君曰：“吾等不登此崆峒之巅，又安见所谓崆峒者。天下事以目力所至为极，奚独此耶?”还至东高峰，道士以楼成请额。余曰：“坐此可濯挹泾水，额以挹泾、濯泾，孰善?”二君曰：“挹泾善。”遂从之。稍下，报子称。子称意余三人宿马鬃，先自滹沱回矣。余三人至滹沱，漏下三鼓，三爵就寝。

晨起缓步登南峰，南峰在滹沱东南，稍下于东峰，即昔问道宫来路左之高岩也。席地坐，见大峒山隔峡屏立，泾流森森，东注日射，其宛折如素练之潆结也。已回至蜡烛峰，拟四字刻石，余忆《山海经》云：“‘华西七百里为高山。’盖指崆峒，刻‘华西高山’何如?”二君曰：“善。”复由问道宫而东，共念吾等兹行可谓无恨，独未见元鹤。去意惘然如失，洞在东崖路旁，可睨。共立舆，仰视淡云如缕，时复掩蔽，移时复见，延竚咨嗟。舆将移，元复忽诧曰：“元鹤出矣。”余二人回盼，则孤骞岩表数四，回翔若有情。余三人者不觉鼓掌。已复入洞，更候之，弗出矣。道士曰：“鹤之出有时，游此而见者甚少。自轩辕问道以来时有之，数千年物也。”元复曰：“吾等至少迟，则弗见；去少疾，则亦弗见。此真志壹动气、景与意会也。”遂行，日暮至平凉。明日东门，余别三君去。

【注释】

［1］驷卿：即苑马寺卿。明清两朝苑马寺长官。永乐（1403—1424）间设。各苑马寺均置，各一人，从三品。掌所属各牧监、各苑之马政，而听于兵部。王阳父：即王体复。

［2］谳（yàn）：案件。

［3］冏卿：太仆寺卿的别称。太仆寺，明代掌牧马之政令，属兵部。其长官为太仆寺卿。马元复：即马时泰。

［4］冏贰：太仆寺副职。履任：到任；就任。

［5］东道主：《左传·僖公三十年》载：春秋时，晋秦合兵围郑，郑文公使烛之武说秦穆公，曰：“若舍郑以为东道主，行李之往来，共其乏困，君亦无所害。”郑在秦东，接待秦国出使东方的使节，故称“东道主”。后因以泛指接待或宴客的主人。唐·李白《望九华山赠青阳韦仲堪》：“君为东道主，于此卧云松。”

［6］观音庵：旧址在月石峡路口东侧。元代创建，清咸丰年间（1851—1861）已废。

［7］滹沱寺：亦称真乘寺、明慧禅院。址在中台。明万历二年（1574）辟为十方院，天启二年（1622）重修后改称真乘寺，亦称为大寺或大寺院。原有面南硬山式建筑大殿5楹，殿内神龛祀3尊铜铁趺坐佛像，两侧设龛，供祀十八罗汉坐像。今不存。

［8］犁然：明察，明辨貌。

［9］泐：石头因风化、遇水而形成的纹理；石头依其纹理而裂开。《周礼·考工记序》："石有时以泐。"郑玄注引郑众曰："泐，谓石解散也，夏时盛暑大热则然。"

［10］訇訇：形容巨大声响。

［11］榛莽：杂乱丛生的草木。

［12］磨针岩：在飞仙楼北崖畔，两石夹道，各高2米，势将坠。明代于石旁建磨针观而得名。

［13］巽：八卦之一，卦象为风。艮：八卦之一，卦象为山。

［14］璺（wèn）：裂纹。

［15］秦国石刻。内容为秦王祈求天神制克楚兵，复其边城，故后世称"诅楚文"。据考证，约为秦惠文王和楚怀王时事。已发现三石：一为"巫咸"，一为"大沈厥湫"，一为"亚驼"，宋时先后在不同的地方出土。《告大沈厥湫文》石刻，据说治平年间农民在朝那湫旁耕田掘得，朝那湫在今甘肃平凉县西北，就是战国、秦、汉间的湫渊所在。熙宁元年（1068）蔡挺到平凉出任渭州知州，得来移到了官府，后5年蔡挺升任枢密副使，后又因病调任到南京（即宋城，今河南商丘市南）的御史台，他把这块石刻带到了南京住宅。70年后一场大火，幸未烧毁，绍兴八年（1138）被宋州知州李伯祥移到官府。

【解析】

这是一篇山水游记。本文为作者受朋友之约游览崆峒山，并记录下他们游览的过程。作者以时间为顺序，其中有对崆峒山诸景致的描写，有对崆峒山景致命名的议论及考证。景物刻画细致入微、逼真自然，语言清新流畅、诙谐幽默。令读者有身临其境之感。

崆峒元鹤赋

（明）李应奇

粤若一气既判兮，两仪攸分[1]。象形既成兮，岳渎星文[2]。美哉！山河之丽兮，崛起崆峒。势动而形昂兮，龙马竖鬃。岫环而峦突兮，擎天鞠躬[3]。上应乾象兮[4]，位当斗极，莹乎天枢之精。下分坤野兮，峰飞昆仑，巍乎雍域之宗。咽喉灵夏兮，跨兰陇以峥嵘。襟带西凉兮，控五原而翘雄。迢递千里兮，泾汭交潆。壁立万仞兮，峭拔中空。

东台，则披苔藓而千寻，龙首之乘，俯视郡县，郊原抱迎。烟景如织[5]，川光如琼，历历兮布在目中。西台，则形巑岏而如削，凤仪之形[6]，夐出四斗[7]，诸岫齐胸。近迴护案，远列层峰，昂昂兮莫之抗衡。北过仙桥兮，乔松排荫于云汉，二石对峙于硔礲[8]，崖堑四绝，中突一峰。丹穴则幽而匋[9]，众壑则趋而恭。南历赤峰兮，卉木高低而掩映，茂林前后以茏葱[10]。泾水绕麓，环经道宫。路左仆平月石，山腰柱以烛峰。中斗高联于东兮，距北转而势倾，三隅回合，中央展坪。左有梵宇滹沱寺名，右有玄殿南向并隆。峰之背，法轮其旧缮。峰之项，禅塔其新营。

陟彼绝巘兮，一嶂横西天，崇峦嵯峨而耸翠。两岑抱东壑，臂肢畅达而飞虬。瑶殿宝阁，辉映四周。松蹊石径，斜挂岩邱。象曰笄头，端拱垂旒。下视五峰兮，如青莲之沼浮。峯方伏而忽起，支似散而复收。拥以众巘兮，如万灶之貔貅[11]。屯四围而周匝，列八阵以猕蒐[12]。景物兮郁郁，神怪兮中游。渺茫乎不可追求。陟彼绝顶兮，四空八达，旷然无疆。寺曰香山，洞曰朝阳。五星聚谐而度峡，正当室宿之方。万山朝宗而垂首，乾为坤舆之纲。华西高山，岳莫与颃。但见，碧空为盖兮大块为坊[13]，屏倚太昆兮足蹑太行。南潆江淮兮北顾朔方[14]，俯临关河兮直达扶桑。混茫乎中处，洞见乎八荒，廓落兮不可度量。

昔有上仙兮广成子佺，宓兹修真兮穴居北岩。乃遇黄帝兮有熊轩辕。就兹问道兮一和心传。赤松相继兮接引云士，敷演灵篇[15]。古仙不获见兮，后人肖像，建宫峒函。卜食泾水之北，肇修笄麓之南。止遗元鹤兮高栖东岩，侧崖百丈兮空洞中悬。吞吐元化兮与天相连，真迹犹在兮为道之筌。四方之人兮云游参元，由是鹤崖主人兮寻老香山。空峡幽栖兮结庐盘桓，与鹤为友兮笑傲泾源。合浦而面乎太古，鼓腹而游乎大千。寥廓乎无际，尘缘兮弗干。冀五百为春兮，与元鹤而终年。夫鹤有四色，元尚其先。气含太一，质萃坤元。幻有橘相，翚黄翥而踊跹。次焉灰白，偕云笈之璘筵[16]。是能畜气以怡神，神洞鉴而自元[17]。千六百祀兮形始全，金火荧辉兮容特鲜。伊褰元裳兮裂黑绀之幅绉[18]，齐服缁衣兮灿碧玉之青姿。铁翮刚风兮御萧台则骖瑧辂以雍雍[19]，鹏肩上蚀兮惊日影则眠金堤以徐徐。披蓑烟而立雨兮蹑菰蒲浬[20]，絙霞而缕雾兮冠珊瑜[21]，保性于历禩兮[22]，涂顶额以丹砂之炉。含星阳于臆脉兮，韫憓惺以青鹿之涂鸣籁[23]。实迈乎江蔿之朋訏[24]，舞笛不让乎萧史之技。喉圆而吭，唳于九皋[25]。矫而抟胜于四围。宁比翼诸黄鹄，羞争食诸鸡乌。羽类杰出，人返弗如，矪随时而升降[26]，匪世缘之可牵[27]。尘袪雏饲兮奚诘，霄壤扶本兮延年[28]。圣人有道兮翙彩，凤则回翔于郊甸。王母集宴兮，导仙娥则出翔于金穴。巢居尧庭，文明兆瑞兮预决来仪汉阙。旧物恢复兮靡裂。宜桧磊松濑兮，则恶榆柳之凋折。宜饮瑶池兮，则恶贪泉之淤孽[29]。宜月霁风清兮，则恶氛蝀之纠缀[30]。宜产青田兮，则恶饕餮之炎烈[31]。有高人之雅畅兮隐士之耿节，有龟息之绵吸兮龙变之逵越。曾栖少室之生成，而上浮乎玉阙之于穆[32]。每侍宝驭之对杖，而浩迥乎天柱之巀嵲[33]。荷瞳以长盼兮蒙觳之表驰。使以爽翙兮汗漫之滇[34]。盖静深而知几[35]，弗遂物而喧譁[36]。其形惇以寿，其性适以闲。于戏羽之属号，万鹤为之长。倮之属号，万人为之长。地灵者人必杰，山富者物必昌。诗颂维岳降神，记载山川灵光。胡为乎开神物之窟穴。玄龙玄鹤，时见时藏，何啬乎启人贤之郊薮[37]。八元八凯[38]，坐虞坐唐。故予山灵兮荐章[39]，祈丰才兮无方。洞之灵矣，固造夫神仙奥宅。台之灵矣，宜隆夫鸣凤高冈。

【注释】

［1］粤若：发语词。用于句首以起下文。汉·王延寿《鲁灵光殿赋》："粤若稽古帝汉，祖宗浚哲钦明。"一气：指混沌之气。古代认为是构成天地万物之本原。《庄子·大宗师》："彼方且与造物者为人，而游乎天地之一气。"两仪：指天地。《易·系辞上》："是故易有太极，是生两仪。"孔颖达疏："不言天地而言两仪者，指其物体；下与四象（金、木、水、火）相对，故曰两仪，谓两体容仪也。"

［2］岳渎：五岳和四渎的并称。《文选》蔡邕《陈太丘碑文》："征士陈君禀岳渎之精，苞灵曜之纯。"李善注引《孝经援神契》："五岳之精雄圣，四渎之精仁明。"

［3］擎天：托住天。形容坚强高大有力量。鞠躬：弯腰屈体。

［4］乾象：天象。旧以为天象变化与人事有关。

［5］烟景：云烟缭绕的景色。

［6］凤仪：凤凰的仪态。

［7］敻（xiòng）：高，远。

［8］硔礲（hónglóng）：沟壑急流。

［9］囱（cōng）：灶突。

［10］茏葱：葱茏。（草木）青翠茂盛。

［11］貔貅：古籍中的两种猛兽。《逸周书·周祝》："山之深也，虎豹貔貅何为可服?"《史记·五帝本纪》："（轩辕）教熊罴貔貅貙虎，以与炎帝战于阪泉之野。"司马贞索隐："此六者猛兽，可以教战。"徐珂《清稗类钞·动物·貔貅》："貔貅，形似虎，或曰似熊，毛色灰白，辽东人谓之白熊。雄者曰貔，雌者曰貅，故古人多连举之。"

［12］狝（xiǎn）：秋天打猎。蒐（sōu）：春天打猎。

［13］大块：大自然；大地。《庄子·齐物论》："夫大块噫气，其名为风。"成玄英疏："大块者，造物之名，亦自然之称也。"

［14］朔方：北方。《书·尧典》："申命和叔，宅朔方，曰幽都。"蔡沈集传："朔方，北荒之地。"《楚辞》刘向《九叹·远游》："溯高风以低佪兮，览周流于朔方。"王逸注："周遍流行于北方也。"

［15］敷演：陈述而加以发挥。《三国志·魏志·高堂隆传》："于是

敷演旧章，奏而改焉。”灵篇：指《河图》《洛书》之类的呈祥显瑞的书篇。《文选》班固《东都赋》：“启灵篇兮披瑞图，获白雉兮效素乌。”吕延济注：“灵篇，即瑞图也。”亦指道教经文。

［16］云笈：道教藏书的书箱。宋·张君房所撰道教著作《云笈七签》的省称。亦泛指道教典籍。明·陈子龙《五游篇》：“《云笈》传吾道，《秘箓》署我名。”璚（qióng）：同“琼”。

［17］洞鉴：明察；透彻了解。晋·郭璞《客傲》：“玄悟不以应机，洞鉴不以昭旷。”

［18］绀：深青色。

［19］瑹（tū）：同“瑹”，美玉。

［20］菰：多年生草本植物，生长在池沼里，地下茎白色，地上茎直立，开紫红色小花。嫩茎的基部经某种菌寄生后，膨大，即平时食用的茭白。果实狭圆柱形，名“菰米”；一称“雕胡米”，可以作饭。

［21］緪（gèng）：粗绳索。

［22］禩（sì）：同“祀”。

［23］憽惺（sōngxīng）：聪慧貌。

［24］江蓠：红藻的一种。藻体深褐色或暗红色，细圆柱状，有不规则的分枝。生在海湾浅水中。可提取琼胶，供食用及作工业原料用。也叫“龙须菜”。

［25］九皋：曲折深远的沼泽。《诗经·小雅·鹤鸣》：“鹤鸣于九皋，声闻于野。”毛传：“皋，泽也。言身隐而名著也。”郑玄笺：“皋，泽中水溢出所为坎，自外数至九，喻深远也。鹤在中鸣焉，而野闻其鸣声……喻贤者虽隐居，人咸知之。”陆德明释文：“《韩诗》云：九皋，九折之泽。”汉·桓宽《盐铁论·西域》：“茫茫乎若行九皋，未知所止。”《晋书·文苑传·赵至》：“徘徊九皋之内，慷慨九阜之颠，进无所由，退无所据。”

［26］矧（shěn）：况且；何况。

［27］世缘：俗缘。谓人世间事。

［28］霄壤：天和地，天地之间。

［29］贪泉：泉名。在广东省南海县。晋人吴隐之操守清廉，为广州刺史，未至州二十里，地名石门，有水曰贪泉，相传饮此水者，即廉士

亦贪。隐之酌而饮之，因赋诗曰：“古人云此水，一歃怀千金。试使夷齐饮，终当不易心。”及在州，清操愈厉。事见《晋书·良吏传·吴隐之》。

［30］斜（tǒu）：丝黄色。

［31］饕餮：传说中的一种贪残的怪物。古代钟鼎彝器上多刻其头部形状以为装饰。《吕氏春秋·先识》：“周鼎著饕餮，有首无身，食人未咽，害及其身，以言报更也。”《神异经·西南荒经》：“西南方有人焉，身多毛，头上戴豕，贪如狼恶，好自积财，而不食人谷，强者夺老弱者，畏群而击单，名曰饕餮。”宋·邵博《闻见后录》卷二六：“绍圣初，先人官长安府，于西城汉高祖庙前卖汤饼民家，得一白玉奁，高尺余，遍刻云气龙凤，盖为海中神山，足为饕餮，实三代宝器。”

［32］玉阙：传说中天帝、仙人所居的宫阙。《十洲记·昆仑》：“（钟山）上有金台玉阙，亦元气之所含，天帝居治处也。”于穆：对美好的赞叹。《诗经·周颂·维天之命》：“维天之命，于穆不已。”《汉书·司马迁传》：“汉兴已来，至明天子……受命于穆清，泽流罔极，海外殊俗重译款塞，请来献见者，不可胜道。”颜师古注：“于，叹辞也；穆，美也。言天子有美德而政化清也。”

［33］巀嵲（jiéniè）：高耸。

［34］翙（huì）：鸟飞声。

［35］知几：谓有预见，看出事物发生变化的隐微征兆。《易·系辞下》：“知几其神乎。君子上交不谄，下交不渎，其知几乎？几者，动之微，吉之先见者也。”

［36］喧讙：喧哗。

［37］郊薮：郊野草泽之地。

［38］八元：古代传说中的八个才子。《左传·文公十八年》：“高辛氏有才子八人：伯奋、仲堪、叔献、季仲、伯虎、仲熊、叔豹、季狸，忠肃共懿，宣慈惠和，天下之民，谓之‘八元’。”孔颖达疏：“元，善也，言其善于事也。”《汉书·古今人表》季狸作季熊。南朝梁·刘勰《文心雕龙·章表》：“故尧咨四岳，舜命八元。”后用以称颂有才德的人。唐·刘禹锡《和浙西李大夫伊川卜居》：“早入八元数，尝承三接恩。”八凯：亦作“八恺”。相传古代高阳氏的八个才子。《左传·文公十八年》：“昔高阳氏有才子八人：苍舒、隤敳、梼戭、大临、龙降、庭坚、仲容、

叔达，齐圣广渊，明允笃诚，天下之民谓之‘八恺’。”孔颖达疏：“恺，和也，言其和于物也。”《汉书·古今人表》庭坚作咎繇。《旧唐书·韦凑传》：“八凯、五臣，良佐也。”

［39］荐章：推荐人才的奏章；举荐文书。宋·曾巩《送宣州杜都官》：“荐章交论付丞相，士行如此宜名卿。”

【解析】

这是一篇骚体赋。前三段写崆峒山，第四段写元鹤。第一段总论崆峒山所处地理位置及其高峻雄伟之特征。第二段从五台写起，由低到高，层次分明，描写崆峒山自然景观。第三段又总写崆峒山地势之独特。第四段歌咏元鹤之灵异，描写元鹤外形细致入微。引用神话、道经，想象丰富、奇特。以物之灵异衬托山之神奇，地灵必孕育人杰，山富必物产昌盛。

真乘寺碑文

（清）杨应琚

余幼时，随祖父宦游雍凉。稍长，载观图籍，耳熟崆峒名久矣。丙辰五月，奉檄五原[2]。公事竣，与山左李观察订游崆峒[3]。一日，驰至山麓，天已昏黑。石壁刺天，溪声聒耳[4]。飞萤千点，乍隐乍现。行数里，忽见灯光。从者喧填树杪，鸦雀惊鸣，粪如雨落。有老僧延入山寺，遂各倦卧。黎明闻钟声，始知身在山内矣。晨与李观察携酒食，陟五台，诸胜并历。小树露台风，观虹陛云梯，带岭缨峦，穿林挂壁。虽天施之巧，似亦绰有人功。盖空同石骨中多有孔穴，雨前风后，云从石隙中生。小者如鳞，大者如轮，其细如絮擘，其巨如峰矗，斜则旗翻，直则幢树。肤寸而合[5]，遍满山谷。须臾开爽[6]，群山如故。山有元鹤穴，在东台绝壁下，可望而不可即。山既中空，往来无碍。饮啄自如，是以罕见。而皮冠净发之徒，以此禽为轩辕时物。余以为大都似武陵源绝境，无人长子孙耳。山以空同名，古人终不余欺哉。此山势不加广，穷日之力，尽胜无遗。山前后有流水界其麓，前即泾河交会东注。界水之外，山无起伏。此濯濯童阜耳[7]。望空同者昭如黑白，可谓山之清者。此其所以隘也，然耻与众山为伍。壁立千仞，宁非杰出者哉。是游也，烧烛成诗，得廿一首。兹又纪其诗之所载未尽者，五台山之五峰上各有寺。南台以幽胜，北台以松胜，东台以元鹤胜，西台以烟霞胜。中台以土胜，浮屠多聚其中云。诗失传。

【注释】

［1］杨应琚（1696—1766）：字佩之，号松门。清代辽海汉军正白旗人，出生于青海西宁。雍正七年（1729）由荫生授户部员外郎。乾隆时，

擢山西河东道，寻调甘肃西宁道。乾隆十九年（1754）任两广总督。后调闽浙总督，再移陕甘总督。拜东阁大学士。乾隆三十一年任云贵总督。时滇缅间土司屡与缅人冲突，他到任后，督师攻缅。战败且虚报战功，被清廷召还，削籍逮问勒令自尽。杨应琚不仅精明能干，政绩突出，而且博学多才、勤于著述。他写了不少诗词、碑记、考传和杂记。特别是他于乾隆十三年（1748）修成的《西宁府新志》，弥补了“边地质野，文献无征”的缺憾，为《大清一统志》的纂修，提供了丰富翔实的资料。

［2］奉檄：收到征召录用的通知书。《后汉书·刘平等传序》：“坐定而府檄适至，以义守令，义奉檄而入，喜动颜色。”

［3］山左：特指山东省。因在太行山之左（东），故称。

［4］聒（guō）耳：指声音刺耳。《韩非子·显学》：“今巫祝之祝人曰：‘使若千秋万岁。’千秋万岁之声聒耳，而一日之寿无征于人。”

［5］肤寸而合：谓（云气）逐渐集合。《公羊传·僖公三十一年》：“触石而出，肤寸而合，不崇朝而遍雨乎天下者，唯泰山尔。”阮福《肤寸而合解》：“所谓肤寸而合者，如云出山，散而不合，则不得雨。今肤寸而合，如人以两手之四指平铺，先分两处向下覆之，由分而合，渐肖云合之状，合之甚易，故云肤寸而合，不崇朝而雨遍天下。”晋·干宝《搜神记》卷一：“俄而云气上蒸，肤寸而合，比至日中，大雨摠至，溪涧盈溢。”

［6］开爽：晴朗。《林则徐日记·道光十四年九月初三日》：“早晨浓阴，甚凉，想近处必有大雨，午后渐见开爽。”

［7］童阜：光秃的土山。北魏·郦道元《水经注·肥水》：“山无树木，惟童阜耳。”

【解析】

这是一篇碑文。碑文是刻在石碑上的文章，石碑立于寺庙等建筑物前以记事记功，或立于坟墓前记录墓主生平事迹。本文以叙事、写景为主，中间穿插议论。语言精练，层次分明。

崆峒元鹤记

（清）汪皋鹤

畴尝泛览山经[1]，于五岳外尤慕空同。为邃古仙踪，其名首见元公释地。而名山志言，海内有五崆峒。其有熊问道之所系在北地，即今平凉郡属也。山多广成遗迹，且有尧时双元鹤栖隐岩洞。见者称为瑞庆[2]。余掩卷神往[3]，浮慕者积有年[4]。丙申奉命守郡，窃喜与名山有缘。且幸得睹胎禽以饫俭目。莅郡后，政治稍理，即策骑登陟。山离城仅一舍，逾时即至。拾级攀扪，遍临诸胜。虽云霞变幻，松桧苍森，而其间琳宫梵寺颓陊过半[5]。至所谓元鹤者，询之山人，咸云有之。然卿云景星，不数数见也。余拊膺而叹，谓缘遇之慳[6]。时余方捐俸修葺各宇，郡辖诸明府，咸解囊以为邪许[7]。落成之后，一过再过，且四五过，而元鹤终不一觏[8]。余乃笑人言谬悠[9]，典籍之不足信。如武陵桃源，为渊明寄托之辞。而刘子骥辈必欲随俗问津，堪嗤鄙耳。去年以公事冗猥[10]，经岁不一登临。

今春雨潦兼旬，平郡岁苦，恒赐而久霖，则又来牟交困[11]。余于仲春四日登山之大顶，谒真武祠，为补漏之祈。诘辰开霁，与二三游侣，徘徊岩岸间，瞥见双鹤黝然从飞仙阁来。正谛视之，倏西抔而去。余惊喜之余，方悔前此之轻议前哲，而终以不获详视为惘惘[12]。越月又三日，友人复招往同游。时余方病足，以肩舆从后岭而上。有仆奔告曰，前山有双鹤翱翔不去。余闻之而慨，谓仙凡离合，交臂失之。遂亟趋丁舆赴前山。有先诣至彼者，竖指示余曰，非元鹤耶。俯首视之，见双鹤大于车轮，长喙修胫，周体缁黑，唯膺翮酕素[13]，丹顶翘然，两足与喙俱朱色。健翮盘空，或远或近。两翅平掠，迅捷逾笴羽[14]。云流电掣，无扇翎鼓翼之概。形色风格与凡鹤殊。回翔者自巳至午历一时有余，旋乃向山之东南岭冲霄而冥。余凝神饱览，私心窃喜。谓得副半生愿见之衷。而同游诸人，亦交口向余庆仙缘之获遂也。考《浮邱相鹤经》云，鹤生十六年小变，六十年大变，千六百年而形定。散幽经以验物，洵所谓羽族之宗长，仙人之骐骥。矧双鹤见于伊耆氏之甲申，嬗今四千有九十六载。石泐金销而此羽毛血肉乃与山陵并永，非扶舆灵之独钟乌能是欤。不揣芜陋，撰记勒珉，并赋长歌一章，即志欣幸之怀，且以昭往古而示来兹尔。又钮玉樵《秦觚》载[15]，顺治四年复见二雏。言或非诬，故并记之。

【注释】

［1］畴：以往，从前。

［2］瑞庆：吉祥喜庆。

［3］掩卷：合上书本。多为阅读中有所感触的举动。《北史·刘献之传》："（献之）见名法之言，掩卷而笑曰：'若使杨墨之流，不为此书，千载谁知其小也。'"神往：谓心神出游。三国魏·郭遐叔《赠嵇康》之二："驰情运想，神往形留。"也指内心向往；思慕。

［4］浮慕：表面上仰慕。

［5］陊（duò）：破坏。

［6］慳（qiān）：不多，稀少。

［7］邪许（yéhǔ）：劳动时众人一齐用力所发出的呼声。即号子声。一人领呼称为号头，众人应和称为打号。《淮南子·道应训》："今夫举大木者，前呼邪许，后亦应之，此举重劝力之歌也。"《吕氏春秋·淫辞》"前乎舆謣"汉·高诱注："舆謣或作邪謣。前人倡，后人和，举重劝力之歌声也。"

［8］觏（gòu）：遇见，看见。

［9］谬悠：虚空悠远。引申为荒诞无稽。《庄子·天下》："庄周闻其风而悦之，以谬悠之说，荒唐之言，无端崖之辞，时恣纵而不傥，不以觭见之也。"成玄英疏："谬，虚也。悠，远也。"

［10］冗猥：谓低微卑贱的杂吏。

［11］来牟：亦作"来麰"。古时大麦与小麦的统称。《诗经·周

颂·思文》："贻我来牟，帝命率育。"朱熹集传："来，小麦。牟，大麦也。"

［12］惘惘：遑遽而无所适从。《楚辞·九章·悲回风》："抚佩衽以案志兮，超惘惘而遂行。"王逸注："失志偟遽。"

［13］氄（rǒng）：鸟兽细软而茂密的毛。

［14］笴（gǎn）：箭杆。

［15］钮玉樵：即钮琇（1644—1704），字玉樵，江苏吴江人。清代学者、文学家。康熙十一年（1672）拔贡生。历任河南省项城知县、陕西白水知县，兼摄沈丘、蒲城事，广东省高明县令。著有笔记小说《觚賸》《觚賸续编》。

【解析】

这是一篇杂物记。第一段记叙作者仰慕崆峒山，以期登临，尤其渴望一见崆峒之元鹤。第二段写游崆峒之际，有幸遇见元鹤，亲睹元鹤之形，并考证元鹤历史。

泾源记

（清）胡纪谟

宇内名川，其清浊备详于志记，而见诸经传者为尤确。顾《谷风》“泾以渭浊”[1]。自来笺释家咸谓泾浊渭清，承袭不易。我皇上万几余暇，披阅苏辙诗，有“滚滚河渭浊”洎元人曹伯启诗“泾清渭浊源何异”之句。以传注未足为据，命西省大臣察视泾渭二源，何清何浊折衷。

钦定庚戌三月，余奉台符[2]，往探泾源。倣装驰赴华亭[3]，由西北行九十里，有大石山。邑志所载，泾水发源于笄头山之百泉。又曰，百泉所发汇而为泾。即此山也。山高三十余丈，面东北背西南。八峰环抱，后两峰极耸，前六峰递相卑逊，形同佛手，又如冠髻，故名笄头。水自峡中出，流入大川，晶莹明净，沙石可数。山西崦有三龙王庙，建自远年并无碑碣。询之故老云，笄山土名泾河脑，又曰老龙潭。相传峡内每峰相对凡四层，若门户然。第一层，峡甚宽，水亦浅。自二至四，水深不测。有头潭二潭三潭之目，特肖三龙神以祈祷焉。少时大旱，取湫头，潭旁有仄径可行，稍进步即窘。此后并头潭亦无敢泅入者。余策马入峡，水才数寸。溯源而上曲折，行半里渐逼仄。水及马腹，不能涉。相隔第二层对峙之峰，约三四丈。石峡仅离二三尺，激水注射峡中，投之以石，窅不见底。想二潭三潭更非人力所能到也。出峡后欲蹑山俯瞰，而峰脊如削，无从驻足。山左右俱土石小山，绵亘四五里。下有清泉数十穴，会注川内，百泉所由名欤。考宋之百泉县，即今华平镇。笄山去镇三十里，其为泾水真源已无疑义。余复循流而下，北十五里至白岩河。又二十里，自朱家峡东折，三十里历空同山。又三十里，由平凉郡西门外与大河合流，距笄山九十余里。凡泾源所注之区，无论土壤石山，具见清浅涟漪，毫无泥滓。惟入平凉，河至泾州，泾汭合流处，此百四十里中因南北西三面山水所归，其色与泾源少异。然不过微杂尘沙，须眉难鉴而已。迥非咸阳渭河之黄流耀日者可比，是泾水之清，经身历而始信。仰见圣天子明烛万里，不待玉步遥临，而真源早供，御览足征。泾水有灵，不甘久匿其面目，俾数千年清浊混淆，一旦蒙汙尽洗，亦从来未有之遭逢矣。余幸供是役，谨绘泾水源流，笄山二图说，并赋短章以记探源溯委之详，如是云。

【注释】

［1］《诗经·邶风·谷风》："泾以渭浊，湜湜其沚。"

［2］台符：朝廷的诏书。《北史·元暹传》："（暹）欲规府人及商胡富人财物，诈一台符，诳诸豪等，云欲加赏。一时屠戮，所有资财生口，悉没自入。"宋·吴曾《能改斋漫录·神仙鬼怪》："嘉祐八年，丰城李君仪为袁州军事推官。明年，被台符，权知萍乡县事。"

［3］俶装：整理行装。《后汉书·张衡传》："占既吉而无悔兮，简元辰而俶装。"李贤注："俶，整也。"《陈书·虞荔传》："必愿便尔俶装，且为出都之计。"宋·王明清《挥麈三录》卷三："廷俶装西上，道中小缓而进。"

【解析】

这是一篇记事文。作者奉诏前往崆峒探寻泾水之源，求证泾渭，何清何浊。终以事实证明泾源之清，驳倒历来笺释家"泾浊渭清"之说。

崆峒山初游记

（清）杨景彬[1]

崆峒山，巉岩峭削，为秦陇奇观。其外诸峰环抱如梓泽[2]，金谷之胜而亭台楼榭、异卉佳木及商彝夏鼎，靡不错综罗列其中，围垣高峻，不入其门罕有能窥其奥者。忆自丙戌从戎回疆[3]，往来渡泾水，惟立马凝眺。

迨庚子，宰平邑，储侍鞅掌，亦未获一探其奇。同学友周伯桐素痴林壑，自陕来访，约共登临，乃裹粮策骑，未晓即发，由后山逶迤而上。

始入峡则黄叶满径，青松参天，冻雀飞鸣，溪声咽嗽，朔风撼振疏林如笙簧杂奏，娱耳恬心已觉迥非尘境。

既而弃骑登大寺，山之形胜宛然在目，烹茗小憩。老僧前导至塔院，浮屠高十余丈，其顶生松，僧指为百余年物。徘徊久之，复东游招鹤堂，看元鹤洞。洞为东台石壁所障，俯首穷探终不能见。转东北隅，小径度双桥，抵北台，寺宇倾圮[4]，三面削崖千余仞，虽猿猱不能登，旋由西南荒径俯视灵龟台。积雪铺地，滑达不任步。东转则橡树成丛，他树相间，叶脱莫能辨其名。树有寄生，实如豆，色如蜡，俨然黄梅竞发。折枝动丛树，草中忽闻奔腾膈膊之声，众惊骇以为虎至，余急前视之，乃群雉冲飞，相与大笑。

由大寺后至东台，殿宇宏敞，僧启东窗，瞥见泾水如带，郡城雉堞隐隐可辨。其山麓童阜皆属平衍，惟太统山迄然独立。时已停午，僧翘首西指曰："彼峨峨者马鬃山也，为此山之正巘，不可不跻其巅。"

遂由中台行，徐杏邛上，石蹬迎面陡起如梯，高入云端。仰视，身几后仆。伯桐倚石坐，喘促有惧色。余登百余级呼伯桐，是已望崖返矣。

复贾余勇，凡三息至元关，其北接舍身崖，拔地而起，顶建小刹为磨针岩，俯视莫测深浅。

旋登太白楼，尽望四面扉椐，遥见后山突立，香山寺建于其顶。东西翠屏对峙，宛为马鬃山负扆；其后南北层峦叠嶂嵯峨数十里，其太阳掌、广成泉、后峡，由北层层而下；苍松岭、笄头山则从南巍然高耸，而前历诸峰殊形诡态，或欹倚，或端矗，或蹲踞俯伏，或曲蟠伸仰，锐者如剑戟矛矢，平者如堂屋寺观，其前峨冠剑珮正笏垂绅，风动云移俨如拜起之状。更有如狮、如象、如飞鸟、如鱼龙、如虎豹、如狗马，卧者、走者、翔者、集者，惶或万状，令览者目不暇接，奇矣哉！时，风铃微响，恍奏钧天，飘飘然有云际真人之想。

僧复导游子孙宫，至东华庵，欲循僻径引藤而下西台，僧以冰溜沍结阻。东折有松可五六围，松针积寸许，裀坐片时拾松子盈掬[5]。

南转过雷声峰。峰支生于马鬃山，路如鱼脊，缩足而下，揩栈为廊[6]，前列三刹。从刹底穿穴而过，径尤奇绝，出穴前立。下插香台，再进则石丛累累惟鸟道而已。其南棋盘岭，石坪依稀可见。复穿穴引絙而上，如蚁缘蚓屈，奋力极登，寻旧路回马鬃山，不觉汗浸淫淫，懒残煨芋方熟，谋饱一餐，支榻禅院。

越宿再登后山绝顶雷乔，步寒月，览笄头、翠屏、后峡、凤凰岭诸名胜，而邮报适至："海防撤兵抵境。"

促骑急旋至大寺，伯桐卧东厢读古碣以待，携往南台，路甚夷，启后扉则问道宫，看河，峰如在釜底。自前山循径穿林以行，夕阳衔山，草木岩谷皆殷。有老僧荷杖来迎，支筇而下王母宫，有巨石如床，拂拭耽玩间回览游踪，历历可数，而寒烟弥漫可望而不可及矣。

按志游者，或以春，或以夏、秋，从无以冬至者，或惜此游非乘时，予独以为不然。夫山有四时犹人之有少壮，砺志砥行春华夏茂也。丈夫壮犹硕果秋实也，其翠柏苍松之后凋于冬也，殆功成身退晚节之弥坚乎！是游也，不于岚浮露结之时而独于万壑凝萧之后者，非谓空山寂静可避烦嚣，盖以频年孤往之兴神与山合一，若山灵有待，将示以此山真面目之奇，而补前人蜡屐之所逮欤！

维时道光壬寅十月十一日也。

【注释】

［1］作者生平事迹不详。

［2］梓泽：晋石崇别墅金谷园的别称。故址在今河南省孟州市境。《晋书·石崇传》："崇有别馆在河阳之金谷，一名梓泽。送者倾都，帐饮于此焉。"唐·王勃《秋日登洪府滕王阁饯别序》："胜地不常，盛筵难再。兰亭已矣，梓泽邱墟。"

［3］回疆：清代对新疆天山南路的通称。该地为维吾尔族所聚居，因清代对信仰伊斯兰教的少数民族或地区多加称为"回"，故名。也叫回部。

［4］倾圮（pǐ）：倒塌。《水浒传》第一〇八回："军士争先上桥，登时把桥挤踏得倾圮下来。"明·张居正《处士方田李公行状》："道路桥梁倾圮，辄捐赀为修葺。"

［5］裀：通"茵"，坐垫。

［6］搘：同"支"，支撑。

【解析】

这是一篇山水游记。第一段将崆峒胜境比作石崇之金谷园，并回忆自己曾经路过崆峒，凝眺山峰，心生无限向往之意。第二段到第十一段叙述自己游崆峒所见之景。以时间为顺序，移步换景，描写细腻，读之令人有身临其境之感。最后议论冬日登山的独到感受，并将自然比作人生，身与物化，天人合一，在登临之中参悟天道，岂不快哉！

白雉记

（清）杨景彬

道光壬寅嘉平念日[1]，崆峒山村人获雉一，色纯白，钟邡金睛，修翎长尾，其喙似涂粉微乌，爪胫坚劲而色福，肤晶莹类浅红玛璃，迥异凡雉。

周成王时越裳贡白雉，去京师三万里，王者祭祀不相逾宴食、衣服有节则至。周至今数千年，而简编于汉元始[2]，魏延康间仅载之[3]。文人惟班固、李乔偶咏之，是洵为宇宙所罕见者。

今白雉之产于崆峒也，殆山之灵气所钟欤！然雉依名山当饮啄琪树之间，飞鸣云汉之表以适其性。天乃谢泉石售城市，咸为之惜，而我独否。

夫物之生也有尽，使雉终藏于山林，虽雉也白者，异于凡类而人不之见，又何异于雉也凡者？宰官作记名士歌诗，且绘图而装潢之，则白雉可并元鹤不朽矣。

【注释】

［1］嘉平：为腊月的别称。元・方回《留丹阳三日苦寒戏为短歌》："自从书云入嘉平，一月曾无三日晴。"

［2］元始：西汉平帝刘衎（kàn）的年号，公元1年至公元5年。

［3］延康：汉献帝刘协的第六个年号，共计7个月。是东汉的最后一个年号。

【解析】

这是一篇杂物记。第一段描写白雉外观与凡雉的不同。第二段写白雉为稀世罕见之物。第三段写白雉产于崆峒，衬托出崆峒山为灵气所钟之地。最后慨叹如果白雉不为人所见，那与凡雉何异？因而要将白雉写于诗文，绘于画图，让它同元鹤一样被大众所欣赏。

崆峒论

（清）郭照藜[1]

崆峒为名山胜境，予久仰止，未获登眺。辛未春，奉命来守高平。初下车，清理案牍，部署诸务。数月后，公事稍暇。闻崆峒在郡城西三十里，欲游览以酬夙愿。适案头有《崆峒志》。遂手披阅。内有先达吴汝南《游崆峒记》，自黄帝问道宫起，至笄头山止。其中铺叙，若岩若台，若峰若岭，若桥若泉石，若峡洞。以及寺观楼阁等境，突兀奇特，幽景葱郁，不可胜数，历历如在目前。于是择日命驾，偕诸僚友往观之。

越两日，始遍历其境，见群峰拱秀，庙宇错出。远水潆回[2]，径路险仄[3]。或峻岭之插天，或云树之蔽日。与汝南所记若合符节[4]。奇哉此山层峦滴翠，岩流飞琼，与一切丹灶福地坐静飞仙之处，前人俱已详言之矣，予复何所置喙。时予拾级攀扪，独见绝顶。极目四望，而不禁恍然有会于心也。窃以吾人生天地间，能自修持，树立卓然不群。何莫非此山之巍巍峨峨，特立出群也。

吾人遭逢盛世，建功立业，泽及兆姓[5]。何莫非此山之出云降雨，护卫苍生也。而且澹荡无欲，宁静致远，非即此山之镇静不迁乎。抱养天真，悠悠自得，不为俗累，非即广成子之了道成仙。飘然遐举，并元鹤之翱翔自如，千载遗踪乎。山也人也，分观之为二，合观之为一也。夫山号崆峒，崆者空也，峒者同也。䌷而绎之，人与山同立天地间。果能如山之俯空一切，同为不朽，乃可不愧为人，而不为山所笑也。予持此论，不知达观者以为可否。

回顾同游诸僚友，犹在各处寻幽览胜。予即挽索东下，邀集一处，将此意备述诸人，莫不欣欣点领。予倦甚，微息岩下。忽一山人进曰：“论同，善矣；空，则犹未也。野人愿陈鄙见，以有为有，不若以有为无。色即是空，空即是色，四大本然皆空。人与山同。此色即同。此空也，非所谓空同之义乎。”予略转身，乃知是梦。于是爽然若失，恍然悟“太极本无极”之理矣。旋署后，爰书于攸墍堂之退思斋。

【注释】

［1］郭照藜（生卒年不详）：山西芮城县人，乾隆丁酉举人，曾任平凉知府。

［2］潆回：亦作“潆洄”。水流回旋貌。

［3］险仄：崎岖而狭窄。

［4］符节：古代符信之一种。以金玉竹木等制成，上刻文字，分为两半，使用时以两半相合为验。《管子·君臣上》：“则又有符节印玺典法策籍以相揆也。”尹知章注：“符节印玺所以示其信也。”《周礼·地官·掌节》：“门关用符节，货贿用玺节，道路用旌节，皆有期以反节。”

［5］兆姓：兆民。

【解析】

这是一篇论说文。第一段阐明论崆峒之缘由。第二段叙述亲临崆峒观览，为论崆峒作事实论据。第三段论述崆峒之含义。第四段写梦中论崆峒。本文从崆峒之形与义论述崆峒所蕴含道、佛二家思想，对世人理解崆峒之缘由有积极的作用。

崆峒志原叙

（明）罗　潮

崆峒志者，志崆峒之胜也。崆峒之名，甲寰宇而耀史册[1]，逖古亡论已[2]！即今之骚客墨卿缁流羽士[3]，或咏游以鬯抱[4]，或偃息以颐真[5]。孰非有契于兹山哉？然前既无传，后竟莫述。山灵几负矣。鹤崖李君嗜古邃学，采录闻见，编次成志。一览而胜概险要，举在目前。崆峒文献，庶其有征乎？潮也来守是邦，披舆图而思经理之[6]，阅地利而思保障之，不能无感焉。凡游览上公，靡不睹山河之固，而画安攘之策[7]。为平郡万世民社计也。漫游云乎哉？是志之作，又岂徒然哉？

时万历乙酉岁孟秋吉旦中宪大夫知平凉府事三河怀塘罗潮书于退省堂。

【注释】

［1］寰宇：犹天下。旧指国家全境，今亦指全世界。

［2］逖：远。

［3］骚客：诗人，文人。墨卿：文人的别称。缁流：僧徒。僧尼多穿黑衣，故称。

［4］鬯（chàng）：通“畅”。

［5］偃息：睡卧止息。颐真：谓修养真性。

［6］舆图：地图。经理：治理。

［7］安攘：谓排除祸患，使天下安定。

【解析】

这是一篇序文。序或叙是在著作写成后，对其写作缘由、内容、体例和目次，加以叙述、申说。本文是罗潮为李应奇在万历年间所作第一部《崆峒山志》所作的序文。

重修崆峒志原叙

（清）李遇昌[1]

余读子厚诸游记[2]，心窃好之。既嘉其文词而尤怪永柳之地山水之佳胜独擅于天下，故能发游者胸中之奇而抒之于文。其瑰异乃至于此[3]，每思一见之而其地远在三湘之南非游迹所能至[4]。惟时读柳子所记穷深极变如身入西山黄溪袁渴之中，依然峭壁层岩，长林邃壑，幽泉怪石，烟云鱼鸟，渔歌樵唱，互陈叠效于左右也。故虽未至其处而所谓佳胜之概亦庶几于其记仿佛见之已。顺治九年，余以部曹郎出守平凉考阅舆图[5]，始知隶郡有崆峒者。盖西北之名山，即世所称轩帝汉武之所游幸者也。抵治后，亟往登其绝巘，遍历诸峰，以及元宫梵刹，无不周览。遂极殊峭怪特旷奥伟丽之观[6]。耳目所接，恍然有动于心，急欲见之。纪述如褰裳临钱塘潮，望而自返，更无着足处。因念向所度永柳山水之胜，或未能过此而益信子厚之奇文善状也。暇则阅旧志，虽叙述未尽而条目略具。凡前之所周览者，尚可手指而心憶之。用以涤烦嚣[7]，怡神志。以资卧游[8]，亦甚便也。岁久，字画刓敝遂重订镂之[9]，以示后之耽胜如余者。或取为卧游之具云尔。

时顺治庚子春王中宪大夫知平凉府事户部广西清吏司郎中大兴李遇昌元感题于环青阁。

【注释】

［1］李遇昌（生卒年不详）：顺天大兴（今属北京）人，顺治九年（1652）任平凉知府。

［2］子厚：柳宗元（773—819），字子厚，唐代河东（今山西运城）

人。唐代文学家、思想家，唐宋八大家之一。世称“柳河东”，因官终柳州刺史，又称“柳柳州”。与韩愈并称“韩柳”，与刘禹锡并称“刘柳”。刘禹锡编有《河东先生集》，明蒋之翘辑注有《柳河东集》。

［3］瑰异：指景物、品物卓异、特异、珍奇。

［4］三湘：古人诗文中的三湘，多泛指湘江流域及洞庭湖地区。

［5］部曹：汉代尚书分曹治事，魏晋以后，渐改吏曹为吏部，但六部各司仍有称曹的。到明清时代，部曹就成为各部司官之称。

［6］旷奥：唐·柳宗元《永州龙兴寺东丘记》：“游之适，大率有二：旷如也，奥如也，如斯而已。其地之凌阻峭，出幽郁，廖廓悠长，则于旷宜；抵丘垤，伏灌莽，迫遽回合，则于奥宜。”后以“旷奥”形容名山胜迹的开阔和幽深。

［7］烦嚣：喧扰；嘈杂。

［8］卧游：谓欣赏山水画以代游览。后亦指看内容生动的游记、图片或记录像片等。《宋书·宗炳传》：“有疾还江陵，叹曰：‘老疾俱至，名山恐难徧睹，唯当澄怀观道，卧以游之。’凡所游履，皆图之于室。”

［9］刓（wán）敝：亦作“刓弊”。摩挲致损；磨损，损坏。

【解析】

本文为李遇昌在任平凉知府时阅览方志，有感于柳宗元游记所作的一篇序文。作者读柳记心向往之而山川之远不能亲历，唯崆峒在目前可亲览以补柳记之憾。

崆峒志原序

（清）程　宪

志者，史家之流也。顾志名山与郡邑，异志郡邑者，山陵川泽贡赋人物[2]，咸附丽其中[3]。志名山则郡邑之画疆分社，经纬错综，翻若从名山大川而见，所为补职方所未备也。余仕浙历晋，其间山川灵异，莫不旷游神越[4]。郡邑志乘，亦皆采风问俗以纪盛事。迨守泾原，流览王会，知雍凉形胜甲寰宇，而崆峒绵亘朔方。《尔雅》云："位应北极。"其地当扼塞峭拔，尤称佳胜。登临其上，遥看松际云岚[5]，石桥岩瀑，五峰岳立，福庭鸟道辄不禁流连光景，飘飘乎有驭气乘风之意。因慨然而叹，何须更问蓬岛，别觅仙踪哉？兹志信不可泯也。若一方之沃瘠[6]，贞淫历代之沿革。险要犁然具存。固无容赘至，停骖胜概，问道殊踪。鹤驭云軿，羽蜕緇幢，宁志怪齐谐乎？游宦缙绅歌咏，著载帙中，诚山史之董狐也[7]。或曰志之为言志也，心之所之谓之志。志凝神释，与灏气俱则方寸之内。有全志焉，先正有言，见山忘道，见道忘山。借境汰情，岂徒以资骚人墨客。卧游已耶。余非能文，聊志此以附永砺云尔。

康熙辛亥菊月吉旦中宪大夫知平凉府事杏山程宪章世题于明壁斋。

【注释】

[1] 程宪（生卒年不详）：辽东锦州（今属辽宁）人，字章世。荫生，顺治十六年（1659）任沁州知州，历官至湖南按察使。康熙八年（1669）任平凉知府。

[2] 贡赋：土贡和赋税。《国语·鲁语下》："今我小侯也，处大国之间，缮贡赋以共从者，犹惧有讨。"

[3] 附丽：附着；依附。《文选》左思《魏都赋》："而子大夫之贤

者，尚弗曾庶翼等威，附丽皇极。”李善注：“言不曾与众庶翼戴上者，等其威仪，而附着于大中之道也。”

［4］神越：精神超逸。

［5］云岚：山中云雾之气。

［6］沃瘠：指土地的肥瘦。

［7］董狐：春秋时晋国史官，生卒年不详。晋灵公无道，正卿赵盾屡次劝谏，灵公不听，反欲杀之，赵盾于是逃亡国外。其后族人赵穿弑灵公，盾还晋国，而不讨穿。董狐乃书曰：“赵盾弑其君。”孔子因称：“董狐，古之良史也，书法不隐。”

【解析】

本文为程宪于康熙年间任平凉知府时，游历崆峒山后所作序文。将叙事、写景、议论融为一体，以写景、议论为主。论述《崆峒山志》为山史之董狐，可见其对该书评价之高。

重修崆峒志序

（清）阎曾履

尝考祀典所载山林川谷邱陵[1]，能出云为风雨，见怪物皆曰神。况崆峒，泾水为寓内名山大川，其出云降雨，所以灵佑生民者，盖岩岩乎一郡之望也。乃自《庄子》有黄帝问道之说，而古今好事者遂缘以为神仙窟宅。唐宋以来，间有营建。迄乎元明，琳宫梵刹，几遍岩阿。而文人墨客，登临其上，率多题咏。积成卷帙，此崆峒志之所由作也。余以辛亥春恭承简命来守是邦[2]。到任之初，遍告山川，为民祈福。而崆峒尤为夙昔所景仰。及暇取旧志阅之，见其残缺殊甚。字迹漫灭，不可卒读，用为浩叹。数年来旱干水溢，到处有之。而境内粗安风雨，以时民人。以和意者，山灵其助我乎？岁乙卯，适奉檄刊修郡志。因命绅士采辑崆峒志稿。余手为厘定[3]，冗者删之，缺者补之。视旧志之未备者稍加详矣。是志也，非敢寄情于山水也，非敢窃比于作述也。第以出云降雨为生民利济所关，表而章之。俾睹斯志者，知神皋奥区[4]，将与华山吴岳同为西北巨镇[5]。是亦守土者之责也，岂徒供卧游之资已哉！

时嘉庆二年岁在丁巳六月吉旦朝议大夫知平凉府事前刑部贵州司郎中孟津阎曾履题于攸塈堂。

【注释】

［1］祀典：记载祭祀仪礼的典籍。《国语·鲁语上》："凡禘、郊、祖、宗、报，此五者国之典祀也……非是，不在祀典。"

［2］简命：简任；选派任命。

［3］厘定：整理制定。《新唐书·礼乐志十一》："张文收以为《十

二和》之制未备，乃诏有司厘定。”

［4］神皋：神明所聚之地。《文选》张衡《西京赋》：“尔乃广衍沃野，厥田上上，寔为地之奥区神皋。”李善注：“谓神明之界局也。”

［5］吴岳：古代山名。在今陕西省。《史记·封禅书》：“自华以西，名山七，名川四。曰华山，薄山……岳山，岐山，吴岳，鸿冢，渎山。”裴骃集解引徐广曰：“在汧也。”《文选》张衡《西京赋》：“河渭为之波荡，吴岳为之陀堵。”李善注引郭璞云：“吴岳别名。”

【解析】

本文为平凉知府阎曾履于嘉庆年间重修《崆峒山志》时所作序文。文中叙述从庄子以来，历代文人登临崆峒并题咏之事，叙述山志撰修之缘由。又因旧志残缺殊甚，字迹漫灭，而重修山志并为之序。

崆峒山志序

（清）张伯魁

盖闻星分金野，正当斗极之垣；地近瑶池，直接昆仑之脉。是以北极崆峒，名已传于《尔雅》。西连泾谷，形曾附乎《山经》。况黄帝广成之所居，昔闻至道；秦皇汉武之所到，代有仙踪也哉。尔其五台竞秀，万壑争流。泾水绕其前，涌出云涛石海；笄山耸其后，宛然雾鬓烟鬟。鹤洞元云，或翱翔乎缑岭[1]；凤山彩雾，时掩映于朝阳。虹跨仙桥，海外飞来。蝃蝀龟浮，莲叶台中。擎出芙蓉。狮子崖高，肖狻猊之蹲踞[2]；马鬃峰峻，俨骐骥之腾骧[3]。翡翠屏开，会出丹崖碧嶂；琉璃泉涌，喷来玉液琼浆。峰名蜡烛，游人不夜之灯；台号香炉，仙子长春之篆。嵚崎万状，有非郭璞之所能名[4]；突兀千寻，亦非卢敖之所能至者矣[5]。乃于唐宋兵戈之际，久芜没于断梗荒榛；而自元明创建以来，遂大营乎琳宫梵刹。羽客缁衣，时往来而留寓[6]；文人学士，多唱和以留题。于是李鹤崖创修斯志，传流已过百年；王秋浦手集成编，采访曾经廿载。余也钦承简命出守名邦，见其山川秀拔，洵属神皋奥区；卷帙灏繁，如入琼林瑶圃。重加纂修，爰授剞劂[7]。非等齐谐之志怪，岂同庄叟之谈元。抑又闻之名山作镇，每著风云雷雨之功；维岳降神诞生，特达圭璋之彦[8]。将见际金瓯而调玉烛。既为国家祝丰乐之休[9]，赋鹿鸣而歌兔罝[10]。更为朝廷庆人才之盛，岂徒效谢灵运之游山、柳宗元之作记云尔哉！

嘉庆二十四年己卯夏五中宪大夫知平凉府事海盐张伯魁春溪氏题。

【注释】

［1］缑岭：即缑氏山。多指修道成仙之处。

［2］狻猊：兽名。狮子。《穆天子传》卷一："狻猊□野马走五百里。"郭璞注："狻猊，师子，亦食虎豹。"

［3］腾骧：飞腾；奔腾。《文选》张衡《西京赋》："负笋业而余怒，乃奋翅而腾骧。"薛综注："腾，超也；骧，驰也。"《文选》王延寿《鲁灵光殿赋》："虬龙腾骧以蜿蟺，颔若动而躨跜。"刘良注："腾，飞；骧，举也。"

［4］郭璞（276—324）：字景纯，河东郡闻喜县（今山西省闻喜县）人。两晋时期著名文学家、训诂学家，建平太守郭瑗之子。郭璞通晓五行、天文、卜筮之术，曾注释《周易》《山海经》《葬经》《穆天子传》《方言》和《楚辞》等古籍。文学作品有《游仙诗》十四首和《江赋》。

［5］卢敖：据《淮南子·道应训》载，卢敖是秦时燕国人，秦始皇召他做博士，让他求神仙。卢敖逃走，终究未回就职。后人以卢敖代指隐居不仕的人。

［6］留寓：旅居他乡。金·庞铸《田器之燕子图》："我方留寓未归得，为君忍赋伤心诗。"

［7］剞劂（jījué）：雕板；刻印。明·周履靖《〈锦笺记〉题录》："剞劂生涯日，诗书艺业长。刻字的候列位老爷刊同年录。"

［8］圭璋：两种贵重的玉制礼器。《礼记·礼器》："圭璋特。"孔颖达疏："'圭璋特'者，'圭璋'，玉中之贵也；'特'谓不用他物媲之也。诸侯朝王以圭，朝后执璋，表德特达不加物也。"《淮南子·缪称训》："锦绣登庙，贵文也；圭璋在前，尚质也。"用以比喻高尚的品德。语本《诗经·大雅·卷阿》："颙颙卬卬，如圭如璋。"郑玄笺："王有贤臣，与之以礼义相切瑳，体貌则颙颙然敬顺，志气则卬卬然高朗，如玉之圭璋也。"晋·陶潜《赠长沙公》："谐气冬暄，映怀圭璋。"陶澍注："怀有圭璋之洁。"也比喻朝廷有用的人才。

［9］丰乐：岁丰熟，民安乐。亦谓富饶安乐。《诗经·大雅·旱麓》"瞻彼旱麓，榛楛济济"汉·郑玄笺："喻周邦之民独丰乐者，被其君德教。"

［10］《诗经·小雅·鹿鸣》和《诗经·周南·兔罝》。

【解析】

平凉知府张伯魁于嘉庆二十二年（1817）将前任王肇衍、阎曾履未刊印的《崆峒山志》删繁就简，重加编修，于嘉庆二十四年（1819）刊印发行。张伯魁为该书重新作序，以骈文写就，超越前人各序，颇有王勃之遗风。

崆峒山志跋

（清）王肇衍

崆峒山志，盖自古有之，特屡经兵燹[1]，失其所传。考赵浚谷郡志，载崆峒山，五台寺、问道宫及当时名公巨卿所题咏。斯志之作，盖已胚胎于此矣。及阅三河罗公潮序文，修之者鹤崖李君应奇也。自是以后，有大兴李公遇昌，杏山程公宪，皆以典守是邦，重加刊订。至今已百有余年。旧板残缺，字迹漫灭，不可复识。前郡伯阎柱峰先生因奉檄刊修郡志，命肇衍采辑旧闻，分为二卷，未及授梓而先生以署理宁夏道去任[2]。肇衍亦以司铎宝鸡出外[3]，至今又十余年矣。嘉庆丁丑，我郡侯张春溪先生，博雅君子也。留心著述，长于吟咏。到任之初，理繁治剧，振兴柳湖书院。谆谆以作养人才为先务。暇日披阅志稿，见其卷帙散涣，所收太滥。于是，删繁就简，重加纂修。爰捐廉俸，授之梓人，以公同好。噫嘻，遇合之难也。古人谓：作者难，述者更难，而君可谓兼之矣。昔王右军会山阴而有兰亭之序[4]，羊叔子镇襄阳而勒岘山之碑[5]。自古名人所到，传为胜迹。君之此志，庶与崆峒并传不朽云。王肇衍谨识。

【注释】

［1］兵燹：因战乱而造成的焚烧破坏等灾害。《宋史·神宗纪二》："丁酉，诏：岷州界经鬼章兵燹者赐钱。"

［2］署理：本任官出缺，由别人暂时代理或兼摄。

［3］司铎：谓掌管文教。相传古代宣布教化的人必摇木铎以聚众，故称。

［4］王右军：王羲之（303—361 或 321—379），字逸少，东晋琅琊

临沂（今山东临沂）人，后迁会稽山阴（今浙江绍兴），晚年隐居剡县金庭。历任秘书郎、宁远将军、江州刺史，后为会稽内史，领右军将军。其书法代表作《兰亭序》被誉为“天下第一行书”。在书法史上，他与其子王献之合称为“二王”。

［5］羊叔子：羊祜（221—278），字叔子，泰山南城（今山东新泰市）人。魏晋时期大臣，著名战略家、政治家和文学家。西晋时，司马炎怀有吞吴之心，乃命羊祜坐镇襄阳、都督荆州诸军事。羊祜屯田兴学，以德怀柔，深得军民之心。后人以其常游岘山，故于岘山立碑纪念，称“岘山碑”。

【解析】

本文为原平凉知县王肇衍为张伯魁《崆峒山志》所作跋文。追叙在明代李应奇作《崆峒山志》以来，重新修订之概况，至张伯魁终为定稿。赞颂张伯魁《崆峒山志》与崆峒并传不朽，以王右军和羊叔子作比，可见其著述完备，文采昭著。

参考文献

赖咏主编：《钦定古今图书集成》，大众文艺出版社 2009 年版。
（清）张伯魁：《崆峒山志》，台湾成文出版社有限公司 1970 年版。
仇非主编：《新修崆峒山志》，甘肃人民出版社 1996 年版。
陈熙晋：《骆临海集笺注》，上海古籍出版社 1985 年版。
（汉）司马迁：《史记》，中华书局 1982 年版。
（清）郭庆藩：《庄子集释》，中华书局 2013 年版。
袁珂：《山海经校注》，北京联合出版公司 2014 年版。
（清）彭定求：《全唐诗》，中华书局 2008 年版。
瞿蜕园：《李白集校注》，上海古籍出版社 1980 年版。
（清）仇兆鳌：《杜诗详注》，中华书局 1983 年版。
（唐）李吉甫：《元和郡县图志》，中华书局 1983 年版。
陈桥驿注译：《水经注》，中华书局 2009 年版。
程树德：《论语集释》，中华书局 2014 年版。
（南朝梁）萧统：《文选》，上海古籍出版社 1986 年版。
杨伯峻：《列子集释》，中华书局 1979 年版。
何清谷：《三辅黄图校注》，三秦出版社 2006 年版。
黎翔凤：《管子校注》，中华书局 2004 年版。
王明：《抱朴子内篇校释》，中华书局 1985 年版。
何宁：《淮南子集释》，中华书局 2011 年版。
（唐）杜佑：《通典》，北京图书馆出版社 2006 年版。
（宋）李昉：《太平御览》，中华书局 1960 年版。
（晋）王嘉：《拾遗记》，中华书局 1981 年版。
（清）焦循：《孟子正义》，中华书局 2015 年版。

（清）孙怡让：《周礼正义》，中华书局 2013 年版。
（汉）班固：《汉书》，中华书局 1962 年版。
（晋）陈寿：《三国志》，中华书局 1982 年版。
（汉）赵岐：《三辅决录》，陕西通志馆 1934 年版。
（清）王先谦：《荀子集释》，中华书局 2013 年版。
（宋）欧阳修：《新唐书》，中华书局 2011 年版。
（宋）释文莹：《湘山野录》，中华书局 1984 年版。
（明）文征明：《文征明集》，上海古籍出版社 2014 年版。
（宋）沈括：《梦溪笔谈》，中华书局 1974 年版。
梁奇：《墨子译注》，上海三联书店 2014 年版。
张永祥：《国语译注》，上海三联书店 2014 年版。
（清）王先谦：《荀子集解》，中华书局 2013 年版。
陈立：《白虎通疏证》，中华书局 1994 年版。
周振甫：《诗经注译》，中华书局 2013 年版。
傅璇琮主编：《全宋诗》，北京大学出版社 1991 年版。
《曹操集译注》，中华书局 1979 年版。
赵幼文：《曹植集校注》，人民文学出版社 1984 年版。
（南朝宋）范晔：《后汉书》，中华书局 2011 年版。
曾昭岷：《全唐五代词》，中华书局 1999 年版。
《唐五代笔记小说大观》，上海古籍出版社 2000 年版。
孙进己：《汉魏六朝笔记小说》，辽沈书社 1990 年版。
（北齐）魏收：《魏书》，中华书局 2011 年版。
章培恒主编：《全明诗》，上海古籍出版社 1994 年版。
逯钦立辑校：《先秦汉魏晋南北朝诗》，中华书局 1983 年版。
李鼎祚：《周易集解》，中华书局 2016 年版。
（清）沈复：《浮生六记》，岳麓书社 2011 年版。
王泗原：《楚辞校释》，中华书局 2014 年版。
许维遹：《吕氏春秋校释》，中华书局 2009 年版。
（晋）郭璞注：《穆天子传》，上海古籍出版社 1990 年版。
（清）倪璠：《庾子山集注》，中华书局 1980 年版。
（汉）刘向集录：《战国策》，上海古籍出版社 2015 年版。

余嘉锡:《世说新语笺疏》，中华书局 2011 年版。
杜泽逊:《尚书注疏汇校》，中华书局 2018 年版。
（清）王闿运:《尔雅集解》，岳麓书社 2010 年版。
（清）严可均:《全上古三代汉魏三国六朝文》，中华书局 1958 年版。
胡守为:《神仙传校释》，中华书局 2010 年版。
（宋）张君房:《云笈七签》，中华书局 2003 年版。
（三国魏）王弼:《老子道德经注》，中华书局 2011 年版。
（宋）洪兴祖:《楚辞补注》，中华书局 2015 年版。
（宋）普济:《五灯会元》，中华书局 1984 年版。
（晋）杜预:《左传集解》，上海古籍出版社 2015 年版。
（元）陶宗仪:《辍耕录》，上海古籍出版社 2012 年版。
（汉）刘向:《列仙传》，上海古籍出版社 1990 年版。
李富华释译:《楞严经》，东方出版社 2016 年版。
（明）胡应麟:《少室山房笔丛》，中华书局 1958 年版。
（明）冯梦龙:《古今谭概》，中华书局 2007 年版。
（南朝梁）沈约:《宋书》，中华书局 2011 年版。
李剑国:《新辑搜神记》，中华书局 2007 年版。
（唐）实叉难陀:《大方广佛华严经》，上海古籍出版社 1991 年版。
徐文明:《维摩诘经译注》，中华书局 2012 年版。
（清）王先慎:《韩非子集解》，中华书局 2013 年版。
胡平生:《礼记注译》，中华书局 2018 年版。
（宋）薛居正:《旧五代史》，中华书局 2015 年版。
（清）沈德潜:《清诗别裁》，中华书局 1975 年版。
（唐）谷神子:《博异志》，中华书局 1980 年版。
（明）凌濛初:《拍案惊奇》，人民文学出版社 1991 年版。
（明）冯梦龙:《东周列国志》，中华书局 2009 年版。
曹旭:《诗品集注》，上海古籍出版社 2011 年版。
（清）孙诒让:《墨子间诂》，中华书局 2009 年版。
（唐）李延寿:《南史》，中华书局 1975 年版。
（清）陈廷焯:《白雨斋词话》，上海古籍出版社 2009 年版。
（宋）陆游:《老学庵笔记》，中华书局 1979 年版。

（唐）房玄龄：《晋书》，中华书局 2000 年版。
（唐）虞世南：《北堂书钞》，学苑出版社 1998 年版。
（北魏）释吉迦夜：《杂宝藏经》，花城出版社 1998 年版。
（宋）杜绾：《云林石谱》，中华书局 1985 年版。
（清）刘鹗：《老残游记》，人民文学出版社 2006 年版。
（唐）张彦远：《历代名画记》，中华书局 1985 年版。
李定生：《文子校释》，上海古籍出版社 2004 年版。
（清）刘献廷：《广阳杂记》，中华书局 1957 年版。
（明）天花藏主人等：《平山冷燕》，上海古籍出版社 1994 年版。
（清）章学成：《文史通义》，上海古籍出版社 2008 年版。
（宋）孙光宪：《北梦琐言》，中华书局 2002 年版。
（明）赵廷瑞：《陕西通志》，三秦出版社 2006 年版。
（清）许容等：《甘肃通志》，江苏广陵古籍刻印社 1989 年版。
朱光潜：《艺文杂谈》，安徽人民出版社 1981 年版。
（清）蒲松龄：《聊斋志异》，中华书局 2010 年版。
（清）况周颐：《蕙风词话》，上海古籍出版社 2009 年版。
（唐）段成式：《酉阳杂俎》，上海古籍出版社 2012 年版。
（清）王应奎：《柳南随笔》，中华书局 1983 年版。
张伯行：《朱子语类辑略》，中华书局 1985 年版。
（宋）释文莹：《玉壶清话》，凤凰出版社 2009 年版。
（宋）郭茂倩：《乐府诗集》，人民文学出版社 2010 年版。
王利器：《颜氏家训集解》，中华书局 1993 年版。
（宋）施德操：《北窗炙輠》，商务印书馆 1915 年版。
（清）纪昀：《阅微草堂笔记》，重庆出版社 2005 年版。
（宋）周密：《齐东野语》，中华书局 1983 年版。
张炳麟：《国故论衡》，上海古籍出版社 2006 年版。
（明）冯梦龙：《醒世恒言》，中华书局 2009 年版。
（汉）董仲舒：《春秋繁露》，中华书局 2011 年版。
（清）顾炎武：《日知录》，上海古籍出版社 2012 年版。
楼鉴明：《历代书论选注》，复旦大学出版社 1987 年版。
（唐）玄奘：《大唐西域记》，中华书局 1985 年版。

（清）叶燮：《原诗》，人民文学出版社 1979 年版。
（清）张廷玉等：《明史》，中华书局 1974 年版。
（唐）刘知几：《史通》，上海古籍出版社 2008 年版。
（汉）刘向：《说苑》，中华书局 1987 年版。
（唐）欧阳询：《艺文类聚》，中华书局 1965 年版。
（元）刘埙：《隐居通议》，中华书局 1985 年版。
黄怀信：《鹖冠子汇校集注》，中华书局 2004 年版。
（清）许秋垞：《闻见异辞》，江苏广陵古籍刻印社 1984 年版。
王维堤：《春秋公羊传译注》，上海古籍出版社 2004 年版。
（宋）黄休复：《茅亭客话》，商务印书馆 1922 年版。
（清）屈大均：《广东新语》，中华书局 1985 年版。
（明）缪希雍等：《神农本草经疏》，中医古籍出版社 2002 年版。
（北魏）贾思勰：《齐民要术》，江苏古籍出版社 2001 年版。
张志烈：《苏轼全集校注》，河北人民出版社 2010 年版。
卢守助：《晏子春秋译注》，上海古籍出版社 2006 年版。
（周）尹喜：《关尹子》，中华书局 1985 年版。
（清）毕沅：《续资治通鉴》，岳麓书社 2008 年版。
（明）彭大翼：《山堂肆考》，上海古籍出版社 1992 年版。
（北魏）杨衒之：《洛阳伽蓝记》，上海古籍出版社 1993 年版。
赵尔巽等：《清史稿》，中华书局 1977 年版。
（清）黄宗宪：《人境庐诗草》，上海古籍出版社 1981 年版。
（明）吴承恩：《西游记》，中华书局 2009 年版。
（汉）韩婴等：《韩诗外传》，中华书局 1980 年版。
（明）施耐庵：《水浒传》，中华书局 2009 年版。
（清）曹雪芹：《红楼梦》，中华书局 2009 年版。
（汉）扬雄：《方言》，中华书局 1985 年版。
（东晋）常璩：《华阳国志》，中华书局 1985 年版。
（明）徐弘祖：《徐霞客游记》，中华书局 2009 年版。
（南朝梁）萧子显：《南齐书》，中华书局 1972 年版。
（南朝梁）慧皎：《高僧传》，中华书局 1992 年版。
（汉）刘歆等：《西京杂记》，上海古籍出版社 1991 年版。

（汉）刘向：《战国策》，上海古籍出版社 2008 年版。
（清）王韬：《弢园文录外编》，辽宁人民出版社 1994 年版。
（唐）李百药：《北齐书》，中华书局 2011 年版。
（晋）张华：《博物志》，中华书局 1912 年版。
隋树森：《全元散曲》，中华书局 1964 年版。
（清）冒襄等：《香畹楼忆语》，岳麓书社 2016 年版。
（宋）王谠等：《唐语林》，中华书局 2007 年版。
（唐）释道世：《法苑珠林》，中华书局 2003 年版。
（唐）范摅：《云溪友议》，中华书局 1959 年版。

后　记

2005年9月，我去陇东学院参加甘肃省唐代文学学会第六届年会，期间会务组组织去崆峒山进行文化考察，终于实现我的登临梦想。因为崆峒山是研究中国古代哲学、文学、宗教不可或缺的文化圣地，我在教学中也常提及崆峒山，如在讲《史记》，讲《庄子》，讲中国的“道”文化等时。2006年7月我所在的兰州文理学院（当时为甘肃联合大学）、兰州大学、西北师范大学的教授，以及平凉市的学者们共同筹备成立了“甘肃崆峒文化研究会”，我也有幸成为理事。2012年，副会长（现为会长）高顺有先生邀我参编《养生崆峒》一书，我作为副主编对《古今图书集成》中所收录文献进行整理、标点。因其中文献多为古代诗文，对普通读者来说，阅读起来有一定的困难，而且这些文献中包含着丰富的传统文化，于是我便有了注解这些诗文的想法。2016年我申报了“全国高校古籍整理研究工作委员会”科研项目，获批立项，便着手注解工作。不料健康出现问题，一度搁置，申请延期。2018年学校派我参加教育部“中西部青年骨干教师国内访问学者”项目，前往北京大学访学。来到北京大学，在学习之余利用北京大学图书馆丰富的图书资料继续进行注解工作，并于2019年年初完成初稿。在本书的编写过程中，兰州文理学院文学院文学院院长马晖教授、副院长王金娥教授，甘肃省崆峒文化研究会会长高顺有先生、副会长孙红英教授给予我很大的支持和帮助，在此深表谢意！我的学生雍彦在繁重的学习之余帮助我整理资料，也深表谢意！中国社会科学出版社编辑顾世宝博士为本书的编辑出版做了大量细致入微的工作，并提出了宝贵的修改意见，深表感激之意！相信本书的出版发行能为甘肃省地方文化及崆峒山文化旅游事业做出微薄的贡献，书中有不足之处，恳请广大读者批评指正！

2019 年 3 月于北京